岁月深处故园情

李 成 著

商務印書館国际有限公司
中国·北京

图书在版编目（CIP）数据

岁月深处故园情 / 李成著 . -- 北京 : 商务印书馆国际有限公司 , 2021.2

ISBN 978-7-5176-0786-1

Ⅰ . ①岁… Ⅱ . ①李… Ⅲ . ①随笔—作品集—中国—当代 Ⅳ . ① I267.1

中国版本图书馆 CIP 数据核字 (2020) 第 240469 号

岁月深处故园情

著　　者　李　成

出版发行　商务印书馆国际有限公司

地　　址　北京市朝阳区吉庆里 14 号楼
佳汇国际中心 A 座 12 层

邮　　编　100020

电　　话　010-65592876（编校部）
010-65598498（市场营销部）

网　　址　www.cpi1993.com

印　　刷　三河市紫恒印装有限公司

开　　本　880mm × 1230mm　1/32

字　　数　199 千字

印　　张　9.75

版　　次　2021 年 2 月第 1 版第 1 次印刷

书　　号　ISBN 978-7-5176-0786-1

定　　价　35.00 元

代序

七座村庄

北斗七星下，七座村庄
散落在平原，进入睡乡

那里有一眼眼安睡的泉水
那里有一只只不寐的羔羊

北斗七星，亿万斯年
以固定结构箍一道闪电

七座村庄，亿万年笼罩绿荫
就像鱼儿栖息在水底下

一只天鹅飞过北斗七星
背上背着流水的光

一只羔羊系在熟睡的村庄旁
啃着青草，咩咩叫唤

北斗七星，每一颗星辰
都指示一个方向

七座村庄，每一个村里
都有我的姐妹，都有我的家

拨开那深深的流水和绿叶
我就能回到我的家园

园中有一株向日葵
家中的神龛上有一尊小观音

在这样深沉的夜里
七座村庄是否会互相梦见

在这样深沉的夜里
只有高高的白杨在歌唱

北斗七星，坠落在人间
又从泉水返回到天上……

目录

第一辑

第二辑

第三辑

第一辑

听星记

难忘的是小时候乡间的夜晚，天空是那么美丽。它高高地飘在我们的头顶，是那么的幽深广阔。天穹之下，点缀着无数的星星。尤其是天气好的时候，天空的颜色是一派深蓝，这里那里还抹上了几缕微云，仿佛夜的面庞拂过一束束洁白的轻纱，不仅遮不住她那美妙的容颜，而且增添了妩媚。星星从轻纱中跃现出来，闪闪发光，仿佛格外欣喜地表现自己，这时天空像一树桂花爆炸般绽放出满天的细密的花蕊，确实有一条河状的锦带曳向更深更远的宇宙。这样的情景是天地间一幅最宏阔大气、壮观绮丽的画卷。

这或许是我们这些缺吃少穿、一身泥巴、多灾多难、可怜的乡下孩子的唯一福气。我们在这片璀璨的星空下出生、长大，只要不是风雨如晦或雾霾沉沉的日子，我们总能看到一天晶亮的星辰。特别是夏天和秋天，我们几乎夜夜都要与星空打个照面。万里无埃、玉宇澄清，我们会觉得那满天的星斗都在跳动，它们简直就要落到我们头顶上。似乎我们只要跳起一人多高，或跑到那东山坡上就可以触摸得到。只有在这样的星空下生活过，才会理解“诗仙”的诗句:“危楼高百尺，手可摘星辰。不敢高声语，恐惊天上人。”

莎士比亚有一部有名的喜剧叫《仲夏夜之梦》，记得那里有一群小仙子整夜在空中游荡，飞行在树林里和草丛中，互相逗弄嬉戏，做着种种恶作剧，闹出了许多笑话和神奇的故事。我们的童年，也有无数个“仲夏夜之梦”，我们也整夜整夜游荡在村外的山坡上、草丛里、小河边，同样能得到无数的欢乐。我们玩累了、嬉闹够了，就躺在草地上，拽几根青草衔在嘴里，把目光投向那深远、广阔的星空。大一点的孩子还教我们认识星星或星座，什么太白金星、紫微、北斗七星，什么仙女座、水瓶座、猎户座。我们哪里能记得住这些，其实说的人也只是凭记忆信口道来，倒是银河两岸各有一颗星，一颗叫织女，一颗叫牵牛，我们似乎都还能够认出。

当然也有安静些的时候，我们就跑到纳凉的大人们身边坐下，把他们讲过的和没有讲过的天南地北的传说、故事、家长里短，尤其是往古的名人懿行再听一次，每一次听都仍然觉得是那么新鲜有味。更有三五岁的孩子，像我们当年一样，就赖在母亲或奶奶的怀抱里，由她们一边摇着芭蕉扇，一边讲神仙和鬼的故事，讲月亮上的吴刚、嫦娥。我们就是在这样的情形下，知道牵牛、织女星的。织女下凡到人间，与牛郎相爱成亲。但没多久，织女的母亲——王母娘娘就严命她返回天庭。牛郎用箩筐挑着儿女追到了天上，可是王母娘娘阻止牛郎来到天庭，遂拔金钗划出了一道银河把他们阻隔，只在每年的七月七日之夜，才允许他们相会一次……这个故事在我们幼小的心灵里激出了层层浪花，我们想象不到那高邈的天上还有一幕幕动人的戏剧发生。我们还听到大人们说，天上一颗星，地上一个人。啊，这是真的吗？那挂在天上的一颗颗水晶石般的星星，也可能像我们一样是活生生的人？那广阔无垠的天上也有一个人的世界？虽然我们想象那“人”可能是“仙人”，但同样令我们感到亲切啊。我们甚至激动地想到，原来我们也可能是星星哩！我们似乎还在想象，那一颗颗似乎除了一闪一闪地放光之外，连动也难得一动的星星们还会有什么样的故事在空中和人间上演……

其实，那时我们多少已经知道，许多星星和我们居住的这颗星球——地球一样不会发光；也有的像太阳，只是一团燃烧的火焰。但是，我们似乎仍在内心保持着一丝期冀与幻想，说不定那些星星上面真的有仙人哩。我们躺在竹榻上仰望星空，星星似乎也在俯视着我们。越看，它们离我们越近，越看越觉得它们很神奇。我常常有一种预感，下一秒钟，那里就会有一张熟悉的面孔出现。只是我们有时实在不能理解：天上为什么有的地方星星密集，而有的地方星星却稀稀落落？为什么会在一起形成一条明显的银河？银河（系）里到底有多少星星呢？它们真的像河里的沙子一样数不清吗？这么多的星星从何而来，又向何而去呢？我们久久地凝望，特别渴望有谁或某一颗星星能给我们带来答案，也渴望能看到一颗“行星”——行走的星。似乎还真的看到了有星星在移动，有的似乎还走得比较快，从一颗颗亮亮的大星星旁绕过。大一点的孩子告诉我们，那可能是人造地球卫星，据说，有的（中国造的）卫星上还播放《东方红》的歌曲哩。我们愈加感到惊奇，为我们人类有这么大的本领感到骄傲，我们竟然可以和天上的星星打起交道。

小伙伴们还说，如果我们能制作一台收音机，说不定就能收听到星星上播放的乐曲哩。那时收音机是个稀罕物儿，只有个别人家才会有；于是我们模仿着制作，用的是装雪花膏的小圆铁盒子，里面填上缠绕着各种细金属丝的磁铁，做成后真的能够收到广播里的声音。我们坚信能用它谛听天上的星星，也一定能够收到上面播放的乐曲，说不定还能听到宇宙深处外星人的说话声。而事实上是我们什么也没有听到，但是从此，在我们眼里，天上的一颗颗星星就再也不是只知道眨着眼睛而哑默无声的了，它们是有着自己的乐曲甚至会歌唱的，是带着自身的旋律在天空运行或旋转着的！

“看哪，贼星！贼星！”突然，一颗流星拖着长尾似的火花从天心迅疾滑落，坠向天边。我们欢呼起来，甚至要跳起来，追着流星奔跑，我们要跑到流星落下的地方。据说，在那里可以找到金银财宝——我们之所以把流星叫作贼星，就是因为它偷了天庭的宝贝而私自溜出了宫殿，被一路追赶，才惶急地投向人间。我们当然找不到流星落下的地方，当然更找不到金银财宝，流星就无声无息地熄灭了。我们心想：就是找不到流星的碎片，哪怕听听它一路惶急的奔跑所带出的风声和它落地的响声也是好的呀。我们仔细谛听，似乎没有听见，又似乎隐约听见了。

当然，有意识地谛听星星的声音是在七夕。我们听故事时便知道七夕除了牛郎、织女相会，还有一个相关的美丽故事，那就是为了给牛郎、织女在银河上搭一座相会的桥梁，天下所有的喜鹊都飞到了天上，都把自己的羽毛奉献出来，搭了一座“鹊桥”。所以七夕那天，你是看不见一只喜鹊的，七夕之后，你看见的喜鹊却都是秃了尾巴的。于是我们便商量，到了七夕一定要听听牛郎、织女如何相会，就像乡间流行的听洞房那样。

好容易等到七夕，一到黄昏，我们便呼朋引伴，聚集到了一起。我们在村路上奔跑，到灌木丛中跳跃、追逐，仿佛以此来庆祝天上这一个非凡的节日。夜幕降下来了，天上的星星一颗颗地从帷幕后面跳跃出来，在湖水一般的夜空找到了自己的位置，一闪一闪地发光，又有点像金色的小昆虫在水面上挣扎。我们都在指点，哪是牵牛星，哪是织女星。我们都在期盼它们向彼此靠拢。它们动了没有，似乎动了，又似乎没动。村里的大人也有的站在山坡上眺望着，他们又在给比我们更小的孩子讲述牛郎、织女的古老传说。我们仍在奔跑，总想找个合适的地方能听到天上的动静。我们终于找到了某个小伙伴家的院子里，在那墙角两棵苦楝树下，有从墙头牵延过来的瓜藤，在这里搭成了一个小小的瓜棚。四周只有纺织娘的轻声吟唱，只有夜风轻轻地滑过。我们扯着瓜藤和枝枝叶叶，屏气凝神地谛听。可是，我们仍然没有听出一丝一毫两颗星星的移动声，更没有听到牛郎、织女的轻声悄语，也没有听见喜鹊搭桥的任何声响，哪怕一声嘎嘎的鸣叫……万籁俱寂，听到的只有自己和别人怦怦的心跳。但我们仍不死心，久久地待在瓜架下，竖着耳朵。哪怕大自然的任何一声叹息，都引得我们抬起眼睛，互相看一眼，彼此的眼里闪烁着一星喜悦的幽光，又移开了……直到快到子夜时分，夜露都上来了，枝叶上结出一颗颗大大的露珠，有一两颗直直地摔下，摔到了我们的鼻梁上、眼眶边，我们似乎才清醒过来……

这一晚，我们终于没有听到星星的任何一声响动，但我们并没有多么遗憾。到了下一年的七夕，我们把这样的剧情又重演了一次。而再下一年，我们或许不再去听星星了，但比我们小的孩子又接上来了。他们像我们一样，在村里到处奔跑，寻找一个有树有枝叶支架起来的像一个小窝棚的地方，静静地竖着耳朵——谛听，他们的眼睛被夜风擦拭得亮闪闪如夜空中的星子……

四十年转瞬过去。当年和我在一起的乡村伙伴，风流云散，有的漂泊他乡，有的还守着故园，而有的已化为一抔黄土……也不知如今的乡村孩子还重复我们当年的这个游戏否？或许世世代代流传了几千年的传说也早已风流云散……只是我仍深深地怀念童年的七夕，怀念自己当年的一缕妄念：从宇宙的深处谛听到一丝律动……

我似乎至今仍在谛听着啊……

上树记

“忆年十五心尚孩，健如黄犊走复来。庭前八月梨枣熟，一日上树能千回……”杜甫的诗写得真是好，譬如这《百忧集行》的开头几句，就把一个活泼顽健的少年形象写活了，如电影镜头般呈现在眼前。

这几句诗一读难忘，是它总使人想起自己的少年时代。多少男孩尤其是生长在乡村的男孩都如诗中所写的一般：一日上树能千回……我亦不例外，虽然父亲对我从小管束甚严，那也挡不住我觅隙偷空，跑到外面“野一野”。“野”的内容之一就是去偷摘树上的果子，可惜那年头，村里果树栽得少，梨、枣大约各有两三株而已，而且还都在人家封闭的院子里，轻易下手不得。而野桃多些，大多也生长在野地里。邻村一户人家的菜园里有三五株离我们最近，就隔了两村相接处的打谷场的一道矮墙，因此毫无悬念地成为我们几个野孩子觊觎的对象。一到仲春，满树绿叶，开始放花挂果的时候，我们就把目光朝桃树瞄来瞄去；等到某一日，有一个“先行者”报告，桃子可以吃了（虽然有点酸），我们便开始行动：悄悄地靠近那堵墙，蹲在那有一两束枝丫伸到我们这边的墙下方，搭起人梯，把一两个小孩送到墙头上，抓起那枝丫尽力往下拽，直到在下面的人也可以跳起来够到那结成串的野桃，大伙儿便一拥而上，争相蹦跳着去扯去摘，或干脆把桃子噼噼啪啪打落在地，最后每人拾起一捧，随即“胜利大逃亡”。有时动静大了些，被桃子的女主人发觉，她便跑到菜园里来赶我们，骂我们“促害鬼”“短命死的”，我们也顾不得摘了多少，忙不迭地滚落下来，猫着腰悄悄地遁逃，一边还捂住嘴“哧哧”地笑个不停。当墙这边的桃子摘得差不多没了时，我们也会派“尖兵”跳过墙，蹿到那菜园当中的树上去肆虐，不过这要趁主人不在家才比较有把握，而且动作要极为敏捷。事后主人发觉了，又在菜园里跳起脚骂开了，我们都装作没听见。今年得手，完事，下年还会再来，想想小时候我们是多么顽劣。

平时没有果子可摘，我们也是要上树的。因为树上有一种叫天牛的昆虫吸引我们去捉，这树应该是榆树或乌桕。天牛体型较长，身上像披着大氅一般长着一层活动的薄壳，可以像剪子一样从中间分开，露出里面轻纱一般的翅膀。尤其迷人的是，它挥舞着两只斑斓有节的细细触角，那就像戏台上的演员头上戴的雉尾。这虫子反应并不敏捷，甚至有些呆笨，所以并不难捉。到了秋天，乌桕树的叶子落了，只剩下光秃秃的树枝。我们爬上去摘乌桕树的籽实。那籽实是簇生在一块的，我们把它摘来，放进自制的竹筒枪里当作子弹射击——那绿豆大小的乌桕子射到人身上可能有些微疼，但不至于伤人，自然成为我们首选的“弹药”。就是不去摘这些，我们几个孩子聚集在一块，还会互相比赛，看谁上树爬得最高、最快。奖品自然是没有，但我们一个个都会争先恐后往树上爬——当然选的是又粗壮又笔直的大树——结末，往往是四清那小子获得优胜。他像猿猴般动作敏捷，三下两下，就爬到我们死劲仰望才能看见的高度。而我笨手笨脚，自然是常常“叨陪末座”喽。

村外的桐树一棵棵都开花结果的时候，我们更是玩得开心。那油桐长得都不很高，却很粗壮。尤其它伸出的枝丫都很遒劲，我们不费力就可以爬上去，还能在上面行走、打闹、追逐。一追，当然就越爬越高，或者是跳到另一棵桐树上；而打闹，除了你捶我一拳、我搡你一下之外，就是摘下油桐的果子乱砸乱掷，不知浪费了多少桐子也不觉可惜。常常是玩到天色黑定，再也不能清晰地看见人面才溜下树，迎着村里一盏一盏亮出来的灯火走回家。想一想，我们的童年又是多么快乐，虽然没有游乐场，没有公园，但整个乡村、整个田野就是我们的游乐场，就是我们的公园。

杜甫说“忆年十五心尚孩”，此话一点不假。我到了十五岁，初中都快读完了，平时跟村子里的孩子一起玩得也渐渐少了，但还是喜欢上树——仿佛树立在那里，就是等着我们爬的。不知为什么，到底也有点不好意思肆无忌惮地当众爬了，幸好自家庭院里也有两棵可爬的树来。

这两棵树什么时候来到我们家的，不知道；为何而来，也没有问过，大约是栽下借以遮阴吧。我懂事时，它们已高出房顶许多，夏日里，满地洒下斑驳的树影。居中的那一棵更高大，我常常仰望它，只见一重重的绿叶往上铺展，仿佛直到无穷的碧空，阳光照得叶子青翠发亮。到了夏天，它们还开着白中间紫的花朵，垂下一串串项链般带翅膀的荚果，非常可爱。我问父亲这是什么树，父亲告诉我是柳树。我心下有疑惑，这跟我平常所见的垂杨柳迥然不同呀！多少年后，我问我的一位学妹，她准确地说出了它的名称——枫杨，又叫枰柳、麻柳、水麻柳等，原来父亲说的也不算错。

我怎么就跑到这棵树上去了呢？大约最初是去找掉落在枝叶缝里的乒乓球吧。那一阵子，我和几个小伙伴迷上了打乒乓球，没有场地和球桌，就在院子里把门板卸下来搭起了一个简易的平台，竟然也打得不亦乐乎。有时不巧就把球打到树上去了，夹在枝叶间下不来。我搬来椅子，站到上面，然后再猛一蹿，抓住了树的一根枝丫，一翻身爬了上去。把球摘下来后，我在枝丫上踩了踩，发现它非常稳实，便心生一念。待到打完了球，拆掉台子，我忍不住再一次攀到树上。我一根一根寻找可以落脚的枝丫，一层层地攀向高处。院墙落到我的脚下，我家的屋顶落到我的脚下，我的眼前出现了整个村庄挨挨挤挤的黑色屋脊，整个村庄都在我的脚下。这种从未有过的体验让我无比的兴奋，最后我差不多站到了树的顶端，只有两三根枝丫我不敢再踩。我看见平时绕过村落的大路变成了短短一截，像一条带子，一下子就飘过了村子，飘到村西北的丘岗上；村庄也变得很小很小，仿佛我解开衣襟就可以把它罩住哩，而远处是无尽的绿野和一块块镜子似的白亮亮的池塘。我从没从这个角度观赏过田园，眼前的景观，好一幅壮阔绮丽的图画！我大为振奋，乃至嘴里不觉呦嗬呦嗬地呼喊起来。

这一次攀到树上，我像一只猴子在上面乱跳了一阵，但心里多少还有点忐忑不安。我不敢久待，就又沿着枝丫，一层层地下到了地面，安然无恙。这增添了我的勇气，于是，我只要有合适的时机，比如放学后时间还早而大人都不在家，我便心痒难熬，抱住树干三下两下就又蹿到了树上，仿佛我恢复了猿猴本性，仿佛树上原本有我的窝巢。我贪婪地望着眼前的景色，还尽力远眺别的村落——那些村落此时只像一溜搭起的积木堆叠在地，而远处的丘岗仿佛很近，近得似乎伸手可揽。我又把目光落到脚底的一片屋脊上，辨别这是谁家，那是谁家。我看见有些烟囱里袅袅升起缕缕的炊烟，氤氲成一片；看见小鸟似的在田埂上移动的人影；看见谁扛着锄头、铁锨从田野归来，转眼就消失在村落的腹部；看见哪个老婆婆正在屋檐下开锁进门，看见村道上打架的狗和追逐的小娃娃，一切仿佛像一幕幕活剧在我眼前上演，让我看得津津有味。原来我的家乡也是这么可爱，人间生活是那么有意思——我第一次想起了“生活”这个词儿，我甚至有了把这一切描绘下来的欲望。

一次又一次爬到树上，我都总是看不够。我尽量不让大人发觉，怕他们会阻止我，说什么“危险”。有一次父亲提前下班回家，一进院门就喊我，我一下子紧张起来，拿不定主意是答应他还是不答应。他进了屋子又找我，我不敢多耽搁，就刺溜一下，下了树，也进了屋子。父亲有些奇怪，刚才还不见我的踪影，怎么转眼我就出现在他身边？他并没有问，只奇怪地看了看我，我憋住没有笑出声来。后来有一次，是妈妈回来，她也找我，这次我在树上就回答了她。她问我在树上做什么，我回答说看看玩呗，她并没有深责，只嘱咐我要小心。我似乎得到了大人的许可，就更频繁地来到树上。我在树上俯瞰远眺，还带连环画上去，坐在枝丫上看，我有时激情难抑，在树上唱起歌，竟然也并没有引起村里人的注意，甚至自己也觉得奇怪。有一天放学，我和两个同窗一同来我家，我竟然邀请他们也上到树上去，仿佛那里真有我的一个家。但他们毫无兴趣，拒绝了，我却觉得这真奇怪。

我尤其喜欢在树上看不远处像无尽的丝带一般穿过田野的公路。它在村庄的东边起起伏伏，从北方的天际飘来，又向南方的天际飘去。上面不时驰过大大小小的车辆，就像快速行走的甲壳虫，一会儿就不见了，一会儿又出现了，我觉得神奇极了。我知道无论再往北边还是南边，都有许多大城市，合肥—济南—天津—北京，安庆—南昌—福州—广州，我认为这条丝带般的公路一定连接着它们。在这些城市里，生活着什么样的人们？他们在忙些什么？不得而知。有一天我会到这些大城市去吗？去看看那些人怎么生活的吗？不得而知。但从此我心里有了“远方”的概念，并且生出隐秘的愿望，那就是沿着这条丝带，走向远方……

后来我果然走了很多地方，但不管走到哪里，我总是不能忘记，正是庭院里的这棵树把我托举到了一个高处。它把我的视野无限地打开，把远方召唤到了我的眼前，或许那时正是我的心灵生出翅膀的一刻……

门前的驴队

童年的乡村没有什么奇异的风景，所见的都不过是平常的田园与村落。稍稍有点新鲜而能耸动孩子们的好奇心的，是偶尔从村道上走过的驴队。

我的家乡坐落在一片平缓的丘岗上。往西，坡度渐增——当然也有起伏——就可以通往一座座崇山峻岭；往东呢，则是一望无际的大海似的平原。而那条贯通东西的村道正好在我们门口不远处陡然垂落入“海”，是进山与出山的必由之路。在其他的道路没有修通以前，这条村道很是繁忙过一阵，不，恐怕已繁忙了数百年、上千年了吧。

我们早已看惯了村道上东来西往的人。挑柴的，担货的，空着两手的；徒步的，骑车的，拉车推车的，还有驾着拖拉机、汽车的，整天到晚川流不息。尤其是到了农闲时节、腊月、正月，更是人影穿梭、车声辚辚。这在我们眼里都没有什么稀奇，稀奇的还是驴队。为什么呢？一是驴子在我们那里少见；二是驴子成队，每队七八头到十二三头不等，一头头从村道那头——一般的都是从西头——络绎而来，一头接一头，很有秩序，有条不紊。驴子那瘦小而精巧的身型，那深褐色的皮肤和黑色的鬃毛，那细细的腿、秤砣似的小小的蹄掌，那尖尖的耸立的双耳，那机警的眼神，一样样都博得了我们的喜爱。更兼它们那走路的架势，腿脚一伸一落，似乎是机械的关节在动；蹄声嗒嗒、清脆响亮；七八头到十二三头驴子的蹄声一起奏响，胜似好听的音乐，十分悦耳。所以每次门前走过驴队，我们这些小孩子都会从屋子里、从竹林里、从打谷场上、从井畔、从池塘边，从不知什么角落里奔跃出来，凑到村道边上观看。一边看，一边还拍着手、跺着脚，豁开缺了门牙的小嘴唱："毛狗驴子笨，毛狗驴子精，毛狗驴子驮重不驮轻。"毛狗驴子是我们那里对驴子的俗称。"毛狗"或许是形容其身量并不大；而说它驮重不驮轻，可能是指它驮一点东西会不老实、会东张西望想"溜边"，而驮的东西多了，反而就老老实实地行走吧，我想。

说真话，我都不知道什么时候第一次见到这驴队的，仿佛忽然有一天，它们就出现在村道上。我们一闻蹄声，就奔过来欢呼雀跃。调皮点的孩子甚至拾起土坷垃砸那小毛驴，当然会遭赶驴的人瞪眼和呵斥。有时赶驴的人为了讨好我们，不仅会丢给我们一个微笑，有的甚至会在毛驴的头上系一朵红布结成的花或一只铃铛，那铃铛随着驴子的一踩一迈在轻轻地摇晃，发出纯金属响亮的叮当声，使驴队的行进更加有了节奏、有了音乐感，越发赢得我们的喜欢和欢呼。

赶驴的人不是走在驴子头里，也不是走在驴子后面，而是走在驴子边上，似乎一手扬着系在一根细竹竿上的鞭子，一手还挽着系在驴子笼头上的缰绳。他们大多在五十上下，肤色也跟驴子的颜色差不了多少，脸盘黑瘦而下巴尖尖。驴子背上则一左一右挂着两只竹篓，上面盖着盖子。至于里面装着什么东西，我们很长时间都弄不清楚；后来才知道，那里装的是从山里买来的石灰与木炭。正好是一白一黑，由这驴子驮着，从我们村道上走过，接着就融入了大海般的平畴沃野，消逝不见。

夏天里有更多的驴队经过，而到达我们村前，每每都接近正午了。一轮骄阳正炽热地燃烧在万里无云的天空，那驴子走来仍然有条不紊，一步一踏，但觉那驮子更沉重了些。而赶驴的汉子不仅满头大汗，衣襟后背浸湿，而且有点气喘吁吁了。有时村里人见状，也会招呼他们到门前树荫下来休息一下，喝一点水、抽一袋烟再走。赶驴的人就歇了足，把驮子放下，将驴子放到门前的小树林里啃草，自己还与乡亲们拉一段家常。我们小孩子更大胆地凑到驴子身边，想伸手摸摸它，或用树枝撩它一下，但每每被赶驴的人喝止，说不要被它踢了。赶驴的人喝止过了，对招待他的乡亲亲切地一笑，又接着话他们的家常。

一来二往，赶驴的就跟乡亲们越发熟络了，何况，说起家长里短，相互之间总有大家都熟悉的人与事。他们见面，打起招呼来，也就更亲热、更随便：

“来了？”

“来了！”

“××怎么没有跟你来？”

“死了！前不久还跟我进了一趟山哪……”

一阵沉默，一阵呛人的闷烟，接着又是咳嗽。终于，又有人不耐这难熬的沉默，开了腔：

“你们那儿年成还好吧？”

“还好。”（或者是“不行，旱得慌……”）

歇足了气力，说完了话，赶驴的人有时就起身，重新把驮子架到驴背上，再次起程出发；有时也并不这样，还要有话没话地闲聊扯淡：

“这伢不错，哪家的，跟我走吧！”

这正是要命的话头。每每过驴队的时候，就有大人警告我们，不要靠他们太近，否则就被他们捉走了，贩卖到很远很远的地方。虽然这样的事一次也没有听说真的发生过，或许很久很久以前发生过也未可知。

“你们是捉伢的吧？”

“不是。”

“不是？为什么要我们跟你走呢？”

“我们村里也有一个像你这么大的女孩子，黑黑的眼睛很大、很亮，可好看了！给你做烧锅的好不好？”

我们都知道所谓“烧锅的”就是老婆，可是我们都太小，所以都坚定地摇摇头。而结末，引起的是又一阵哄然大笑，我们越发地窘了；而窘了的我们，越发对驴子和赶驴的人感到气恼，可是又无可奈何。

正如不知道驴队是什么时候开始出现在我们门前的一样，我也不知道何时驴队就从我们门前消失了。只是有一天，忽然有人说，怎么不见毛狗驴子了呢？大家反应过来，都惊诧道：“真是的，真的不见驴子队从我们门前过哩！”而且脸上都现出不解和失落的表情。

等到稍稍长大，我们还在想，那些赶驴的人不赶驴子了，他们在家干什么呢？还有那些驴子都到哪里去了？那赶驴的人说的是真话吗？他们村上真有一个跟我们一样大的漂亮女孩？她也上学吗？她会过跟我们一样还是不一样的生活呢？这一切都是个谜，一个解不开的深深的谜。

公路上的孩子

一条公路从村庄不远处飘过。记得两岁多点初次见到它，是随妈妈到公路边的菜园里去浇水。我不知道在这条路上跑着的庞然大物是什么，也不知这条道连接着什么样的世界，只觉得既恐惧又好奇。每有汽车驰来，我就抱着母亲的腿啼呜。后来我的目光也开始追随那汽车不断向前延伸，再大些就敢到公路上行走了。有一次去碾米厂找妈妈，在路边看见摆放着许多蜂箱，那么多蜜蜂在爬进爬出。我从来没有见过，好奇心让我想到去触犯一下它们，便拿脚尖去踏。结果可想而知，蜜蜂“嗡”的一声飞上来蜇我，我和小伙伴吓得落荒而逃，颈脖上仍免不了被蜇。

这条路便成为“畏途”。但我很快知道，沿着公路走三四里，就能走到我们大队的小学校和公社中学。我父亲就在小学校里教书。而上学有那么多的孩子在一起玩，正是我梦寐以求的事啊！向往不已的我六岁那年，不顾家人的反对，一个人悄悄沿着公路跑到了小学校找父亲。因为有公路直达，学校并不难找；但是，父亲不允许我这么早就上学，原因也是这条公路不安全。那一刻我感觉是多么无奈呀。

又一年多过去，这条公路似乎对我没有那么大的威胁了，我上学了，每天沿着公路往返。一开始，还有老师护送。一两年之后，更多的是与同学结伴而行，乃至独来独往。那公路总是平静地躺在那里，任我们来去，并没有像一条神话中的恶龙翻身过来，扑向我们。何况我们要走的基本上是平坦的一段。但是我也目睹了它一点小小的变迁。村庄的北边原本有个很大的丘岗，上面长满了稀疏的树林。有一年，公社里组织人力把这丘岗移掉了。好像干了一整个冬天，还加上初春，到处红旗招展，人欢马叫。很快就一马平川了，不仅公路不用爬坡，两边还开垦出了百亩良田。

上学的路上，我们走过的一段正好有一些厂子和机关单位。东侧有机械厂、面粉加工厂、毛笔厂、食品组、卫生所、油坊，西侧有大队部、铁匠铺、碾米厂、公社大院、信用社，稍远一点还有供销社。我们每天总要玩两三个地方，流连在那里，舍不得回家。有人还到机械厂里偷轴承、废铁条等；到毛笔厂里拿笔

榨油工

管，在捆成大磨盘似的笔管上跳也没有人理会。我们将细笔管插入粗笔管里，一截截连起来，当作电影里见到的“文明棍”。到油坊里看到几乎赤身而遍体油烟的师傅，咿呀叫唤着推着粗木撞击木榨；在食品组当然是看杀猪，看工人搬动一木筐一木筐的鸡蛋。西侧的大队部里还曾经贴满大字报，腊月里还集合有一群社员演大戏；隔壁铁匠铺一年四季都燃着炉火，敲得叮当响……这些都让我们惊奇不已，都吸引着我们瞪大眼睛去看。公社大院“门禁”要严些，我们依然能混进去，目标是门口传达室，那里还摆放着报纸、电话。进不去，我们就用手从窗户里伸进去拨那电话，要通了电话，我们对着看不见的接线员胡乱答上几句，再嘻嘻哈哈地放下……如果没有这些经历，我们的童年何其平淡。

我们几乎日日走在公路上，有时公路也仿佛会加入我们的游戏。放寒假了，天上飘下雪花，给公路铺上了薄薄一层冰。我们把要带回家的小板凳翻过来放在路面上，坐上去，顺着微微的坡道往下滑溜。夏日里，炎炎的烈日把路面都烤化了，我们也敢赤脚走在上面。实在受不住了，路边上就会适时地出现池塘。我们就坐在水塘埂上，把脚放在水中拍打，享受清凉。雨天，我们撑着一把雨伞，看着雨花在路面瞬间开放又瞬间凋谢，感谢大地由滚烫变得凉润。还有那么多蚯蚓都爬到公路上，被车轮碾压成薄薄的肉条，纵横交错；甚至有鲫鱼随着雨水冲激到路面，引得我们一次次惊呼，纷纷去捕捉。我们还钻进公路下的涵洞里，感受汽车在头顶上驰过的震颤。钻了多少次，仍然有那么一点紧张。上了初中，有时夜晚还要上自习，下了课，我们成群结队地走在公路上。走到有机关单位的地方，故意放重脚步，并统一节奏，让噼噼啪啪的脚步声震天动地……那一刻，我们是那么的无忧无虑，那么的快乐。

公路上的汽车一开始并不多，每开来一辆，都引起我们一阵欢呼。我们还曾到公路边去记车牌号，赌下一辆车车牌号是单号还是双号。我们倒是从未在公路上目睹过车祸，只听说有车子抛锚，车上的货物有时会被抢，但司机也会得到村民很好的照应。我们虽然没有见过车祸，但村里也有这方面的奇谈，老年人会说“行船跑马三分命”。甚至还讲，有的司机在出事前总有预感，比如总觉车前有影子晃动，有经验的司机便知道遇上“不祥”之物了，他会把车子停下，将自己身上小褂脱下来，铺在路上，开车碾过去。你猜怎么着？小褂上竟渗出了血水来……听后不禁令人心中一凛。

但我们到底在公路上越走越远。往南五里路外，有一个小镇。我先是跟别人一起去玩，惊讶地发现那里有一个专门卖书的小店，独自跑进去看了看，那里的图书简直是琳琅满目，从此这里成为我魂牵梦萦的地方。只要得到机会，只要能攒下一两块钱，我都要想方设法跑来，左挑右选，捧几本图书或连环画欢天喜地地回家。几乎同时，我也知道往北走上十几里地，就可以去一个更大的城镇——县城，那里的书店更大。我如法炮制，寻觅到机会，跑到县城那书店，更是流连忘返。而这时，父亲还有幸去公路南端的大城市开会，我便日日把目光沿着公路投向南方，盼望父亲从那里回来，给我们带来新奇的物品。我也开始想象公路北端所连接的那座更大的城市——省城，那里有好多所大学，有很多图书馆，有无数青年穿着整洁的衣裳、提着包，走向那一排排书架。那时，我还不知道阿根廷一位作家说了一句名言：“如果这世上真的有天堂，天堂应该是图书馆的模样。”但我也朦胧地感觉到省城和它的许多图书馆就像是在天上。但是，即使真的是在天上，我们也要向那里攀登，向那里飞翔。我们无所凭借，只有自己努力，只有脚下这条公路通往那里。我们要把这公路竖立起来，去攀登心目中的天堂。我考上了高中，沿着这条公路走到县城边上的学校读书，每个周末又由公路把我送回家。不过短短两年，我便拿到大学录取通知书飞往了一座大城市。我坐上了轮船、火车，见识到了天下更多的公路，还有铁路、航线。这一切似乎都是接踵而至啊……

十八岁出门远行，从此没有再在家乡长时间停留。家乡那一段公路像火箭把我送到外面的世界之后，它却仍留在原地。多少次我乘车在家乡的这条公路上驱驰，有时并不能下车，一靠近家乡，我就开始眺望我曾经生活的那个村庄。透过隐隐的一簇绿树依稀看见屋舍人家，转眼，村庄又被抛到了身后。我的家乡就像汪洋大海里的一座岛屿，露出水面只在一刹那。但在我心中，家乡永远是世界的中心，而公路始终是围绕着、守护着家乡，又从这里旋转着驰向远方。它把一个世界带到我面前，也把我带向全世界，我便感觉自己始终都随着这条公路行走或者说飞翔。

童年问诊记

我的身体一直还算是好的，平时几乎不上医院不吃药。偶有不适，也都是感冒或头疼脑热之类的“小恙”，很快就会平复。

我小时候也没生过大病。但按照中医的说法，我体内“火气”比较大，所以会不时地生些热疮。我身上的重要部位——眼睛、鼻子、嘴巴、耳朵，以及其他地方都“害”过，有的就是所谓的“疖子”。脚上害过脚气；眼睛肿过，红红的怕人。这些大都不需要寻医问药，自己寻几片车前草贴上就完事。眼角发炎起了疙瘩，在我们农村叫“挑灯窠”，甚至连车前草也不用贴，拿起衣角戳一戳，说是这就能治好，即乡谚所谓:“挑灯窠，衣拐（角）啄。啄几下，就好着。”

但我生下来不久，就有一件让父母颇感烦难的小病——头顶总是生疔疮，大约有六七颗之多吧。一开始没太注意，以为就是热疮而已。但随即发现不对劲，因为每一颗总不能自愈——一般的疮，热毒发出后，就会自愈的；而它呢，总是结痂，即使把痂揭去，又会结出新痂。不管多长时间，它总像一颗颗顽固的钉子，钉在那里不去。这下让父母有些着慌了。他们认为这就是所谓的“癞痢”了。那时“癞痢头”在农村里并不少见，好好的头发里秃了圆圆的几小块，成了花斑，这成什么样子，要讲媳妇都很困难。让儿子将来打光棍，这当然不行，于是父母开始带我上卫生所、上医院就诊，开了消炎药，又吃又敷，还是不见效；又向人打听偏方，村里人怎么说的，父亲的同事怎么说的，都拿来试验，仍是不见好转。这下让父母真正做了难，最后想到河那边大山脚下的一位老中医——在我们那一带很是有名，但他年事已高，加上早年政治运动冲击，已歇诊多年，退养在家。父母是抱着“死马权当活马医”的想法，说不妨找他试试，于是便准备上门求诊。

其实，也没有什么可准备的，就是带上几块钱和积攒的十来枚鸡蛋，我便在一个大清早由母亲领着出门了。沿着门前的村路，一路西行；翻过村后的山岗，拐向田野；沿着田塍，绕过几口池塘，再经过两三个村落，就到了河边。我记得那正是四五月的天气，早上天空中飘着游云，很快阳光出来了，风儿也变得温煦，吹得人很舒服。我也没有让母亲背我（我那时大约五六岁吧），就自己一直走着。到了河边，第一次看到那么清澈、波光粼粼的河水，沿着河岸曲里拐弯地流淌，在石头上溅起水花，很是欢喜。母亲抱我从河中的跳石上过河，我们又进入田野，不过这时地势就逐渐向上，田地也高高低低有点像梯田了。又过了两三个村子，母亲便一路打听，于是我们就到了大山脚下的一个村落。

在我的印象里，那是一溜沿山散开的屋舍，面向东方广阔的田野，地形是非常好的。我们经过打听，在中间一座门墙稍稍高大些的院落前停下来，登上石阶，母亲上前叩门。门开了——我记不清是谁开的门了，或许是一个头发花白的老婆婆，让我们进了院子，又进了厅堂，在一张八仙桌旁坐定，就有人进入内室去通知主人——我们要找的老中医。老人出来了，一位温厚的长者，表情很平淡，个子比较高，头发已近乎全白了。他耐心地听完我母亲的陈述，又看了看我的头顶，说了一些话，大约是讲自己年事已高，已不再行医了；但既来了，就开点药回去吃吃试试看。于是，便领我们进了另一间屋子，在这间屋子里，我第一次见识什么是中医之家。迎面整整一壁墙前都是药柜，一个一个抽屉码放到了屋顶，大约里面都装满了药，一边地上还放着我估猜是切药、研药的工具。老人抽出几个抽屉，抓了几种药，分别用小秤称好，用纸包起来，递给了母亲。母亲拿出那几块钱，老人略略推辞也就收下了，我们便起身告辞，整个就诊过程就结束了。

我们沿着原路返回。尽管不知道那几服药是否有效，我们总算完成了一件大事，母亲和我都感觉轻松了许多。我甚至觉得自己像一只轻快的小鸟，因为我发现，所走过的路上到处都开着花，蝴蝶也一只只翩翩地飞来；母亲说话也多起来了，大约她是看到了希望。但是，走了一半的路，我就觉得累了，总想让母亲背我。背了一段路，她也觉得累了，因为我看到她额上沁出了晶亮的汗珠。她在一块田地边让我下来，就在她弯腰的一刹那，她轻声喊道："这地里种了花生呢！"啊，花生，我是吃过的，但我从没有见过它是怎么种、怎么长出来的，因为我们村从没有人种花生。于是，我央求妈妈拔几棵花生带回去给我吃。但是花生在哪儿呢？我也没看见，只见一棵棵矮小的绿色植物生长在地里。我似乎更觉得好奇，便催促妈妈去拔。妈妈不答应，我最后说，我还不知道花生长在哪里呢？母亲就去拔了几棵，原来花生也像萝卜、荸荠似的，长在土里。我们就带着那几棵花生回了家，当然，就那么几棵，也没法炒着吃。

后来呢？后来，我吃了老中医为我开的药，似乎也不怎么见效。我的头上仍旧冒出“疮疔”，顽疾一般，拔除不掉，仍然需要父母把消炎药研碎，敷在“疮”上。一直到我上了小学，都是如此。父母很为我叹气。但父亲又听同事说，没有好的办法，只有多用淘米水和香皂洗。结果，父亲便常常把我的头摁进洗脸盆里，用手指狠狠地抓挠，常疼得我直嚎叫。不知是这一招见了效，还是随着长大，身上的“火气”减少，也不知从什么时候开始，我头上的热疮不治而愈、悄然消失了。我也终于没有成为癞痢——要不然，那多难看啊。

不过，我还是常常想起这小时候第一次也是唯一一次向乡间老中医求诊的经历，想起我在地里第一次见到生长的花生——这也是我迄今为止唯一一次见到它长在地里的模样。现在，它那翠绿的样子还在我的眼前摇曳呢。

家人在一起闲谈时，我们偶或还谈到那名老中医。父母亲告诉我，从那次去求诊之后没两年，他就病故了。他原本确实是我们那一带很有名的中医，拯救了不少人的生命。（我的祖父病逝前也请他看过，遗憾的是也没有看好，但我想这并不能否定他全部的医术吧。）所以，解放初，按实际情形他该被划为“大地主”，因为口碑好，到底没有受太大冲击，所以，我才有幸能和他见上一面。

我读许地山先生的名文《落花生》的时候，也常想起那一天我让妈妈拔花生的经历。那篇文章谈到花生的特点：“它的果实埋在地里，不像桃子、石榴、苹果那样，把鲜红嫩绿的果实高高地挂在枝头上……等到成熟了，也不能立刻分辨出来它有没有果实，必须挖起来才知道。”作者还借父亲的口说：“所以你们要像花生，它虽然不好看，可是很有用。”

这使我想到了我见过的那位老中医。即使我头上的热疮未必是吃了他的药就治好的（但也未必不是），但像老中医那样做过一些好事的乡间贤士，我认为都可以称得上是许地山先生所说的“落花生”。

防震杂记

2011 年 1 月 19 日，离我家乡不到百里之遥的安庆市郊发生了一次里氏 4.8 级的地震。从电视画面上可以看到许多人家的墙壁都震裂了，贴在壁上的瓷砖落了一地，幸好没有人员伤亡。刚一听到这个消息，我的心里还是猛地一紧，因为前一两年汶川、玉树大地震的惨象还清晰地在眼前闪动，心想可不要再次发生这样的悲剧！我们的人民受的苦难已经够多了！

不过事定下来，轻舒一口气之余，我还是在心里说：它（地震）到底还是发生了，希望它到此为止。

我这么说是因为在三十多年前，也就是在 1976 年唐山大地震发生前后，我的家乡就曾盛传要发生地震，闹得很是一阵人心惶惶。幸好传说一段时间后就归于无声无息，此后三十余年再未见人提起。这样我就开始坚信家乡的大地坚实无比。哪知到底还是发生了地震，虽然并不严重。

当初传言正盛的时候，不消说，四乡八里都有点风声鹤唳的意思了。上面传下话来，家乡所在区域不仅处于地震带，而且还在震中，一定要做好防震工作。而且还传达了一些防震小常识：比如观察天象是否突然发生变异，地上是否出现一些怪异现象——如井水溢出、塘水变浑，鸡不归埘、鱼跃于渊、蛇鼠出洞、狗吠鹊惊等等，说得简直像是一幅世界末日来临的样子，不由人不胆战心惊。至于怎么防范，上面说，就是尽量不要在家里多停留和睡觉。

不在家里睡，当然只能睡在外面了。于是家家把床铺搬到室外空旷场地。在我家屋后就有一片稻床，可以容纳五六户人家。我们都把家里的架子床拆了，搬到稻床上再拼上，挂上蚊帐，还带上一些木器家具和坛坛罐罐。一家挨着一家，东西堆放得杂乱，尽量留出一些缺口让人进出。这样一来便床床相连、床床相对。孩子吵吵嚷嚷，大人交谈、揣测，极像众人赶集的闹市，又有点像西方的吉卜赛人宿营，热热闹闹的气氛反而冲淡了原来的紧张感。孩子们更是觉得新鲜，个个像小狗似的追逐、叫喊。幸好天气渐热，即使折腾到深夜都不觉得寒冷。

我们在露天里睡了几晚。饭菜大多是由做母亲的一人回家去做，不知道她们做的时候是否也提心吊胆。晚上，大人打发我回去把鸡捉进鸡罩，我比往日更加害怕。走进静悄悄、黑漆漆的屋子，头皮直发麻，赶紧三下五下捉完，拔腿就逃。还有一个情景至今历历在目：有一夜我正独自躺在蚊帐里准备入睡，忽然帐门开了，伸进一张中年男人的胖胖的圆脸来，一双眯缝眼睛里却透着关切。原来是父亲的好友、另一所小学的校长李发林伯伯不放心，特来看我们。他看过我后，就坐在床沿上同父亲聊起天来，话题自然不离地震和学校。可惜这位一直慈爱地关怀我的成长、每次见到我都笑眯眯的伯伯，几年后却死于一次十分偶然的车祸——愿他的灵魂在地下安息。

这样闹腾了几日，未见任何响动，大家又陆续搬回了家。上面又传下话来：就是在家住，也要尽量住在低矮的房屋里，这样即使发生地震，也不致被砸伤或压死。于是家家都把猪圈或柴房清理干净，垫上土块，铺上厚厚的稻草，带着被褥睡在上面。我家如法炮制，全家人挤在一间废弃的旧猪圈里睡了几夜。空间非常狭小，伸手就可触及猪圈顶棚，不过我那时还年少，不一会儿也就睡着了，并不感到多么局促，也没有闻到什么异味。有一晚上，对门的一位堂姐没有着落，还跟我们挤过一宿哩。

这样的睡法到底还是不便，不久大家又松懈下来，又都回家里睡去了，但地震的警报并未解除。当时我是家里唯一的男孩，颇为父母"宝贝"。他们商量：既然家乡一带是"震中"，那么还是将儿子送到他外婆家去吧。于是我就被送到外婆家。虽然外婆家离我家也不过三十几里地，父母却以为更安全一点。但我正在读书呢，怎么办？父亲让小姨出面叫我在外婆家那里的小学借读。我果然在那所小学上了几天学。最初两天还较认真，可接下来跟外婆家的小伙伴们混熟了，就整天在外面疯玩，很是过了一小段快乐的时光，无拘无束，像一匹野马。

或是得知我不好好上学，或是父亲也感到总这样下去也不是办法，很快，我又被接回了家。我回到家时，发现生产队的打谷场上已经搭起两个大的地震棚，每个都由几根木柱支撑着，像长长的棚屋，上面覆盖着稻草；里面也铺着稻草，稻草上放着一家家的铺盖卷儿。晚上，家家都把铺盖卷儿摊开再钻被窝。本来搭两个棚屋是为了男女分开的，谁知到了晚上，各人家的妇人、孩子都呼唤、力邀家里的男主人一起睡，没有办法，还是一家一家凑合在一起。在这样的情形里，仍然是孩子们最感快乐，一个个都像追逐自己尾巴的小猫、小狗，活蹦乱跳，甚至还在支撑的梁架上荡秋千，地震棚里不仅不见紧张，反而是不时传出欢快的笑声！地震棚当然也就支撑不了多久，幸好终于未见地震，不久，地震的威胁似乎逐渐消散，村庄终于恢复往日的状态。

转眼三十多年过去了，家乡一直平安无事。这次安庆市郊发生轻微的地震，也可算是对那个年头大家不亦乐乎忙防震的一个遥远的回应吧。但愿就像种过牛痘就可以避免天花一样，家乡再也不发生地震，永远不发生地震。

我对地震的知识甚少。有时瞎想：之所以说家乡处于地震带上，恐怕跟距离天堑长江不远有关。如果长江南北两岸分属不同板块，地壳一运动，就会在板块与板块相接处爆发地震的话，家乡的大地还真的并非坚如磐石，我们增强防震抗震意识还真是很有必要。中外发生的地震灾害及悲剧教训告诉我们：防震抗震如果还像过去那样传言一起就折腾一气是不行的，重要的还是要建筑抗震能力极强的牢固住宅，千万不能有豆腐渣工程。当然，也应进一步提高科学监测能力，从而将可能有的灾害消除或减到最低程度。

最后还是愿家乡平安！祝愿中国平安！

弄堂里

我们的村庄很小——好像南方的村庄都不大。几十户人家簇拥在一起，也形不成几条街巷。只有村中间那条贯通南北的巷子长一点、大一点，我们把它叫作弄堂，其主体是南边入口处的一间大厅，据说从前就是我们李氏家族的一个厅房。

这间大厅大约有三十几平方米，东边有一户人家，西边也住着一户人家。西边人家再往北，有一方小小的天井；天井过去，有个窄窄的过道，左右又是人家。因为有这么一个大厅，村里人常常集聚于此，小孩子吃饭、玩耍都在这里，它便成为一个公共场所。

大厅——还是叫它弄堂吧，东边人家一旁还有一个碓宕。碓宕是用来舂米、舂面的工具，有一个很大的木架子，人站在上面踩一条长舌头似的踏板，踏板抬起来落下去，带动头部镶嵌的一块尖牙似的石头，用力地砸进埋在地上的一个石窝窝里，这样就可以把稻子、麦子等带壳的粮食捣碎，然后再过筛，分出外壳与里面的米粒、麦仁。村里人要做糯米粑，也要把糯米粉（用水和好的）放进碓宕舂几下，以求其变得瓷实而柔韧。每年三月三，还会采来茼蒿，一同揉进面里，此即本地有名的“蒿子粑”。

平时，我们就喜欢站在或坐在碓宕的架子上嬉戏，互相开开玩笑、逗逗乐子什么的。多少次放学后，我一放下书包就跑来这里和小伙伴们左右盘旋、上下追逐，拿自制的竹筒水枪互相干仗……那时候，日子是那么贫穷，而欢乐却似乎一点不少。有一年，还有外地一个唱“扁担戏”的忽然跑来，就在这大厅里把他那一台冰箱似的柜子（“扁担戏”的主要道具）立起来，自己躲在后面，将上面一层的许多木偶小人扯动起来，演了一出《王小六打豆腐》：王小六总是偷懒，不愿推磨，他的妻子便一再拿“推手”敲打王小六的头，剧情惟妙惟肖，逗得大家哈哈大笑。这是我平生唯一一次看到“扁担戏”，就在这厅堂里。

我们吃饭也要端着碗来此“闹脚”，所以，各家吃的是什么都一清二楚。许多时候，小伙伴们的碗里盛着的是“菜饭”，由蔬菜和米混煮而成，亦菜亦饭，亦饭亦菜，但他们照样吃得很香。到了秋天，他们的碗头上还搁着一些在饭锅里蒸熟的豇豆，长长的，像一条条项链。而比较吸引我的，还有那一块块蒸煮出的南瓜。颜色金黄、仿佛炙烤出了油的那种，有时我宁愿拿碗中的米饭去换几块来一尝新鲜。

那时村里很少有外人来，如果谁家来了亲戚，差不多半个村子都知道，都感到欢喜。东边人家姑妈的女儿偶尔来做客，是那么标致、白皙的一个姑娘，她含羞带怯地坐在碓宕架上，我们互相推搡，想近前些看她，又怕惊动了人家。背地里开过东边人家大哥与她的玩笑，那大哥总是恼羞成怒一般“啐”我们一顿，自己却脸庞涨得通红。她回家后，我们总是盼着她再来，可是她再也没有来过，听说是嫁到人家做小媳妇去了，我们心里感到多少有些遗憾。

在我最初的记忆里，弄堂的天井以北，不知为何，相当长一段时间里还有一间屋子做过生产队的牛栏，拴过一两头漆黑油亮的大牤牛。也许正因为有牛栏，所以隔壁还有一个老大的粪池。平时，粪积得比较满，上面像是结了一层硬壳。不知为什么事，我曾与一位快出嫁的堂姐有过一次口角，她一生气，抢过我手里的一把自制玩具手枪，二话不说，就扔进了粪池，让我号啕大哭，惹来母亲也与这位堂姐好一番理论。一两年后，堂姐也就远嫁他乡，从此几乎没有再看见她。她的母亲死于三年困难时期，继母带着孩子改嫁过来，她或许与家庭、家乡没有多少感情可言也就可以理解。后来，这个粪池便被填起来了，牛栏也迁到村子的边缘。当然应该这样，村子中心，尤其是弄堂当中有一个粪池，这算什么？

弄堂西边住的是一对孤儿寡母。他们家紧连天井，屋下还有一截廊檐，老妈妈常常坐在那廊檐下纳鞋底，缝补衣裳。儿子一天天长大，再艰苦的生活都没有阻止他长成一个结实健壮的汉子。但家里仍然仅可勉强度日，要讲媳妇却很困难。做母亲的操碎了心，夜里还会偷偷地饮泣，偶尔甚至大放悲声。但终于左托人、右托人，儿子说到了一门媳妇，老人家眉开眼笑，一遍遍叙述儿子与媳妇相亲的经过，描述媳妇的长相，让人感到，幸福终于降临这个人家，人人都觉得生活充满希望……结婚那天，老人家几乎把全村人都接来吃饭。真不知道，她如何攒下办喜事的钱。我那年大约十一二岁，也夹在熙来攘往的客人当中感受着浓浓的喜气，同时也有几分好奇，一再抬头看这家墙壁子上挂的“年画”，连环画似的好几幅，讲的好像是一个叫尹灵芝的女英雄，每一幅下面还配有诗，或许这才是真正吸引我的。在这贫困的乡村，在这样人家，还有诗！但我已忘记那画上是否注明，这诗是出自大诗人公刘的手笔。

弄堂里最热闹的时候是在夏天。无论多么炎热的天气，因为它南北通透，总还是有点凉风。即便一点风也无，它还有一点阴凉，而外面可是遍地都腾起炽热的火焰，让人觉得多待几分钟就会有被灼伤之虞。所以，几乎全村人都把这里当作白昼纳凉歇息的好地方，正如夜晚人们会集中到打谷场和东山坡上一样。有的带来一只小马扎，有的抱来凉席，有的扛来竹榻、睡凳，大多数还会带上一瓷缸酽茶，于是弄堂里便挤满了人，横七竖八躺着的，见缝插针坐着的，一个个挨得很近。老年人一边摇着芭蕉扇，一边打开话匣，从前的许多人、事便会泉水般流淌出来，乡村历史便这般口耳相传。男人一般都赤膊，裸露着被太阳晒得发红、发黑的胸膛与脊背，他们几乎占了大厅的全部地方；女人们穿着短衣小衫，只倚坐在天井以北的狭窄过道，一般都只眯瞪一会儿，还常常要给幼儿喂乳，或照应刚会走路的孩子。到了正午时分，大部分人都会酣然入梦，有的在那里坐着坐着就把头垂下来了；有的刚刚还在摇着扇子，这会儿扇子落在怀里，头却在一啄一啄；还有的更是轻轻地扯起鼾声……偶尔会有一两条狗也热得架不住，伸着舌头，气喘吁吁地跑来，在一个旮旯里卧下来喘口气，闭一会儿眼。我似乎还看见过一两只蝴蝶翩然飞来，在人们的头顶和鼾声中盘旋，试图寻找某个仰着的鼻尖停一下脚，或落到某个宽阔的胸膛上，闻一下汗水的芬芳——这个“细节”或许只是出自我本人的想象，谁能那么准确地记忆得起来呢，已经时隔近四十年了呀！

我因为从没有午睡的习惯，所以也没有在这里入睡过。我只喜欢钻到人跟前去听人谈古，总喜欢听乡亲们讲我们的先人如何在这里生息下来，家族里几代各有几房，每房都从事过什么职业，那些先人有哪些嘉言懿行和奇特的地方。更带劲的是听到这里的游击队和土匪如何干仗，地下党如何扮成一个卖窑货（即陶器）的商人，走村串巷刺探情报，又如何被捕而被四肢绑在几棵树上，受到五马分尸一般的酷刑……昔日乡村的面貌仿佛一点一点浮出水面。双腮已瘪的老太太还给我们讲了好多鬼故事……这些我都听得津津有味，有时也觉得骇然。当然并非都是往事。陈家大哥刚生了儿子，他给儿子取了名字叫“万里”。他就在这里给大家解释为什么取这么个名字：因为铁道部长就叫“万里”，这个名字好，你想想看，万里——铁路……如果他不说，谁能想到，一个乡村孩子的名字竟然与一个赫赫有名的大人物联系起来呢？当过生产队长的老叔也曾在这里将历任省委书记的名字屈指数来，这又是谁能料得到的？久病在床的阿义叔，也想过来感受一下活生生的人间气息，便拖着脚步，蹒跚着走过来。人们给他让座，他对人总是报以和蔼亲切的微笑，但不多久就溘然长逝——我们眼看他一天天衰弱却无能为力，人们在悼惜之余，却也有一些窃窃私语：他的先人在兵荒马乱的年月做过剪径的“生意”，阿义这么好的人却有着这么悲苦的命运，是不是因为先人造的孽……迷信与乡土伦理混杂在一起的言论，让我既感疑惑又觉得震惊。而更让我瞠目结舌的，是在这弄堂里待过的乡亲，有的今天还与我们凑在一块，明天就倒在了田野里。多少人从这里被抬到了村子后面的丘冈上，他们的一生似乎都装在这条短短的弄堂里，而千丝万缕网络般的乡村社会，它的真面目也就显影在这里。

但正午歇息在弄堂里的这一刻是乡亲们一天当中最幸福的时光。有一两个时辰那么长，可惜仍然转瞬即逝——太阳的炎威稍一减弱，出工的哨子就会吹响。那些青壮劳力、那些年轻妇女便会从人群中起身离开，仍然奔赴那热浪滚滚的田野，在烈日下去播种、去收割庄稼，去赢得一年的生计……但我一辈子都会记得，我也来到这里，凝视着这些横七竖八胡乱倒卧在席子上的半身赤裸的乡亲，感觉自己那么真实地活在人间！我多么希望这难得的清静、难得的休憩时光走得慢一点，再慢一点，以至多少年后，我回忆起这一时刻的场景，还想轻轻地喊一声：午安啊，我的村庄！午安啊，我的乡亲！

供销社

在故乡，人们说的一个地名“瓦窑场”，其实并不是真正的瓦窑场，而是一个供销社，也即小商店。它在乡政府所在地南边不远，是我上学必经的一个地方。我们常去那里玩，全乡（最初叫公社）差不多一多半的人买日用杂品都到那里买。我们把到店里买东西就叫作“到瓦窑场去”，而土音近乎“玩鸭场”，以致很长时间我不知道这三个字到底是什么。

这里当初大约还真的就是一个专供卖窑货即陶器的地方，所以才有这么个名字。而我在家乡的近二十年间，却从未见过这里堆放过什么窑货。

它应该是县供销社的派出单位，而县供销社差不多是那个年头唯一的小商品流通机构。那时候是不允许私人开商店的，一切货物与物资都由供销社控制或经它转手。有近三十年时间体制便是如此，一直未变。

正因为是县供销社的派出机构，这里的店员包括店长都是吃商品粮的，甚至都是有城关镇即县城户口的。在那时的我们看来，他们不啻电影或图画中人，甚至差不多像神仙中人，一个个衣着光鲜，平时穿着皮鞋，而夏天也穿着皮革或塑料凉鞋；从未被太阳暴晒过，所以都细皮嫩肉、肤色白皙，说的也基本是普通话。

这个小供销社其实占地还挺大。它有一个很大的院子，院子北头大约还有仓库，西侧有一排职工宿舍。它的主体是坐北朝南的一个大厅，有一两百平方米，这才是真正的商店营业地方。正中有一溜玻璃柜，右侧是个水泥柜台，而纵深一点的左侧是些木柜台。柜台离墙都有一段距离，贴墙是一排橱窗，橱窗里放着紧要一点的物品。右侧的水泥柜台过去，还有一大块空地，堆放着一些待出售的农具等杂物；左侧的木柜台却十分宽大，因为那是卖布匹的地方，卖的时候要把布匹摊开一尺一尺地量，甚至还有一卷一卷的布就长年摆在柜台上。至于大量的布匹，都是成卷地竖立在柜台后面的橱窗里。

就是这么一间大小和现在城里一间普通超市差不多的店铺，便成为全乡的商品集散地，更是人们特别是我们这些孩子流连忘返的地方。在我们眼里，它有许多新奇玩意：各种瓷碗、脸盆、毛巾，各种簿册、钢笔、算盘、铅笔盒，各种茶杯、暖壶、手电……它们都曾吸引过我们的目光。这些物品一般都得摆很长时间，因为销起来很慢。靠近水泥柜台一侧的还有大桶的煤油、大缸的咸盐（那盐粒也很大）、酱油和酒。我至今还记得那酒缸上覆盖着沙袋，如果谁来打一斤半斤，那营业员就用长柄竹木“端子”伸进缸里舀起一“端子”酒，倒进插在瓶口的漏斗里。买卖煤油、酱油大概也是如此办理。

而最吸引我的是正中的玻璃柜台里所摆放的几册图书。有的图书一摆就是几年。大多数是连环画，偶尔也会有“文字书”。大约从七岁开始，我就一次次跑到这柜台前，把目光透过玻璃去仔细端详那些图书，甚至还弯下腰去，看图书后面的定价——因为柜台中间的搁架也是一块玻璃，能让我们看到书背面的定价，然后估算自己兜里的钱是买得起还是买不起，能买得起一册还是两册。正是在这里，我买到了平生所买的第一册文字书《诸葛亮》，其中所附的“三国鼎立形势图”的“鼎”字，我向别人请教了两三次才记住。不久，我又在这里买了一本知识性小册子：《奴隶社会》。而买过哪些连环画我却一本也不记得了，大约是根据当时电影改编的《南征北战》《鸡毛信》《小兵张嘎》或《青松岭》之类的吧。如果没有记错的话，柜台后面的橱窗里曾经出现过巴金的小说集《英雄的故事》，这大约已是在粉碎“四人帮”之后的事了。而此前两三年，实在无书可买时，我竟然还买过一册袖珍本红皮书《关于修改党章的报告》，这应该是1973年的事；而所花费的几毛钱是我帮家里拾粪由父亲付给我的。又过了几年，柜台里竟然出现了姚雪垠所著的历史小说《李自成》，在我心里引起很大的震动，我向父亲要钱，未能获允；再向母亲提出预支压岁钱，也被拒绝，最后只能怅惘地看着它消失了，不知是收回到县里还是被人买走了。那种遗憾真的是无法形容。

这个小店还曾破天荒地出售过一两回玩具，其中一个是塑料做的，一块长条板上两端各立一人，其中一个手持刺刀，动一下机关，那小人儿就将手中的刺刀刺向对面的“敌人”，“敌人”就往外倾侧。它结构并不复杂，但足以令人欣喜，因为乡间几乎看不到有什么玩具出售。那时我刚上小学，我的父亲也在同一所小学任教。一次放学后，我随父亲和其他几位老师进店里闲逛，其中一位老师是邻村的强梅大姑，她跟父亲开玩笑说：你还不给你儿子买一个玩具。我父亲还真的掏了一两块钱买了这个玩具。这可能是他唯一一次给我买的玩具，可惜，我不过玩了几天便把它弄坏了，手端刺刀的那个小人儿掉下来了，就是用火灸也再不能把它粘合起来，只得丢弃。

每年母亲也来这里扯几尺布。那时买布都是要布票的。布票比钱还珍贵，所以人们都习惯把它和钱包在手绢里，买的时候，小心翼翼地解开手绢，将布票捏在指尖仔细数了又数——因为布票很小，纸又薄，面额也不好辨认，所以要小心又小心。这更是为难了那些不识字的农夫农妇。母亲就多次陪村里的妇女来这里买布。而我每当偷偷地积攒几角钱之后，除了觊觎那几册图书，也十分贪爱那玻璃圆瓶里装的麻饼，常常要在两者之间权衡。唯一让我感到快乐的是家里让我到右侧水泥台内侧去称几斤海带，这并不是家家都能享受到的，而海带和腊肉放在一起红烧，可称得上是美味……

店里最忙的时节是在每年过年。那时整个店堂里挤满了人，买什么的都有，尤其是年画、对联摊位前面简直是被围得水泄不通，往往要越过人头递钱接钱。一到农忙季节，家家忙于农活，就没多少人来店里买东西了，店里就显得格外清静。也只有三两个店员在守店，他们都坐在通往后院的门口，那里总有凉风吹来，这些英俊漂亮的男女看上去更像是神仙中人。此时在烈日下劳作的我们，仅仅用一个“羡慕”来表达我们的感觉是不够的。而神仙并不是漠然木然的，也是有活生生气息的。他们互相开玩笑，互相推搡，甚至打情骂俏。时间一长就可以看出有两个青年男子都同时对一个青年女子好，有时两人同争一座位，来陪着那女子。但很快就只剩一个男青年常与那女子并坐在一起了，他们不时用手掌相互轻拍一下；又过了些日子，那女子腹部就微微地隆起，再过了几个月她就消失不见了，大约是回到县城去待产“小神仙”了……生了没有，生了什么样的“小神仙”，我不知别人看见过没有，我是不得而知，因为那时我已读完初中，到县城边上去读高中了，再也不经过那里。所以，甚至连这个名叫“瓦窑场”的小供销社还存在了多长时间，我今天也说不上来。

当然，还有一事至今不能忘记。就在我初三毕业前夕，有一次我目睹一位农民与店员在水泥柜台边发生争执，那农民被气得直抹眼泪。也是，他怎么能和“神仙们”争吵呢？但是我心有触动，而且几天放不下，便将自己的心情化为一首打油诗，抄到一张纸上。我还记得那开头道：“小小店里无春风……”抄好了，我也不知送给谁，就跑去送给一位在写字桌边正襟危坐的女店员，她展开来看了看，大约还笑了笑。这首诗所得到的回应也就是这一笑。而这，我也就觉得很不错了，还想怎样呢？

雨天的狂欢

我的家乡在长江北岸，那里雨水较多，尤其是每年的梅雨季节，常常是连月不开。下得大的时候简直就像天被捅了个大窟窿，天上所有雨水都赶到这儿化作瀑流倾泻，所以，当我读到诗人聂鲁达的回忆录，一开篇就写到他家乡无穷无尽的滂沱大雨，不仅不惊讶，而且觉得比较亲切。

总是下雨，当然令人讨厌，尤其是我们这些顽皮的小孩子喜欢“闹野”，一旦大雨倾盆，遍地泥泞，更不方便出去玩了，天地间阴阴惨惨，人又无所事事，心情自是很郁闷。我把家里的几本文学杂志也都翻烂了，没有新的读物进来，那可真是百无聊赖啊！只好趴在窗户上看外面的行人如何撑着旧伞在雨中伶仃而行，或在泥泞里艰难跋涉，甚至一滑一跌，现出种种让人感到滑稽的怪象，也能开心一下，但稍久仍觉枯燥无趣。

是不是雨天都这样单调苦闷呢？也不是的，也有许多开心的事儿只在雨天才有。比如夏天暴雨如注的时候，我们会冒雨出去，把奔流的溪水拦起来，用泥巴建一个“水坝”，还用瓦片做个闸门，水蓄积到一定时候提起闸来，看到一片洪水喷出老远，自是欢呼雀跃。但最热闹乃至可称为“狂欢”的并不是在夏季，因为夏日村里人常常都很忙，无暇顾及玩乐，尤其是集会——而“狂欢”总是需要许多人聚集在一起才会有的。那么是什么时候呢？是寒冬或春初所谓春寒料峭的日子，田间农事已了，而天气已然或仍然寒冷，适合许多人聚集在一起取暖，欢乐地度过一天时光。

这样的聚会一般是在村里的某间宽敞的公屋里进行，我们那间公屋是叫作“大厅”的，或许在旧时代正是某个大户的厅堂，就在新双家与刘小毛家相接的天井一旁。实际上是聚居在一起的几家的过道，平时搁放一点杂物，一到下雨天，人们不自觉地走来闲谈。一开始或许只是几个妇女来此做针线，接着好热闹的孩子们来这里捉迷藏、追逐打闹，又有几个大人来寻孩子，便站下来袖手而观。于是人越聚越多，以至整个大厅里很快就挨挨挤挤，人群中更加不时爆发出响亮的笑声，从天井口直冲向云霄——布满雨云的天空，乃至使雨水的淫威也顿时失却……

这时候不知不觉形成这样的局面：许多大人站在一边“观场”，而人丛中随时空出一块地儿便做了“舞台”，孩子们登台展现种种身段和能耐。那便有点类似杂技表演了，有的在做空中翻，咫尺之地，竟能接连翻出十几二十个跟斗，最后还能稳稳地站立；有的表演倒立，倒过来还能用手行走；有的把扁担、竹竿竖起来搁在鼻梁上，会长时间不倒不掉；有时几个人或一个人踢毽子，那自己扎的羽毛毽子踢得漫天飞舞，让人眼花缭乱，却总是不会落地。在人少的时候，女孩子们可以玩跳绳，身影在绳上翻飞；连局促于一隅的几个女孩子也玩起“挑线”，将毛线绕在十指上，挑出种种花样。偶尔还有人带来一只新做的竹哨，竟呜呜地吹起来，也不管别人是否在听，只顾展示自己的“才艺”；最不济的也想表演跳高或“飞檐走壁”，顺着根柱子爬到高处摸摸屋檐……总之是各尽其能，各施其技，以博得一声喝彩、一阵欢呼。而那些大人站在那里果然也看得兴致勃勃，频频点头，不时嬉笑，有时还加以指点议论。孩子们便玩得更来劲了，花样也更多，即使玩失败了，或差点出险，人们惊喊一声，接下去再让别人上场就是了……欢声笑语不断，仿佛正在欢度某个盛大的节日，仿佛真是马戏团来到了村里。

想来也觉得奇怪，那时候日子过得那么穷困，只能勉强吃饱肚子，住的也是破旧的矮房，许多人家“家徒四壁”，怎么还能玩得这么开心呢？其实也不难理解，那时都是合村而居，村里也没有什么人外出打工，都守在家里，逢到天阴雨湿，无处可去，如果再不出来串串门、聚聚会，怎么打发那无聊而苦闷的日子？这倒丰富了我们单调的童年生活，使我们的乡村记忆有了一抹亮色。

正是在这里，我听到小伙伴们给我讲了许多民间传说，学会了唱儿歌、猜谜语，那都是小伙伴一字一句教我唱的、念会的；还是在这里，我学会了打弹子、掼纸三角和玩泥塑。天井这边是大厅，那边是宽宽的走廊，中间是石板条儿，我和小伙伴在这廊沿追逐，左奔右窜。记得走廊上还有一台石磨，正好给我们做了牌桌。我也曾经与小伙伴赌钱，输了多少枚硬币已数不清，只觉得每输了硬币，赢得的欢乐仿佛更多，因为顽皮抵赖，因为你争我抢、大呼小叫，玩得肆无忌惮，玩得那么忘情，我平生此后再也没有这么忘情地玩过，想来如何不感激我的村庄、我童年的伙伴！

不知不觉，我们就长成大孩子了。当然不好意思再过分玩闹，不好意思总表演滑稽可笑的动作，但还不够格跟大人站在一旁观望。我们成了边缘人，偶尔当当“导演”“教练”，指导或撺掇比我们小的孩子玩，或跑到门就开向大厅的新双家里，翻来覆去摆弄那台他从他父亲单位带回来的破唱机。把唱针搁在唱片上，最初还能唱几首曲子，接下来不断卡壳，最后是彻底哑默了。怎么办呢？我们很有点感觉侘傺无聊了，但没有法。忽然有一天，有一个大孩子招呼一声：我们换个地方玩吧！便从大厅里抽身出来，往村头上跑。越过村路，就是打谷场；跑进打谷场，斜插过去，就来到东头的几间队屋，这在冬天主要是生产队储藏农具的地方。哦，这是个好地方！我也来了兴致，紧跟着几个小伙伴来到这几间队屋前。

门是简单地锁着的，或只是缠绕一段铁丝，我们很容易弄开，就进去了。里面当然没有人，只有一屋子农具，有好的，有坏了的，都堆放在墙边和角落，一间堆得比较满，另两间空地多，正好做了新的游乐场。我们不想把在“大厅”上玩的那些一一搬演，想玩点新鲜的，但也只能玩捉迷藏。因为那些农具正好做了障掩物，我们躲在禾桶里，甚至爬进风车肚里，随时换地，让找的人颇费周折，但玩着玩着，因为观众太少，激情便自然下降。这时，大孩子看着满地的农具，显然有了主意，便问：

这些家伙什谁会使呀？有人说：我们开年就要拿它们种地干活了！于是各个都不自觉地拿起农具操练起来。这个扶起一张犁，模拟着插入土地，推着向前；那个拖来禾桶，拿着掉了柄的大扫帚当稻穗在桶沿掼起来；又有人坐到“列车”（一种耘田的工具）上，想象自己由牛拉着，在水田上滚动；还有人摇起风车，扇出巨风；有人挥起木锨扬谷；而我则和几个年龄小些的孩子趴到大水车上，踩着脚踏，车起水来……这一切仿佛都从未做过，多有趣呀，队屋里也腾起了一阵阵欢声笑语……

这也可以说是一种狂欢，可是我们至多也就玩过两三次就不再玩了。因为我们毕竟是长大了，属于我们每个人的人生即将正式展开，生活的重担已经在等着我们去挑起，我们自觉不自觉地都要告别童年的一切。冬去春来，伙伴当中就有人再也不去上学了，他们将跟从父辈到田野上学做农活，追随的也是与先辈一样的人生。事实上，当初在大厅上参加狂欢“派对”的时候，就有几个大孩子从热闹场上抽身出来，披上雨衣，戴上斗笠，消失在门外雨幕中，帮父辈放水、护苗去了。而在雨天的狂欢，童年的狂欢，是多么短暂啊。

去县城里看电影

我不过刚上小学，一天下午，父亲从我就读的学校把我接到他的学校去。到了他的宿舍，他就叫我在他的床上睡下，说是晚上和他一起上街。所谓“上街”，就是到县城去，离我们家不过十几里地。我盖上父亲的被子，闭上眼睛，父亲离开了，门窗紧闭，屋子里阴暗下来，也十分安静（似乎是个周末）。我第一次睡在一个陌生的地方，虽然是父亲的床铺，心里也多少有点不安。但这不安一会儿就过去了，可还是怎么也睡不着。乡村里的孩子整天疯玩，哪有午睡或白天睡觉的习惯。大约一个多小时后，父亲回来，我就睁开眼，说睡不着，他说那就起来吧，等一会儿一起去看电影。有电影看，而且是去县城，我当然高兴。吃过晚饭，父亲学校里的几位老师便把自行车推出来，大家一路疾驰，很快就到了城关。先到一位家在县城的老师家吃了盏茶，接着就走到电影院。进场时，电影已经开演了，好大的宽银幕，上面正映有几个战士伏在草坡上双目炯炯有神地警惕着敌情，影片名叫《钢铁战士》，其中有战士被捕后遭受严刑拷打的镜头。四十年来，我都没有再看过这个电影，甚至未见有文字提及，但去年我从电视上又看到有这部影片重播，看了一下，似乎跟记忆中的有点对不上，不禁让人生起往事如烟之叹。

像这样被父亲接到学校，先安排睡一下，而后去县城看电影的事似乎有过两三次。后来我就长大些了，不怕晚上犯困了，父亲就再也没有让我先睡觉了。有一次，我读书的学校和父亲学校的老师们一起去看电影，回来时，父亲临时有事要办，便把我交给教我的两位老师带回。回到学校却没有钥匙打开校门，我的老师还带我翻过墙头。这样的事也只有一次，所以难忘。有一次看的是《三笑》，故事讲的是所谓"唐伯虎点秋香"的传说，唐解元的洒脱不羁、风流倜傥似乎博得了老师们的欣赏，大家津津乐道，父亲似乎也很开心。

那时候，全县似乎只有县城里有这么一家正规的电影院，其他的都是在乡间的露天电影，乡村孩子几乎没有一个到电影院里看过电影。我沾了父亲是名教师的光，便成为比较"特殊"的一个，难得也难怪父亲这么郑重其事。这确实使我在童年有了一点别样的体验。

其实，在这之前，父亲就带我去县城电影院看过电影。那时，我大约是五六岁，看的影片是刚热播的《闪闪的红星》。看得我非常激动，回来就滔滔不绝地复述给村里的小伙伴听。那一次在县城，父亲还给我买了两条三角裤衩。那样式、布料都跟村里小伙伴以及我自己平时穿的短裤不一样，且颜色鲜艳。我穿着它在村里欢快地奔跑，感觉幸福得不得了。现在偶尔在成衣店里看见类似的童装，不觉要比较当年父亲给我买的那裤衩，认定它比一条手绢大不了多少，可见我那时多么幼小。这也是村子里别的孩子所没有的——当时的农村是多么的落后、闭塞、贫穷，偶尔有那么一星半点不同，都让我产生一些优越感。

几年后，我长大了几岁，也感受到社会上文化活动和文化讯息在逐渐增多，特别是在县城里。电影院放的电影越来越多，有时消息传到我们村上，在人们心中激起阵阵波澜。有一天，传说县城里正在热播越剧《红楼梦》这部解禁的影片，大家听说后都十分兴奋。我更是按捺不住，在本村、邻村邀约几个小伙伴、年轻人一起去看了一场。不久，听说一度受批判的《洪湖赤卫队》也要在县城放映了，这消息再一次在我心里引起了向往。我把这消息在大嫂大婶们中间传播，热切地鼓动大家都去看一回。这些大嫂大婶们可能一辈子都没有进过县城的电影院。她们一开始对我的鼓动毫无回应，但我竭力向她们宣传电影如何好看，说其中有闹革命的女英雄，再跟她们说电影票也不贵，也就一两毛钱，何不去见识见识？没想到，她们还真是被我说动了，我带着三五个大嫂大婶赶到了县城，手中捏着几枚硬币，买了票，终于走进了电影院。我和她们一起手拿那薄薄的电影票通过电影院检票口那两排铁栏杆（后来似乎就拆掉了）的情景，至今仍历历在目。幸好这场电影没有让她们失望，我见她们看到韩英在狱中反复地唱“娘啊，儿死后，要把儿葬那洪湖旁”时，个个眼里都闪动着泪光。

随着乡村里的露天电影越来越多，村里人对去电影院看电影的兴趣就越来越少了，因为人们并不在乎在什么地方看电影，对影片也并无过高的要求。偶尔县城里放一部好片子的消息传来，村里却风平浪静，大家似乎已经无动于衷了。读四年级时，我听说县电影院里放日本故事片《追捕》，很想去看看，但只鼓动了本村一个比我略大一点的堂哥和我一起前往。那时，村里正好有一位高年级的学长在县二中读书，我们便一起去找他，跟他说好晚上要到他的宿舍就宿。我们到电影院门口，才知要看的影片已在昨天放完，只得买了当晚的票胡乱看了一场电影，回来时学校大门竟已经关闭，我和这位堂兄竟爬上铁栅栏门，翻进校园。此时已是夜深人静，我们借着微弱的月光往几个小时前曾经去过的学长宿舍摸过去，不想走错了地方，闯进了一座小院。在一棵粗壮的大树下，有间屋子还亮着灯光，我心想这大约是老师的居所，便赶紧东奔西撞，寻找通往学生宿舍的路。大约因为弄出了什么声响，惊动了亮灯的屋子里的老师，他问了声“谁”，并推开了窗户，我只好大着胆子问他学生宿舍往哪里走，他说了声怎么拐弯，并且指了指，我们便踩着月光下树叶筛下的碎影，摸索着走进那间宿舍，叫醒学长，在他指定的床铺上睡下。第二天，还跟学长一起去学生食堂吃了顿早餐，吃的是大米稀饭。食堂里就餐的学生并不多，不像现在每所学校都是人群熙攘。

从此，我再没有邀约村里什么人一起去县城电影院看过电影。少年时的这些经历成为不可复制的记忆，永远铭刻在了我的心上。有时，我想起这些往事还不禁哑然失笑：少年时的我怎么有这么一颗躁动的心，这么莽撞呀！

看水

这个“看水”的“看”，不是“看望”的“看”，而是“看守”的“看”。也就是说看水不是看风景，更不是像《庄子·秋水》篇提到的“于是焉河伯始旋其面目，望洋向若而叹”。

看守与看护着一池或一渠水，当然因为水很重要、很珍贵。物以稀为贵，少到不足以满足需要，当然要“看”。这在乡村一般都是逢大旱之年。吾乡在丘陵地带，虽说未必是“三年旱两头”，也必是三年有一年旱得比较厉害。久旱不雨，到了夏末初秋，“双抢”已经结束，晚稻的秧苗已插到田里，正等待有雨水滋润，好去生根发棵，可是却连日骄阳蒸晒，一滴雨也下不下来，往往就会发生旱情。村里池塘里的水都差不多用尽，于是便在河床里淘掘地下水以解燃眉之急。如果还不行，就只有向上面申请，让山里的水库开闸放水了。水库放水也不是白放的，要收一定的钱，这倒也合理，没话可说，于是每家每户都把水钱筹集起来交上。而要水的地方比较多，放水自然还要排队，一般自然是从水道上游放到下游。我们那个乡镇处于下游，放得最晚，而水道当然也最长。那么就必须派人看守，以防被沿途的村子截留。这样一来，就有了看水的活计。

我很小的时候，村里还是集体经济，我家是交钱买粮，除了母亲，没人参加生产劳动，看水的活儿自然也派不到我家。我常带着几分向往眼看着村里青壮年纷纷行动起来，由村干部安排在“外地”各个重要地段，并与邻近各村做好衔接。我们村边上也来了更处在下游的村落（快到水道的末端了）的乡亲看守。小学毕业前一年的那个暑假，跟我非常要好、教了我四年语文的汪虎生老师正好被派到我们村看水，他带来一张木榻坐在渠边树荫下，正觉得有些无聊，正好我闻讯提着开水去看他，陪他聊天，还给他带去几本旧杂志。师生俩都觉得那几天过得比较愉快，以至他撤回去的时候，我还觉得他看水的日子实在太短了。有这种感觉，说明我到底是局外人啊，不知露宿野外的辛苦！翌年我考入中学，与老师这么长时间地泡在一块的机会倒再也没有过。

很快，农村实行承包责任制，我家也便有了田地。到了旱天，水库上放水，每家每户都需出人力，我家也不例外。上了高中，第一学年结束的那个暑假，村里给我家派下看水的任务了，我自告奋勇去“出征”。已经十五岁了，我觉得责无旁贷且能胜任。何况我从没有过这样的经历，怎么也要尝试尝试。

我被安排与本村的发荣叔一组，并已得知所要看守的地段——在西边山地“拍毛屋”村更上面的一个村庄。那里已接近很大的山了，有一道高高的山岗，翻过它，走一段下坡路，就会与一座座崇山峻岭相遇。这里离我们村不过七八里路，是山乡通往平畈的要道，反过来说是入山口，河渠绕过那村子，辗转流向我们那里。路上，我看见山野里放养着许多黄牛，竟也觉得稀奇，因为从未见过，我家附近几个村子里都只有水牯牛。我和发荣叔带好被褥、蚊帐、睡凳或木榻赶到指定地点，还带了些日用杂物，如茶缸、暖壶之类的东西。我不记得是怎么把这些东西弄到那里的，估计不是肩扛手提，而是由村里统一用板车送过去的。到了以后，我们选了临渠的一个小村子作为落脚点，那村子不过三五户人家散居，四周杂树成荫，其时却正是蝉噪一片。

我们选了一家屋场比较开阔的人家门前不远处安营扎寨，利用渠边的树和带来的竹竿将蚊帐撑起，安放好睡榻，摆好物品，很快就安顿好了。这样大的响动当然引起这户人家的注意，有人出来看我们，我们就打了个招呼，顺便征求一下意见，得到的回应是“没问题”。主人是一对大约三十来岁的夫妻带一双儿女，女儿可能刚到入学年龄。他们都笑盈盈的，很和蔼，让我一开始还有点紧张的心放松下来。何止如此，主人还热情地告诉我们，需要什么尽管开口，我心里不仅踏实多了，而且颇觉温暖。

以后几天果然没少打扰他们，后来我们开水也不用烧，就直接从他们那里要来。只是如何解决吃饭问题，我至今已忘记了。大约有两种可能，一是由自家做好放到村里统一送来；二是就地解决，自己支一个小锅灶烧点面条之类的。后者的可能性比较小，虽然有家乡的朋友后来告诉我：当年看水的人在她的村子边上用树干叉开，吊起一只铁锅煮饭，而且“香气弥漫”，但我觉得我当年似乎不太可能，因为我一点都没有怎么切菜下锅的印象。

第一次在露天里睡觉，对于我多少有些新鲜，从蚊帐里看到高远的深灰色的天空和疏疏的星星，这样的印象倒是一直存在于记忆中。早晨醒来，拿着茶缸到渠边洗漱也很方便。偶尔与发荣叔聊几句，可惜他不是一个健谈的人，我们好像都没有谈到他曾经参加抗美援朝的往事。这时，我们与这户人家更熟悉了，他们也偶尔过来拉拉家常。方知男主人其实是个县城知青，当年上山下乡就插队落户于此，再没返城；怪不得他们家与地道的农民还有那么一点不同，比如待人接物上的落落大方，家里收拾得也很整洁。

看水，其实也没什么事可做，就是沿着水渠走上一公里左右，算是巡视一下，看看有没有缺口，是否有当地人把水引入自家池塘或田里。看着那一渠清水融融泄泄向远方流去，心里颇为欣喜。只有一个夜晚，我们听见远方田野里传来一阵喧哗，天明我们才听说那里确实发生过一点纠纷，但也顺利地得到了调解。以前我曾听说过看水的与当地人发生过互殴事件，甚至有回乡度假的大学生参与其中，不乏有打得头破血流的，到我看水时，似乎一切都很平静。没有事，我就拿出书来看，此举还赢得这户人家夫妇的称赞。当得知我来年就参加高考了，他们还说了些祝福的话。这样五六天时间一晃就过去了，看水任务顺利完成，我们拆除蚊帐，向“主人”道谢、告别，搬东西回家。虽然一切平淡无奇，但对于我这个没有到外乡插队经历，也不曾当过“驴友”的人来说，可算得迄今唯一的户外生活体验。

三四年之后，我还参加了一次看水，地点距离上次宿营处不过一箭之地，却是在一个山岽上。但这是一帮人集体行动，在周边巡逻几回就行，不必安营扎寨。在一天繁星下，我和村子里的七八个青壮年坐在山峁上吹着晚风，谈谈笑笑，也很开心，中间村干部还来检查过一次，延至子夜就一起撤回去了，大约估计这时已经没有人再来“偷水”。而因为时间较短，也怕打扰他们，我竟没有去上次扎营的地方看看那户人家。到了我即将北上读书那一年，村里安排看水就更简单了，只需白天去那里看一会儿，而这次是我父亲去的。我中午去送饭，在一片高粱地里找到了父亲，但父亲吃了几口就不想再吃了，随后我们就一起返家。路过那户下放学生人家，还主动进去坐了坐。只有女主人在家，拉了拉家常，也就离开了。而约半个月后，那家男主人去镇上办事，路过我家，也还特意进来问到我，其时我正在午睡，只隐约听到了他跟父亲谈话，他稍坐了坐就告辞了。从此，我们再没有碰面或来往。这么多年，我对我那天听到那家男主人来我家，我却没有出来接待而难以释怀。

现在，不知家乡还有没有“看水”这一说，大约是没有了吧？毕竟过去了这么多年，应该再也不会有人为一点水而争得面红耳赤，甚至打得头破血流了，我想。

借读记

生长在穷乡僻壤，能接触到的都是地道的农民，很难碰见一两个知识分子，要想找到几本好书来读，确实有些不容易。然而我偏又那么喜欢书，甚至喜欢汉字写下的一切。父亲虽说是个教师，家里其实也没有什么藏书，只有累年积存下来的二三十册《安徽文艺》和《人民文学》旧杂志，很快就翻完了。我日思夜想的就是能够获得一本好书一读为快啊。

我十岁那年，动乱的岁月终于结束，各种出版物开始不断涌现，也开始一点一滴地渗透到乡村，使得我的阅读量日益增大，似乎有从涓涓泉水汇成一条溪流之势。我更频繁地和我的同学交换各种书刊，有时机遇总是不期而至。有一天，我在邻村的一位同学家读到一本崭新的外省刊物，我感到新奇：怎么会有这种当期的杂志来到我们这里？天黑了，我还没有看完，便提出要借回家去读。出乎意料，这位同学却面有难色，没有像往常那样愉快地答应我。在我的追问下，他才告诉我，刊物是他们村的另一位同学——兴进的。我恍然大悟，可不是吗？兴进他爸是“跑邮信的”（邮递员），订户所订的杂志都由邮递员投递，在手里耽搁一两天不是很正常吗？仿佛一道光亮闪过，我便脱口而出：我也去向他借。

我没有多想，就兴奋地跑到兴进家，在门前屋场上遇见了他。他曾经和我同上过小学一年级，后因年龄问题（小我一岁）又退学了。可我也有点担心和犹豫，我们毕竟后来不是同班同学，何况他性格多少有些腼腆，甚至可以说是有点内向的，并不好打交道。可是，那么多新鲜的刊物在我面前晃动，我怎么能够抵挡得住这样的诱惑呢。见到他后，也没有绕弯子，直接问他能不能把他的刊物借我看看。总以为这不是什么大不了的事，谁知他一听，却瞪大了眼睛看着我，若有所思，或许是在想我怎么知道这个“秘密”的，或在考虑怎么回答我。我硬是没把我的眼光移开，显示出一种诚挚与执着，但他到底还是摇了摇头。我倒没有失望，因为这当然也在我预料之中。过了会儿，我便提出拿我收藏的一些连环画跟他交换，他眼睛一亮，但接着又黯淡下来。我便说我还是拿来给你看看吧，于是便跑回家，拿了几本连环画递到了他的手里。等到他翻开这些连环画，我便嗫嚅着再次提出自己的请求，问他有没有杂志也给我看看，就看一个晚上，保证完好无损地按时归还。他平静的脸上意外地有了一丝笑意，就像识破了我的“阴谋诡计”，看了我一眼，却又低下头，眼皮也不眨一下地跟我说：今天正好没有刊物，明天再说吧。

我便盼望第二天傍晚尽快到来。等到太阳快下山，我怀着激动的心情走到了兴进家；他从他看书写字的房间出来，脸上多少有点不耐烦的表情，而我并没有看见他的父亲，心里多少还是有点忐忑。正待开口，他做了个噤声的手势，又用手指指他家的后院，我便明白了，跟他进了他的房间。他从一个橱柜顶上拿出了一叠杂志递给我，啊，竟然有《作品》《福建文艺》《少年文艺》，我禁不住在心底发出一声欢呼。这么多从未见过的崭新杂志摆在面前，简直像穷孩子过生日第一次有块大蛋糕摆在面前，真是喜出望外。我抑制住激动，当即打开一本，屏息静气地读起来。屋子里非常安静，安静得让我都有点紧张，总担心阅读会不会被打断或取消。但是我管不了那么多了，只要人家不下“逐客令”，我就不走！时间一分一秒地过去，我终于读完了两个短篇。这时，兴进的父亲恰好走过来了，他并没有显示出多么惊讶或不悦的表情，还客气地跟我打了声招呼：“哦，你在这里。”然后就去忙自己的事。我的心里略略感到安稳了些。但是很快天色就已黑定，家家上灯准备吃晚饭了，我也要回去了，但仍恋恋不舍，便抱着碰碰运气的心理，向兴进提出要借一本回家，并向他保证决不损坏。兴进略想了想便点点头，再次叮嘱：千万、千万要完好无损地还回来。

我兴高采烈地将杂志拿回了家，一夜饱读，第二天准时将杂志还到了兴进手里。但当我还想再借一本时，却为他断然拒绝，说杂志是别人拿钱订的，外借是不应该的，甚至连先看也不应该；要看，最多只能来家里当场看一下，我不假思索地答道：“好！”

从此，我就不时地往来于我的这位同学家。一开始，我还想着尽量避着点他父亲，后来，被他父亲撞见的次数多了，见他没提出异议，就索性公开地、大大方方地在他家阅读起来。我就这样走进了新时期的文学期刊之林，一条相当宽广的阅读大道展现在我眼前，现在想想这真是一种幸运，而这幸运是这对宽宏大量的邮递员父子带给我的，令我终生感激！我开始比较广泛地接触到当下的中国文学，好作品如潮涌现，我像个赶海人一样尽情地拾贝于长滩。在《少年文艺》上，孤陋寡闻的我第一次读到了“田螺姑娘”的神话传说，非常惊讶乡野还有这么美好的故事，又觉得人间还真应该有这样的传奇才对。有一期《安徽文学》载有一篇《泥马渡康王》，我才知道有赵构南渡这回事。我喜欢上了《文艺作品》，一本开本显得有些别致的杂志（大三十二开），所用字体比较纤细，但是上面的每一篇都有着浓郁的生活气息，尤其是小说《旱天雷》《盐丁儿》等。正是在这本杂志上，我第一次读到韩美林的绘画，一只只可爱的小动物是那么憨态可掬、稚趣盎然——不久这本杂志还发表了这位画家的传记，使我了解到这位天才的不寻常人生经历，自是满心钦佩。《上海文学》《小说月报》也按时出现在我的眼前，似乎每一本都那么精彩，充满着活力，向我打开了一个极富魅力的世界。许多小说、散文，我读来都有一种被带着飞翔的感觉。本省作家祝兴义写的《抱玉岩》，我读了多遍，因为它把古代的故事与现实生活巧妙地结合，写得是那么温婉迷人，真的让我好感动。获得全国优秀中短篇小说奖的许多作品，我差不多都及时读到了，如《神圣的使命》《我们的军长》《湘江一夜》《被爱情遗忘的角落》等。我甚至正是从此知道有中篇小说，也读到了许多获奖的佳作，如《犯人李铜钟的故事》《淡淡的晨雾》等。汪曾祺的名篇如《大淖记事》《受戒》，我一读就觉得有一种很别致的韵味，那么成熟的文字，那么温馨的故事，只能用“脍炙人口”来形容。这样的阅读可以说是奠定了我对于文学的基本感觉。此外，我还从《少年文艺》《儿童文学》读到同年人的习作，其中一篇还是出自本县一位中学生之手，我由衷地敬佩，这对于我自是一种很深的激励。

正是这样的阅读让我的心灵日益宽广，也日益充实起来，我有了更大的激情去求知。因此只要有闲暇，我都要跑到我的同学家去——当然也不会每天都去，那样太打扰人家了——但每周总要去个一两次，静静地读上一阵，哪怕只读一两篇短文和小诗，也让我感到很有收获。有一阵，我甚至带上笔记本，把我认为写得好的段落或“锦言妙句”摘抄下来。现在想来，也真难为了我的这位同学和他的家人，他们始终以极大的耐心接待我，从没有对我表示过不悦，甚至越到后来他们对我越随和，不是因为客观原因，他们从没有出言拒绝过我一次。有时天上下起了阵雨，飞起了雪花，我也不知不觉；有时逗留在他们家好几个小时，他们吃饭或忙于做家务，却容许我这么个外人在一边阅读——这是多么难得！那确实是一段美好的日子，我常常满怀憧憬地走上通往邮递员家的小路，又带着满满的收获的喜悦回家；读过的每一篇美丽的文字都像甘泉流淌在我心上，让我感到岁月是那么美好，人生是多么有希望。更重要的是这让我业余时间有地方可去、有益事可做，从此养成手不释卷的习惯。

这样不断到邮递员家去借读的习惯，我一直保持到了上大学。只一度中断过短短几个月，那是因为兴进的父亲因故离开工作岗位，我和他的家人一样牵挂他。上了大学，我不仅在学校图书馆阅读到更多的杂志，还自己买了许多书刊，但是暑假回乡，我偶尔还是要去兴进家走动一下，及时翻阅当期的刊物。有意思的是，大学第一年暑假，有天傍晚又去邮递员家找兴进，他一见面就告诉我：× × 月刊上刊登你的散文了。我一听，高兴极了，忙让他拿给我看，果然见上面有了我的名字和我的文章，便迫不及待地要借回家，我的同学破例慨然相允。我拿回家，将我的那篇“大作”展示给父亲看，并口不择言地说：“老兄，你看我怎样？”同时自己也吃了一惊：我怎么能称父亲为“老兄”呢？但是父亲好像没有听见，他笑容满面，两只眼睛眯成一条缝，双手接过杂志。多少年来，我一再回忆这一情景，多么想重温这快乐的一刻呀。

是的，到现在我都觉得有些神奇：那个年头，在我那么贫穷的家乡，仅周边的两三个公社（为一个邮政分局所分管）竟有这么多文学期刊被人订阅（不好意思，我竟然捷足先登地阅读了那么多），想想是多么的不可思议。现在还是不是这样呢？我不禁有了一些担忧和几分牵念。

回到村里的人

数十年前，生活在故乡那片土地上的人们，是不能轻易离得开自己的村子的。每个人都被固定在土地上，有机会出远门的人，一个村子也超不过两个。只要外出到稍远地方，比如邻县，要住店、就餐、办事，都必须持有公家的介绍信或证明。这在今天看来，是多么不可思议。正因为出去的人少之又少，每个获得外出机会的人在众人眼里就显得非同一般，会引来无限羡慕；当他们从外地归来——一般都是在腊月甚至快过年的时候，也就更加引人注目，对于像我这样对远方有些向往的少年，更在心里激起无数缤纷的想象。

那时能到外地的，大约只有大队所办企业的推销员以及在外地工作的公职人员，此外就只有现役军人。我们村（生产队）里没有走南闯北的推销员。偶尔听到邻村有谁为推销产品而走州过县，甚至远到绝域边陲，在我和乡亲们看来，就非常了不得，具有相当的传奇色彩，心中自然会生出几分崇拜。就连我的一位堂兄，虽然平时邋里邋遢，显得有些落魄，而一旦获得机会到离乡一百里外的安庆去搞“副业”，人们似乎也都高看他一眼。那是因为城里需要，上面派定名额到农村招工，而他是孤身一人，所以才有这样的好事落到他头上。他回乡娶妻后再也没有出去，但每逢农闲，几个人聚在一起聊天，还偶或听他谈到在安庆城尤其是在长江边的见闻经历。他大约是在码头上拉平板车为人送货的，应该有一定的社会接触面。他跟我们讲到城里人的生活，说有那么多大街小巷、商店、机关，还有公园，我们的头脑里浮现出一幅幅电影里见过的画面。他还说起江边船家，一家人就生活在船上，在船舱里做饭、睡觉，靠摆渡和打鱼为生；船老大有许多忌讳，如不能说“扯帆”，因为“帆”与“翻”同音；当然也不能说“盛饭”，“盛”与“沉”同音。我们听了都大笑，对憨厚的堂哥愈加刮目相看：他知道的这么多，他曾在长江边生活过，想想看，我们村里有几个人见过长江呢？虽然长江与我们那里的直线距离不过百里之遥。

我那时正做着英雄梦，对军人崇拜得无以复加，梦里梦外，都渴望能成为一名战士。村子里正好有两名现役军人。最先参军的那一位是方家大哥，他是什么时候入伍的，我记忆里已没有一点印象，只记得每年春节，公社里都有一点慰问品送到他家，也就是几张年画、几副对联什么的，由他的母亲端端正正地贴在墙壁和门楣上。我常常对那“光荣人家”四个字久久地凝视，更仔细端详那年画上全副武装、隐伏于雪地丛林的战士，他们那炯炯有神的眼睛和雪亮的刺刀深深地打动了我。其时“珍宝岛之战”发生已有几年了，各地都还处在“备战备荒”的状况，远在偏僻乡村的我也隐约感受到中国北疆的紧张气氛，我多么渴望自己是那丛林雪原上的一名战士。我常问方家妈妈她的儿子什么时候回来，她总回答我：明年。可是直到第三个“明年”冬天他才回来探亲。因为年龄差距较大，方家大哥回来时并没有注意到我，更没有跟我讲部队里、战场上的故事，我的心里有了一种莫名的失落。但是，在他之后参军的那位黄家二哥只比我大七八岁；我刚上学时，在村路边上做作业，他还曾凑过来，看我一笔一画认真地写字。他自己却没上过几年学就回乡劳动，为人腼腆、憨厚。他在部队里待了三年后回来探亲，嗬，真是变了个样，那一身簇新挺刮的军装穿在他高挑、健壮的身上，别提有多漂亮、帅气。他虽然仍不善言谈，但是也懂得碰见谁都寒暄几句了，似乎连口音都不一样了，态度之谦和温雅，跟过去比简直像是从“丑小鸭”变成了“白天鹅”。我的目光总是在村里寻找他、追随他，也特别想凑上前，问几句部队上的事，可他总是被亲友包围着，难得独处。另外，他回来还肩负着相亲的使命。这么有气派的小伙子谁不喜欢呢？自然，这门亲事一说就成，春节过后，他就回到部队上。我想象着他在外面的世界如何“经风雨，见世面”，如何茁壮成长……可没有几年，这两名军人服完役先后都回来了，很快又恢复为普普通通的农民。

几乎一辈子在外地而且是在遥远的新疆工作的，是我家隔壁的张伯。我不知道他是哪一年参加工作的，最初只知道有这么个人，而且是在新疆修铁路，走过的地方很多很多。他的儿女跟我差不多大。我一直没有见他回来过，但忽然有一天他回来了，许多关系比较近的人都去看他。他笑容满面地招呼大家喝茶、抽烟、吃葡萄干。在家乡，不消说葡萄干，连葡萄我们也几乎没有见过。他的口音更是大变了样，普通话里夹着外地方言，真可谓南腔北调，但我觉得特别好听。他清癯的脸上总是堆着笑，一笑还露出一颗大金牙，但他的大金牙一点都没有电影里坏人镶的大金牙那么令人讨厌。他跟我们谈新疆的物产，什么哈密瓜、葡萄干、莫合烟——他自己也已习惯抽这种烟。他一边说着，还一边抽出一窄条纸片，折了折，就捏起一撮烟撒上去，随意卷了卷，用舌头一舔，就将纸卷黏合，划根火柴就点着了，就从鼻孔里喷出浓烟。那烟看上去是很呛人的，因为连边上的人也闻到辛辣的味道。这让我们这些“足不出村”的乡下孩子感受到一种粗犷的西北风味。他还给我们讲到西北的风有多大、多厉害，说是曾目睹天山的盘山公路上一辆大卡车被风刮得像玩具一样飘起来，翻了个个儿，掉到下面一层盘山公路上，还能接着继续开。夜晚，他们铁路工人都不敢走出帐篷，说是荒原上可以看到一点点绿色的亮光，萤火虫一样浮动，那是狼的眼睛；冬天也不敢在外面撒尿，因为撒的尿一下子就被冻成冰棍……我们听得一个个舌挢不下，才真切地体会到我们的国家之大。这位张伯后来每隔一两年就会回来一次，每次都给我们讲一些异地见闻，让我心驰神往。他带回的烟、酒，我无从享用，但是我从他的孩子手里也换得一两件外地产的小物件，如打火机（那时候打火机多么罕见）、新疆小刀，乃至面值为一分、二分、五分的纸币（当时我们那里的辅币都是镍币），每一样都让我把玩数日而不忍释手。我一直想跟他攀谈，我也从他的目光里感受到他对我是有那么几分欣赏的。可惜，大约因为就在他回乡探亲之前，我跟他的女儿打了一架，他应该听家人说起这件事，所以，当我鼓足十二分的勇气，在某个中午跨进他家门口，想递几篇我发表的诗文请他指点时，他在床榻上刚睡醒起来，睁开眼看看我，却什么也没有说就把头扭到了一边，令我尴尬并懊恼了半天。

此后不久，这位铁路工人便退职还乡，让他的儿子接班到了新疆铁路局。其时，他的儿子还是一名少年。这名少年第一次返乡，其举止、神情已与一个乡下孩子有了很大不同，衣着整齐，浑身清清爽爽，人也变得温文尔雅，博得我的欢喜，整整一个寒假几乎天天都跟他黏在一起。我可能还向他提起我刚从书刊上读到的一些关于西北的歌谣，什么"风吹草低见牛羊"啦，什么"早穿皮袍午披纱"啦，这倒不是显摆，确实是好奇，是想问他这样的描述是否属实。

毫无疑问，如今农村外出打工的越来越多，这是任何一个向现代化转型的国家都必然会有的现象吧，毕竟城市里就业、挣钱和发展的机会要多些。他们在腊月里一般也都要回乡，因此，我总在想，如果我还是当年那样的少年，在村里看见那么多人从远方打工回来，一定会跑到他们跟前，不停地问这问那吧。因为远方，对于一个没有出过门的人是一种多么大的诱惑……

村　戏

每当想起，在我家老屋后面那么一块三四十平方米的空场地上，曾经搭起过一座戏台，演出过两部生龙活虎的大戏，我就感到非常惊讶。然而这是确定无疑的，因为我曾亲眼观看。

那时我不过七八岁。“文化大革命”正当高潮，不知是出于上级号令还是自娱目的，生产大队要搬演八个样板戏（那时候，除了样板戏又能演什么呢？）。八个不可能都搬演，但《沙家浜》和《杜鹃山》确定无疑都演出过，就在我家屋后那块巴掌大的地方。

生产队的领导事先肯定勘察过。他叫人把这块地方略垫高了一些，四周围起木栏，好像还铺了木板。另外就是在四根台柱子上挂上了汽灯。未到天黑定，这里就已是人来人往，热闹非凡。台后面正是队里的一间空屋，临时做了演员化妆、休息的地方。孩子们都跑来了，四下乱窜。汽灯点亮起来，雪亮的灯光把这里映得灿如白昼。本村和附近村子里的人们都赶来看戏，栏杆下顿时人头攒动，就是村道上也都站满了人。一声吆喝，静场，接着是扮相甚俊的“阿庆嫂”挑帘而出，唱道：“程书记派人来送信，伤员今夜到镇中……”

有板有眼，气势不凡，一下子就把人们吸引住了。我们都知道这“阿庆嫂”不过就是邻村的阿英嫂。然而我们还是没一个敢笑，似乎真的一下子被带入戏剧氛围中了。一台大戏就在我那疏疏几十户人家的村落当中如此简陋的戏台上次第展开，中间虽然出了点小状况——一盏汽灯亮着亮着就渐渐地熄灭了。台下有微微的骚动，有人站出来，搬出椅子，踩上去把它取下来，死劲地往里揣气，再挂上去，它便又亮了。但是不久又奄奄一息，于是那人接着又给它揣气，眼看它里面熊熊地燃着火，可最后还是熄灭了，只剩下其余的三盏照着戏台，这台戏仍在有声有色地演下去。待到“郭建光”把日本鬼子“黑田”踩在脚下，人心大快，全场这才响起了笑声、叫好声和噼噼啪啪的掌声。夹杂在人群中的我当然也是激动不已。

入戏

人情似乎都是喜欢热闹的，我也不例外，多么盼望天天都有这样的好戏上演，但是一般这样的戏也只在春节期间才有得演。最初我是不知道这样的戏是在哪里排练出来的，仿佛突如其来乡亲们就粉墨登场。上学后，我才知道，排练的地点就在我上学必经的大队部里。每当到了腊月，周围村子有点表演才能的青年便被抽调集中到这里，像个正规戏班子一样天天吊嗓子、练动作、背台词、调琴弦、准鼓点。还真难为了这帮并没有多少文化，天天拿锄头、镰刀，面朝黄土背朝天的乡亲，他们竟然把戏搬演得惟妙惟肖（起码在我们眼里如此），怪不得我们那片土地上曾经诞生过严凤英这样的黄梅戏表演艺术家哩。我们小学生常常一放学就跑到大队部去看他们排练，有时天降大雪，我们也踏着遍地飞掠的琼花赶去，觉得他们在挂着皑皑冰凌的屋檐下，在雪花纷纷飘舞的院子里长袖当风，旋转起舞，唱念做打，真恰恰给人以飘飘欲仙的美感。

我所在的村子里没有人被抽去当演员，但是会计新一哥不仅是“戏帮”里的乐手，而且是骨干和组织者之一。每次演出，他和其他几名乐手坐在戏台一侧或下面，似乎是一枚闲置的棋子，漫不经心，甚至都不怎么看台面。其实他的神经时刻都与剧情紧密联系在一起——他不是拉二胡，就是敲梆子，或急管促弦，或几声散板，总是做得那么恰到好处。有时我见他急促地敲着一个木鱼似的小木匣，待突然收束时，就急忙停下，把手抚在那木匣子上，仿佛只有这样才能做到“戛然而止”，动作那么潇洒、准确，心里佩服得不得了，甚至自己也萌生了学一手的念头。我有时在戏正式开演前跑去看他，他还允许我动动他的乐器；就是演出时，我向他投去敬佩的目光，他也只报以微微一笑，但手下的动作仍然不会停止，一起一落，从未错过一个鼓点。

大戏排练出来了，就一个村庄一个村庄地演出给乡亲们看。每到一个村庄，那里的乡亲总是要捎信给别村的亲朋好友，邀请他们也来看戏；哪怕看了几遍了，还如此。我记得，我父亲还接过他学校里的同事来家吃饭、喝酒。其中一位老师还在《杜鹃山》里扮演温其久一角，而他又有点贪杯，喝得有些微醺，走路都有点趔趄了，也照样登台，而且借着酒劲把他的角色演得更加逼真。因为温其久正好是酒色之徒那么一个角色。

有演出，村里就比过年还热闹。那时乡村里虽不富裕，但每逢演戏，还是有许多小商贩闻讯赶来，在戏台底下兜售菱角、花生、甘蔗。我当然每次都要用压岁钱买来一些，装在兜里，独自大嚼甘蔗或与小伙伴们共同品尝花生、菱角之类。正是因为有亲戚上门，许多热心肠的妇女便自觉或不自觉地当起了媒婆，把这村那村的未婚男女介绍给彼此的家长，一桩桩婚姻大事往往就这么定下了。我家对门二姑家的大女儿甚至看中了《沙家浜》中的一个“角儿”，虽然是个反派，也不影响她爱上他，征求双方家长的同意后，很快就欢欢喜喜地出嫁了，生活很幸福。一转眼，待我上了大学，再回乡，他们的孩子们也有当年我那么大，都上学了，现在更是早已大学毕业，各自在外地娶妻生子了。

可惜没有几年，这样的村戏也就销声匿迹了。政策一放开，农村里各家各户都各谋自己的发展，谁还有心思和时间集中在一起唱戏呢？何况，很快也就家家都有了电视，要看什么电视里没有呢？可是不知为什么，我还挺怀念当年的村戏。我甚至听妈妈说起，她小时候就在乡间演出过黄梅戏《打猪草》哩，可惜我没有亲见，只有怀想；而新一哥——这个当年演戏的积极分子似乎也有类此的心情，所以他除了在农闲时节吹吹笛子、拉拉二胡外，有一年春节竟还组织起全村爱看戏的男女老少，坐上拖拉机去连看县剧团演出的两场大戏:《林冲夜奔》和《女驸马》。这么兴师动众的活动在我们村也是破天荒的一次，当然也是唯一的一次。我至今还记得当天还下着小雪，道路泥泞，两台手扶拖拉机载着乡亲们一前一后在村道上奔驰，中间还熄火了一次，好不容易才开到了县城。大家买了票，坐在阶梯式的剧院里看那台上的表演；新一哥则拉我坐在他身边，一边看，一边还为我解释剧情、人物以及相关音乐，并不断为演出鼓掌叫好。那大约是我上大学的前一年，看着第一次坐在县剧场那两排折叠椅子上的乡亲们，看着新一哥那忘情、投入的神态，我真是感动不已。我知道，新一哥是以这样的方式向自己心中的村戏致敬，并为它画上了一个句号。后来，新一哥被选拔为大队支书，也是事事为乡亲们着想。可惜，没有几年，这么好的人却在一次车祸中罹难，死时不过五十挂零，如今墓木已拱，想来真令人不胜唏嘘。

一岁乡心到春联

在童年和少年时代，故乡给予我最难忘的印象，莫过于除夕那天，夜幕即将降临时分，仿佛变戏法似的，转瞬之间，村子里家家户户门扉上都贴上了红彤彤的对联；就像经一只神奇的手点化，往日灰头土脸、破旧的村落焕然一新，红艳艳地洋溢出一种抑制不住的喜气和生机，让人感觉到新的一年、崭新的春天，真的来到了。

在这当儿，几乎家家都在忙着办年夜饭，村庄里是一片静悄悄。我家差不多是最末一个贴对联。我把对联贴好后，却不忘跑到村路上四处看一看，看到这动人的一幕，心里格外欣喜——不仅因为这情景有几分像“奇迹”，还因为村庄里许多人家的对联都出自我父亲或我本人的手笔。

从我记事时起，我就知道，每逢过年，越是到年根儿，我的父亲便越是忙碌，没别的，就因为他的毛笔字在本乡素被认为是写得最好的。许多人家，甚至一些机关便慕名而来，纷纷找他书写春联。往往是先从机关、学校开始。有的学校放寒假之前，就买好了红纸，把父亲请去，写好以后让各位老师带回家。乡政府（先前叫公社）也要事先打好招呼，请他去写上一两天。周边的厂子、商店等单位，闻讯都会拿来红纸，由父亲顺带写上。父亲也因此在本乡名闻一时。每次书写完对联都已是深夜，父亲被招待喝一顿酒，常常喝到微醺，他方才提着他的几枝大小狼毫毛笔回家来，样子是既疲惫不堪又有点兴奋。毕竟，这也是一种受重视、受尊敬的表现。除此之外，本乡一些有点声名的人物，如果觉得这一年来诸事顺遂、家道兴旺，也会特意邀请父亲上门去书写一天对联，以此表达他们对一年来取得的成绩感到满意、自豪，并对来年有更好的祈愿。父亲理解春联上寄托着乡亲们很深的情感，所以有求必应，而且认真从事，不要报酬，最多也只是吃一顿饭，喝到感觉微醺，便乐呵呵地走回来，从未大醉过——他仿佛比叫他去写春联的人还要高兴。

父亲在外写春联，好像从没叫我去帮过忙，是否有例外，我不记得了。大约是怕给人留下我去蹭吃蹭喝的印象吧。但他在自家写春联，我便成为他须臾不可离开的“书童”：为他裁纸、折纸、牵纸，为他倒墨、和墨，更要将他写好的对联从案头拿走，摆到地上，事后更要收拾笔砚、清洗毛笔。把写好的对联从案头拿走的时候，我得非常小心，必须将对联的两端抻直并平端着，就这样有时还不免侧翻，甚至就是抖动一下，墨汁就淋漓下来，为此不少挨父亲的斥骂甚至“凿栗”。那对联摆在地上，也得压上石块或小物件，以免被风刮跑吹翻。

大约从腊月二十四过小年开始，本村和邻村的乡亲就络绎不绝地送来红纸，言明要写几副多大多小的“对子”，父亲基本上都能一一记在心里，没有出过差错——因为他对绝大多数人家的情况也都了解，知道他们需要多少对联；再说，就是错了一点，也不要紧，反正我们家准备有现成的红纸，来拿就是。到年根，特别是大年三十，来我家送红纸、取对联的，更是从早到晚络绎不绝。父亲躬身在一张四方桌前，手不停挥，当然我也在边上马不停蹄地打下手、照应着，有时家里还有许多人围观，所以显得特别热闹。直到除夕天色黑定，所有的春联都被拿走了，贴到门板上了，我们家才算清静下来。父亲这时也感觉腰酸背疼，简直有些直立不起来了，轻轻地吁一口气，让我赶快收拾、洗涮，才坐下来喝口热茶。

父亲书写的对联确实好看。我不知道他年轻时临过帖没有，也看不出他学的是哪一家，但他写的字都浑然饱满而又圆润、端正，正楷中略带一点行草——我后来翻阅《中国书法史》一类书，看到有所谓的“馆阁体”，我觉得父亲的字应该约略似之：乌黑、方正、光洁——所以很受乡亲们的喜爱。他写的时候，习惯于把红纸裁成需要的大小，然后按照所写对联的字数折叠成一个个格子，这样写起来有一个中心，左右（上下联）也能够对称。只见他饱蘸墨汁，不假思索，下笔如行云流水；每写两字，便用笔杆向前轻轻一挥，这头给他牵纸的我就往上拽一截，直到他写完一联，我把它拿到空地上摆好、晾晒。很快，我家几间屋子里都摆满了对子，要进屋里取个东西，也只得觅仅有的一点空隙，蜻蜓点水般一跳一跃。父亲所用的纸都是商店里买来的普通的红纸，只有几次用过洒金粉纸。一次是1977年的春节，不知是否因为年前粉碎了“四人帮”，时局有些改观呢，还是因为纯粹出于爱好、兴趣，他用这样的“好纸”书写了对联：“世上无难事，只要肯登攀。”每一个字周围还套上了一点花边，那对联就真的显得豪华、大气，至今不能忘记。

早先村子里读书人少，父亲为乡亲们书写春联是“当仁不让”，且乐此不疲。随着时间推移，村子里中学生也多了起来，父亲总鼓励他们自己书写春联，所以后来，本村也有一两位学生能够帮乡亲们书写春联了，父亲写春联的担子算卸下一部分。我大约从小学五年级开始，便在父亲的督责下，学着书写春联。先是偶尔为之，随着一年年长大，写的越来越多，有时父亲还为我打下手哩。因此在本村，我也算接了父亲写春联的任务。但是机关单位的春联或有人特意嘱咐要他亲笔书写的，他还会亲力亲为。我写的字大致也是模仿父亲的，但似乎没有他的老到、圆润，而且我也很难做到像他那样从头到尾都一丝不苟。父亲要求认真对待每一副春联，拿他的话来说：“三分钱就那么一点看头。”搞坏了、写丑了，就没意思了。父亲一开始还呵责我几句，后来我大了，他也只能叹口气，摇一摇头作罢。

父亲为写春联，还特意买过《春联集锦》一类的书，偶尔也会收集一点报上发表的新春联。他平时写得最多的是“一元复始，万象更新”“天增岁月人增寿，春满乾坤福满门”“忠厚传家久，诗书继世长”之类广为流传的联语，偶尔也写些“人民十亿皆尧舜，征程万里遍东风”“五湖四海家家乐，万紫千红处处春”之类的新辞，有时还在其中暗示当年生肖，如“虎跃龙腾奔四化，山欢水笑着新装”等，当然也少不了“寒雪梅中尽，春风柳上归”之类的古诗名句……这些估计都和各地人们期望的别无二致，都为的是表达对人世的祝福，对岁月的祈盼，很励志，很鼓舞人心——这正是中国人喜欢贴春联的原因吧，就为取个喜庆、吉利。春联上寄托着人们的一岁乡心，据说从宋代以来，贴春联就是中国人过年一直不变的风俗。

然而，我离乡北上读书不久，父亲便去世了，我很少回乡，而在城里生活这么些年，几乎都不贴春联——城里贴春联的本就寥寥。我至今怀念当初在故乡过春节，从写春联、贴春联上领受到的那种令人欢欣鼓舞的新气象。这样说来，我便有了一个决定：今年过年，无论如何也要在自己的门上贴上一副春联，而且必须亲自书写。

乡村裁缝

这次南返，顺便到海子故居转了转。在纪念馆陈列室里看到一台脚踏式缝纫机，出土文物似的锈蚀得很厉害，顿觉遥远的岁月倒流过来，让我想起记忆中的乡村裁缝。

三四十年前，乡村里的人们所穿的衣裳几乎都是请裁缝亲手做的，很少是买的成品。一般十来个自然村、三四百户人家会有一名裁缝，即使在最讲“一大二公”的年代，也不能没有裁缝，因为毕竟都是要穿衣服的。请人缝制衣服总得付费，一般裁缝的日子比普通社员也好过一些。尤其是后来，农村实行责任制后，农民稍稍富裕点了，一些人家在农闲时节，特别是年末，会把裁缝请到家，好酒好菜招待，让他专门制作衣物，为时两天、三天抑或四天不等，那样裁缝的日子就更滋润了。因此，在那年月，裁缝——过去叫成衣匠，是乡村为人所称羡的好手艺、好职业，日不晒、雨不淋，又不用手提肩挑，既干净又清爽，还会受到人们的尊敬。

如果不是遇到改革开放，有了读书上学的机会，我也很有可能留在乡村当一名裁缝。因为 20 世纪 70 年代早期，我家就买了一台崭新的缝纫机，当裁缝似乎顺理成章。我在一篇文章里写到过那台缝纫机来到我家的情景：

有一天晚上，我和母亲、妹妹们在家吃过晚饭，当天黑定的时候，突然听到院里有轻轻的叩门声，问是谁，却传来父亲压低的嗓音。我打开门，见父亲和这位叫“虹”的安庆老师及另外一人正急急地抬着一个什么物件，神秘兮兮地进了屋子……他们走后，父亲打开那有纸板包裹的物件，我才知道是台缝纫机。

之所以搞得这么“神秘”，盖因当时正在批判发家致富，父亲怕授别人以柄。所以，这台缝纫机很长时间都原样封存在纸盒里，秘不示人。过了一段时间，父亲才将它搬出来，拆掉纸封，将一块块部件七拼八凑，拼成了一台立体的缝纫机，崭新锃亮，看着不禁心喜。

于是父亲便利用节假日休息时间，练习着裁缝衣服。先是拿废报纸来练手，在上面又是画又是剪又是裁的，然后上机踩起脚踏，那针脚在纸上飞驰起来，直到他觉着练习得差不多的时候，才放胆用布来实验。最先也只做了几条短裤，后来又做了一两条长裤，褂子好像始终没有做过，或许那工序要复杂些，不敢轻易尝试。这样练了几次，他也并没有成为一个业余裁缝（他的本职当然是教师），不久，那台缝纫机就长时间放在屋角不动，上面覆着一条旧被单。

但是有人关注到它了，那便是我的小姨。那一年，她大约十八岁了，一直待在农村里，正愁找不到个出路。于是，她想到了要当裁缝。但是，因为家境困难，买不起缝纫机（当时大约两百元一台），便把目光投向我家的这台机子。她跑来央求我的母亲，我的母亲被说动了，答应说服我父亲借给她，但被我父亲一口拒绝了。原因是我的舅母当年也曾学裁缝，同样没钱买机器，我的舅舅便跑来我家，把我家买来准备改造旧屋的几根木料借走了，变卖后买了缝纫机，可是却一直没有还上钱。父亲很不高兴，曾逼我母亲带着我们兄妹上门讨要过，却无结果；现在小姨又来借机子，可想而知，他怎么会答应呢？但是母亲反复做父亲的思想工作，动之以情，晓之以理，加上“威胁”，软磨硬泡，不由父亲不答应。当小姨带人将缝纫机搬走时简直是喜形于色，而母亲却多少也有一些失落。

小姨投师到离县城不远的一个村庄，偶尔路过我家，也会来看看我们。有一天深夜，她和我母亲躺在床上久久不能入睡，她一直在兴奋地讲述她在人家做学徒的经历，讲师父如何待她（说不是师父已有女儿，一定会将她收作义女）又如何教她，她吃了多少戒尺，缝纫机的针有多少次扎穿她的手指，流了多少血，她也只能暗地里偷偷地流泪却又笑脸迎人，还讲她有了哪些进步，做的什么衣衫受到师父的表扬……诸如此类，既像是诉苦，又像是自豪地表功，更有点像痴儿女在撒娇，总之是有不尽的感慨与欢喜要倾诉，听得我都睁不开眼睛了，她仍然在絮叨。我朦胧地睡去，在入睡的一刻我还在想：如果我没有上学的机会，这样的生活也许就是我的吧。

两年后，小姨“满师”，回到家乡，做了一名独立的乡村裁缝，手艺甚好，很快就在乡里赢得一些赞誉，不久也就找到了一个不错的婆家，而距离我家更近了。我们也请她来做过几次衣服，只见她也是一会儿量，一会儿裁，一会儿画，在案上堆满了布料，还用一只烧炭加热的熨斗熨烫（有一次用完了熨斗，忘记放好，竟把一块布料烫冒烟，幸无大碍），忙得不亦乐乎。她更多时候是坐在缝纫机前，不断地踩踏着，让纫针在布上驰骋，倒是严丝合缝，没出过一点差错，足见其技术已十分娴熟，做出的衣服也颇得母亲的欣赏。村里的大婶、大嫂闻讯过来，纷纷要请她去做，但她只答应了一两家，说她自家那边还应承下许多活哩。我为小姨成为乡里有名的裁缝而暗自高兴。果然不久，她就带上了徒弟，甚至不止一个，这样她就在镇上开了裁缝铺，生意日见兴隆。我期待她进一步打出自己的品牌，但她似乎并没有扩大她的缝纫业务，而是另辟了一间铺子，专门卖起了成衣——从各地批发来的成衣。我为之惋惜的同时也表示理解，手工制品岂能抵挡得了批量生产的工业制品呢？

在此前后到我们村子做缝纫生意的主要是五里外邻村的黄师傅，也是一把好手，颇得十里八乡的称赞，请他上门做衣服的也得排长队。记忆中，我家也好不容易请到他几次。一次是腊月里，他为我们做了许多寒衣，包括小妹妹的棉袄，做得都臻臻致致，合体有型，连不肯轻易称许人的父亲也啧啧赞叹不已；一次是我上大学前夕，父亲请他来特意为我做了几件衣服和被条，准备携带上学，顺带也为家里其他人做了衣服。这位黄师傅一只眼睛好像有点“萝卜花”，另一只眼睛便显得格外明亮，他似乎总是眯着眼睛，给人的印象是始终那么聚精会神，仔仔细细。他的一只脚好像也不太灵便，正因为此，他没有从事农业生产，而是从小学会了这门手艺。而他手艺之精良，连他的师傅也比不上，以致师傅对他都颇有微词，说是应验了那句“教会了徒弟，饿死了师傅”的老话，然而谁又能阻挡“青出于蓝而胜于蓝”呢？我见他在裁剪衣服时，从容不迫，仿佛毫不费力，就把一切搞得妥妥帖帖，着实有一种游刃有余的气度。所以我在后来每读到《佝偻承蜩》《卖油翁》之类的短文时，总能想起他，也同意那些文章所说的意思：技艺高超乃在于“用志不分”和“熟能生巧”。

这位黄师傅来我村或我家做工时，我常在一边看着，也同他闲谈几句。他似乎感受到我对他的敬重，所以对我也有好感，颇多谬赞。二十多年后，我请同乡给我装修房子，听说黄师傅也来京打工了，我吃了一惊，但也很快释然。黄师傅来京大约也是到跟“成衣”有关的工厂工作吧？这到底还跟他的本业有关。而现在留在乡里的人不仅少之又少，就是留在乡村里的又有几个还请裁缝做衣服呢？因此黄师傅这样的裁缝在乡间的式微也就是必然的了！

海子的父亲手艺如何，不得而知，想来应是不坏的吧。从他养育了海子这样一个不可多得的近似天才的儿子来看，他应是聪明机智而又心灵手巧的。海子从他裁剪成衣上面获得过多少灵感与智慧，更是不得而知，但可以肯定的是，老人家以一台缝纫机而养活了一大家子人，而且培养了一名考上北京大学的大学生，功莫大焉。谨向他和那个年代所有的乡村裁缝致敬！

山地的怀念

“昨日山有信，只今耕种时。遥传杜陵叟，怪我还山迟。”当这四句古诗一再在我心中叩响，我知道，我对家乡的山地的思念又一次加深了。

我家所在的村庄周边并没有山，只有一些缓缓起伏的丘岗；可八九里外是有山的，虽谈不上多么高峻，但它隆起的身躯亦可在遥远西天成为一道屏障。我小时候就对它颇为向往，常常引领西望，看那一道从北向南迤逦而来的波浪，总想象着它是一头卧倒着的青牛抑或几匹歇足的战马。那儿会有些什么呢？无从得知便感神秘。

但注定有一天会走向那里。十二岁那年，父亲有天下午对我说：我带你进山。我不禁欢呼雀跃。我们一人一辆自行车绕道一个小镇，路上父亲这才告诉我，西边的山下有个老朱个，那里有我们的亲戚，而山上还有祖坟。十多年来，两家早已不相往来，也没有去扫过墓。他还告诉我，他小时候曾在老朱个读过一年书；从前那山边上还有一座雉鸡塔，现在没有了。说着说着，十来里地，上坡下坎的一路也就走完了。这时一座高山已巍然地从暮色中走出来，来到我们面前。它虽然沉默不语，但它那沉稳憨厚的样子，让我感觉它其实已注意到我们并来迎接。

我们在一道涧沟边打问路畔的行人，那人顺手一指，我们越涧爬一道坡，就进入一座村落，而村头人家正是亲戚的房子。其时村落里已透出点点灯火。叩开亲戚家的门，主人——我的表叔表婶欣喜不已。一番寒暄后，大家互相谈了近十年来的遭遇和眼下的境况。饭后，我们和表叔一家在灯下坐了很久，大人们仍然谈的是往事，而我和表兄也讲起在什么学校念书，读几年级等近况。在谈话的间隙，借着摇曳的灯光，我还看见亲戚家的门上用毛笔书写着一首诗："开门青山奔如浪，夜听松涛响如鼓……"口气里充满自豪，而室外山风呼啸，仿佛正对这首诗发出回应。我在心里确信：这真是到了山里了，我甚至能感觉到不远处大山的呼吸。

第二天一大清早我们就上山。我们从村落里穿过，抬头一看，高山已到眼前，仿佛一个巨人，我可以踮起脚尖扯扯他的衣角。来到村外山脚下氤氲着水汽的池塘，一条山径就垂落到我们脚边。沿山径直上，我们把村落、池塘丢在了山下，山岭上遍布一言不发的松树、茅草，而山涧里溪流潺潺。转了一两道弯，我就累得气喘吁吁。表叔跟我们讲，他们前几年才从山上搬下。住在山上时，一切生活用品都要从山下搬上去，极为不便。我想象挑一百多斤重担上山的艰难，脚底下也就攒起了力量。再转两道弯，一条胳膊肘似的山梁横呈在眼前，而胳膊下的山窝有几座坟茔，其中一冢就是我家的祖坟。很大的一座土堆，上面蔓延着茅草。我们空手而来，也没有做什么准备，只是在祖坟前肃立行礼，意在告诉祖先，我们看他们来了而已，并许愿来年再来扫墓。站在这片祖宗安息的土地上，我确实还是有些感触，我虽然未见过任何一位祖宗的面，但我觉得我找到我生命的根是在哪里了。

展墓后，表叔、表兄陪我们在山坡上随意走了走。我们看到开出的一片麦地上冬小麦长得绿油油的，很让人欣喜；而麦田往上有一道土坎，上面残留着许多房屋的墙础。表叔对父亲说，这就是老屋场。这是父亲童年曾经多次逗留的地方，甚至在这里读过一年书。他们指点起来，哪一块住的是哪一家，哪一块是他们读书的地方，回忆他们曾经在廊檐下怎样奔跑，怎样串门游戏。十多户人家聚族而居，屋舍相连，在这里会度过怎样的童年时光……但那时候，我在哪里呢?

返回的时候，我第一次体会到上山难下山也不轻松。好在我们可以走走停停，一路谈天。每当停下来，我都要尽力向山下眺望，好一片开阔的平原，无边无际，处处闪烁着点点明镜、珠贝似的亮光，我知道那是大地上的池塘堰塥。一轮白色太阳在中天高悬，天地间弥漫着淡蓝的云烟与水雾，让人心胸开阔而不自觉放飞遐想。

这以后，我又随大人来老朱个做过一两次客，接下来，就是我一个人独来独往了。我们都不再绕道小镇，而是从我们村西边的大路向西直插，跨越几多河流沟涧，穿过几多村庄，爬几道山坡，用不到两个小时就能抵达。在翻越最后一道山坡之前，老朱个的那座大山还隐然不见；而一越山坡，大山就近在咫尺，仿佛连它的表情、它的律动也能感觉得到，我的心里就油然而生喜悦，觉得大山的容颜对于我无比亲切——我简直是把它认作家里的亲人。

那一年，我家要盖新房，在老朱个订了一批木料，我奉命独自前去和老朱个生产队接洽送货。我在山野里找到了我那表叔，他正与他的一位乡亲在一座疏疏的松林里谈话，好像还抽着烟，时值深秋，遍地都是枯黄的落叶；偌大的天地间寂静无人，只有他们蹲在那里，就像是从不同的山崖上飞下来的两只山雀，在叽叽喳喳用我不太懂得的语言交谈，而远处还有一位山民从一堵山崖边赶过来，像一只鸟或者飞猿穿过屏风。这些从未见过的情景令我迷惑而又觉得新鲜，甚至妙不可言。这样的感觉在我也是绝无仅有。

其实除了老朱个，桐城的山地还是挺多的。桐城的地势跟整个中国的地势有点相似，都是西高东低。正如县志上说的，她位于长江北岸，大别山东麓，地势自西北向东南，山地、丘陵、平原依次呈阶梯型分布。西北部山区为大别山余脉，重峦叠嶂，百壑争奇；中部丘陵扇面样展布，倾降平缓；东南部平原阡陌纵横，良田万顷。山地里有许多珍稀野生动物：金钱豹、穿山甲、小灵猫、白颈长尾雉……可惜我到过的山地很少，这些珍稀动物当然一样也没有见过。

但我去过家乡群山中的高峰之一——栲栳尖。所谓“栲栳”，就是竹编的圆篮，山形肖此，故而得名。这也说明它是一座孤零零的高峰。我不记得我是为什么登上这座高峰的，大概是二十岁那年春节期间，我的一位中学老师邀我和一位同学前往游玩，三个人走了许多山路，穿过几重山寨，抵达一块巨大的岩石，而翻过这巨岩，就能到达其顶。我只记得在登顶的转折处，有一深洞，形如狮口，里面泉水叮咚。山顶除了一座寺庙外可谓一无所有。此庙名曰“发龙”（怪名），大殿与僧房五六间；因是正月，焚香敬礼者甚众。我们随喜之后，在山顶上漫步。我习惯性地左右眺望，它的西边是一望无际的尖尖的石头峰峦，看上去真像海洋上的波浪凝固于一瞬；而东方，正如我在老朱个山顶所见，是广阔的平原，镶嵌着许多圆镜和珠宝……我想起在我家的门前，如果天气好的话，正可以隐隐地望见我此刻置身的这座山峰（如果眼力比较好的话，甚至能看见山上的这座寺庙），我感觉到这座山就像家乡的一位老人，我是在他温暖的目光注视下长大！一种深邃的亲情遂在我心中勃发，以至多少年后，我到了北方，于寂寞中再次回味这种亲情，似乎还聆听到它的一种回音，我遂在一首诗中咏唱：

萌蘖于随你目光辐射开来的泥土
不管我长得多高　多壮
也是你可以收回来
攥在你手心的一粒树种

在那饥寒如水的冬夜
你和潺潺的谣曲一起映上我的纸窗
在这千里外的北方平原
我一千次寻觅你仁慈的额顶

你给了我无穷的脚力
在无垠的天空下寻觅爱情
千载难逢 与你夙世的机缘
由一条脐带　向我传送……

我生活在家乡的时候，旅游还是一件奢侈的事，但在20世纪80年代末，父亲、弟弟和我倒是有一次短距离的山地之行，到县城以西四公里处的披雪瀑一游。或许那年天旱，瀑布并不很大，只是有一股比较大的水从悬崖上跌下沟壑而已。瀑布下面是一口深潭，周围绿树蓊郁。我们下到潭里游了一会儿泳，起身时还看见水光折射出虹彩。这是我们父子三人唯一一次携手同游。还有一次沿山麓而行，也让我难忘。那也是20世纪80年代末，有年暑假，我和父亲忽然有了兴致，便骑上车沿山地边缘随意而行。先是向西，翻山越岭，经过那只有短短一条街的小集市，折而向北，朝县城方向骑去。正值初秋，金风轻拂，晚稻飘香，而路边的山花犹自开得烂漫，有的还结出了串串红果。一路行来，我们看到无数高高低低的梯田和山坡上随着地势而建的三五人家，还有河畔的竹园、祠堂、学校，仿佛一卷画在徐徐展开。我们有时还在茅棚和小店前歇足，与主人随意拉几句家常又继续上路。而估计快到县城的当儿，我忽然想起我还有一位在高中、大学都同班的同学就住在不远的某处山乡。一路打听，果然如此，爬上一道陡坡，下了坡就是几户人家。我们停下来，叩开一人家，恰好是我的同学来应门，彼此都有点喜出望外。他的寡母听说有客人来家，忙不迭地从村里还家，要去菜园里摘菜招待我们。我们觉得不便打扰，便说只是随意走走，他们才作罢。我们大约喝了一杯茶，就沿宽阔的“西大路”直奔县城。多少年后，我仍忘不了同学母子那诚挚挽留的盛情。

再后来就到了新世纪，我有一次从北方返乡，在县城工作的同学们都很热情，组织了一次比较大的聚会。饭后，有人提议到龙眠山庄去看看“宰相坟”。所谓宰相，就是清初的显宦张英、张廷玉父子（都是大学士，尤其是张廷玉身兼军机大臣，可称得名副其实的宰相）。大家包了几辆车出县城一路往西，大山连接着向我们扑来。可惜中午我多喝了几杯，有点晕乎，所谓醉眼蒙眬，未能细看路边的山形与景色，只觉得大山像一扇一扇紧掩着的大门。真应了“蓬门今始为君开”之说，我们的车一到，那山门就次第而开，随即又在我们身后阖上。这样的感觉也很美妙。最后，我们接连越过了两座山坡，就到了“宰相”魂归之地。记得其中有一座还有高高的台阶和石人、石马，仍有几分酩酊的我也不辨那坟墓中埋的是父是子。但我还记得我们又往下走入一个山谷，那里有几间干净整洁的砖瓦房是宰相的享堂或纪念馆，门上有匾额，室内墙壁上挂满字画，而管理者正是县文化局的一位领导，亦是宰相的后裔，他正好在这里打理，便出面接待了我们一行，并将这纪念场所作了介绍。不过让我惊异的还是刚才一层一层下到深谷的感觉，仿佛到的是别一洞天。

第二辑

桃园梦忆

我家乡的村子里几乎看不到一棵果树了。我小时候，果树就屈指可数，除了一两户人家的院子里栽有三五株梨树，一户人家有棵石榴外，就是打谷场那面邻村的人家菜园里有几棵桃树。春天桃树结果实的时候，它成为我们这些顽童觊觎的对象。我们总要在打谷场这边叠罗汉、搭人梯爬到墙头，拼命地伸长胳膊，把桃树枝拽过来，把那还未成熟的青桃一阵猛摘，然后出溜下来，跑到远处去狂啖一番便四散。有时不巧被园子主人看见，是要出来撵我们的，如果撵不上，便在那里跳脚骂上半天。我们却都一个个不吱声，甚至还窃喜，觉得好玩。

但是，我们村子里并不是从来就没有桃树的，甚至还有过桃园呐！那已经是20世纪60年代以前的事儿了。那时候人家也没有这么多，村子周围尽有一些空地，村外丘岗上也适合种树，于是家家都“息”了桃树。村前村后都掩映着浓浓的树荫，真有点像陶渊明笔下的描绘：“榆柳荫后檐，桃李罗堂前。暧暧远人村，依依墟里烟。”可惜我不及见此情景。

桃园早已消失了，什么年代消失的、什么人叫它消失的呢？不得而知，我也没有追问。因我没有见过，所以也没有什么怀念，倒是从乡亲们的言谈中感受到他们对消失的桃林与桃园多少还有些牵念。

他们常常有这样的感慨：

“那一年，桃子结得又大又密，我哥哥挑一担桃子进城，好几个月的开销都有了，还带回了这一杆秤，是杆老秤，十六两一斤的。你看，这秤还真是好使哩，一直用到了今天！”

“我家的阁楼建得最高，推开窗户，见到好大一片桃林。桃树都快把枝丫伸进屋子里了，伸出手，就可以摘一朵桃花。”

“那年结的桃子就是好，他婶就留那个过路的老汉歇息，让他摘几颗桃子吃。过了几天，老头儿竟然托人来说媒，要把他的亲侄儿介绍给……”

“如果不是听说这里有这么好的桃园，家底殷实，我大大还不让我嫁过来哩！”

赴约春天

说这话的大多是妇女，大多上了一点年岁，有的还有了一些白发，怀旧自是她们打发长闲日子的好方法，只是引得我们这些后生小子口舌生津，常恨自己为什么不早生一二十年，如今连一枚鲜美水果的滋味都难得尝到了。

人们有时还说起多少跟桃树有关的故事，比如说有一年春天，桃花开得特别艳，几里外看，就像村庄周围落满了云霞。连城里的学生也被惊动了，他们背着画框来这里画画，画了好多桃花。其中有一位学生还看中了在廊沿上做针线的某姑娘，竟然就直不笼统地跑到她家来，双膝跪倒堂前，向姑娘家的二老求亲，结果是把人家吓坏了，亲事当然也没有成。

这是多么浪漫的事啊，在那个年代，我简直不敢相信。但他们言之凿凿，不由我不信。他们甚至还跟我讲起本地的婚俗，就是一般人家嫁娶喜事都安排在桃花盛开时节，或喜欢在桃树上结满累累果实的日子，为的就是讨个喜庆和吉利。他们还描述我的祖父祖母成亲的热闹情景：在那开满桃花的树林里，举行了一大套仪式，还有什么"撒帐"、花脸小丑跳舞什么的，直闹了大半夜，蜡烛与桃花相映，红彤彤的一片……

当然，也有"负面"一点的信息：

"你知道你王氏奶奶为什么没有生儿子吗？那是因为她的花轿抬来的时候，我们发现花轿顶上忘记放一尊送子麒麟。喏——花轿就停在那里，那时这里是前门，门前有一棵大桃树。第二年的桃树也不旺象……"

这多少包含一点荒诞迷信的成分。我知道本乡还有用桃木桃枝辟邪禳灾的说法。如果谁家有人生病，总少不了摘一枝桃花插在门楣或室内，更有甚者还请巫师过来念念有词。我自是不信这些，但也知道桃树切入父老乡亲的生活是如此之深哩。

有趣一点的故事也还是有的。我们村庄里几乎全是一个姓，也就都是本家，而且曾经还是一个大家族哩，人多势大，旁人一般是不敢轻易欺侮的。但是连年战乱，地方不平静，便也有“江洋大盗”、蒙面汉子光顾了。有天夜里，我家开的染坊大门口又传来刀劈斧砍的哐哐声，染匠师傅被惊醒了，便一骨碌爬起床，抱起案上一大摞白布捺进了染缸，将染液浸湿它。而睡在弄堂里房的堂叔也被惊醒了，他迅速跳下床，从后房跑出，到了天井，又从天井那边一间房子特意留的一扇窄小的窗户钻到了外面，一下子就跳进了桃林。他一边跑，还一边跳起来，拍着屁股直喊：“土匪来了！土匪来了！”喊声把四邻惊醒，大家起来准备抵抗……我后来还特意看了看那仅容一人穿过的小窗户，想不到这里还发生过这么惊心动魄的一幕，可是我不觉得惊险、恐惧，而是有趣；也许是为堂叔当年才十几岁的小孩子匆促之下做出的一连串动作，而感到异乎寻常吧。

然而这些桃树，这桃园，到我记事时，竟然一点不剩了，就像一滴水珠一下子就被风吹干了；也像一颗宝石遭到了什么咒语，一下子光彩被收走了。村子里只剩下屋舍和泥土地，绿树也没有几株。

不仅我们村庄如此，周边村子也差不多。不过，再往西去的山脚下，我倒曾经见过有一片桃林，上初中以后还随同学去看过。有一年，桃熟时节，我听同学说，桃园规定，只需交两元钱，就可以进园里随意吃个饱。可能是想体验一下乡亲们所艳称的桃园风光吧，我倒真的去了，交了两块钱，随我同学一起进了园子。本以为可以大啖一顿，没想到吃了三四个桃子后，肚子也饱了，牙齿也酸了，再也吃不下去了，心里觉得其实不划算，那时候的两元钱呐。倒是感受到了桃园的气氛，一棵棵桃树遒壮、蓊郁，充满果实的气息；园子随地势起伏，其中还有溪流淙淙……倒确实是个好地方。没想到，几年后，这片桃园也像是在一夜之间就不翼而飞，彻底被夷为平地了。

这最后的我亲眼目睹过的桃园也消失了，最初几次经过这里甚至没有引起我的注意，直到某一天才忽然想起，不禁惊讶：咦！那桃园哪里去了呢？

这一切都可谓如梦如幻。

青草池塘

我的家乡到底不是水乡，虽然我曾经多么希望她是；可她并没有如网的河汊、星罗棋布的湖泊，所以也就不会户临流水、出门荡舟。在我们那里，弥望的都是黄土丘岗，当然也有平畈。

但人是离不开水的，农业也离不开水，所以世世代代，家乡人依着地势，开辟了一块块池塘堰塥，一年大半日子里面蓄满了水；何况还有一条条河流沟渠，虽不如水乡那么密如蛛网，到底也是足以敷用的。

“亲不亲，家乡人；美不美，家乡水。”我这个游子也是家乡的水养育大的，在我的眼里，家乡水既美又亲。它们就像母亲的眸子一样，那么澄澈，那么深邃，那么柔情脉脉，温和灵动……

最熟悉的就是村庄周边的池塘。村子北头就有两处，一东一西。西边的叫老塘——仿佛它是一位年岁已高的老人了，便最为深邃，堤岸也高，略呈椭圆形，总是风平浪静；东边的则是新塘，因为它是新开的，呈长圆状，敞向田野，所以较易受风，夏日里天上乌云翻滚，它便惊涛拍岸，那水仿佛掀动翅膀，凌空欲飞。平日里，一村人都在老塘里担水，清理蔬菜、鱼肉，淘米，刷洗物件，而洗衣裳则自觉地到新塘去，牛饮水、人泡澡也是去新塘。但是，我们这些小孩子却无顾忌，夏日炎炎，总爱泡在老塘的水里，那么清澈的水一沾到身上就觉清爽无比。调皮点的孩子玩起了打水仗，或把浸在水里的腰盆、禾桶挖出来当船划，划翻了更是乐作一团。有的水性好的孩子还爱玩潜水，跟岸上人打赌，将一枚五分硬币抛下，潜水的没入水中，一会儿就冒出水面，举起双手却是空空如也。正当人们认定他输了时，他却忽然呲开他的嘴巴，一口白牙正紧紧地咬着那枚硬币，岸上顿时腾起一阵喝彩，齐夸他水性好。这也让我很是羡慕，我下决心要学会凫水，可是我一下水就会沉没，只能在浅水边双手着地或拽着岸边老槐树的根须拍打，也算是练习。但这也是不被允许的，我的母亲一闻讯就会赶来，手持竹竿撵我起来，我没有法，只得把头更深地藏入池塘边槐树的根部，躲过妈妈的视线。这使我迟迟没有学会游泳，直到大学毕业那年终于学会。当我回到家乡，跳入老塘横游过去已不成问题，一方面总算满足了少年时的愿望，一方面又为池塘里再也没有小伙伴们在一起而感到兴味索然。

老塘关系到一村人的食用，所以整个池塘搞得干干净净，不见一根杂草，岸边连一株芦苇也没有。新塘靠近老塘的地方也如此，但稍远到东头，就有青葱的植物冒出来，岸边也长出了一大片芦苇。鸭子喜欢在这里游弋觅食，夏夜，青蛙也高兴在这里开音乐会，虽然它们奏出的乐声总有些单调乃至聒噪。新塘的堤岸迤逦绵长，两边栽着垂柳和杂树，形成一个荫翳密实的小径。我小时候特别喜欢在这里穿行，偶尔还带图书来看。到了高考前夕，这里就成为我复习功课的好地方——我不停地在堤岸上逡巡，一遍遍朗读手中的课本。我觉得这样做很容易把要掌握的内容记住。但是，最不能忘的倒不是这个，而是有一年夏天，我奉命在这里“看青”，也就是不让鸡鸭偷袭田间的稻穗。我手持长竹竿，一次次将那些成群的鸭子赶跑，但总有一两个顽固分子“锲而不舍”。我没办法，只得拾起石块、土坷垃来砸它们。这天中午，我见到一只鸭子爬上岸，正准备下田，便“嗖”的一块石子飞了过去，不偏不倚打中了它，只见它颈子弯曲过来，不断地痉挛，随即翻身掉入水中，双脚挣扎，但头并没有重新抬起来。我怀疑它是死了，愣了愣，便害怕地跑回了村。我不知这只鸭子后来到底怎样了，但每每想起，还是有些不安。

离村稍远一点的池塘，我们也常常去的。它们往往还有一个奇怪的名字，如走过邻村很远还有一口池塘也属于我们村所有，名叫“蟹子朝天塘”。是因为它的形状像一只翻过来、仰面朝天的螃蟹才这么叫吗？这口池塘一旁青草丛生，塘西头还耸立着几棵大树，枝丫横逸盘曲在塘面上，有许多鸟儿飞进去做巢，一边还欢快地啁啾。我多么想爬上那枝丫，看看镜子一般的水里的鱼和倒映的鸟儿，可是我一次也没有上去过。蟹是地上的动物，用它来命名还可以理解，而鹰呢，飞在天上，怎么也用来给塘命名呢？那口叫“小鹰”的塘，紧邻着公路，我曾多次看见一辆辆路过的军车停在它边上，车上下来穿着一身军装的军人，提着一只绿色的铁桶到塘里打水；当然也有普通的卡车司机把车停下，来水边洗一把脸。当军人出现在这塘边，我才觉得这“小鹰”名号多少有些相符：鹰是能捕杀蛇、鼠及其他小动物的猛禽啊！还有一些野塘连名字都没有。它们平时光顾的人其实不多，兀自一塘清水在微风下泛着粼粼清波，池塘周边或一隅的绿草箭镞一般向上生长，有的还零星地开着或红或白或黄或紫的小花，上面还会飞来蝴蝶和蜻蜓。偶尔也有人来捕鱼虾，把那张在浅水处的罾弯弯地垂入水中，过一会来取，里面就有银鳞闪烁着光芒。这不过是小打小闹，而当夏末天旱，这些塘里的水被抽去灌溉农田、水快见底的时候，整个村庄乃至周边几个村子都会闹动起来，人们会拿着各式各样的渔具来捉鱼。没想到，这些未放过“鱼花”的野塘里竟然有这么多大大小小的鱼虾，而且尽可以自由捕捉。于是，大家你网、我罩、他摸，人头攒动，手脚并用，闹闹嚷嚷，不亦乐乎。有的装满桶，有的盛了大半个脸盆。可喜的是，往往这一口塘还没有捞尽，另一口塘又告水已抽干，于是又起身奔过去。那一天，村里人人喜笑颜开，家家鱼汤飘香，好一派欢乐祥和景象。

“池塘生春草，园柳变鸣禽”是我后来才读到的诗句，一读就喜欢上了，因为它写出了初春乡村里的勃勃生机。到了春末夏初，池塘里长出了绿色植物，而这些植物有些是可食的，多么诱人。不必说莲塘满塘的荷叶当中高高地竖起莲蓬，开出粉红色的荷花，而水下的藕也在悄悄地生长；就是浮萍一般在清粼粼一塘碧水中浮沉的野菱，也让人生出尝鲜的欲望。还有菰也常常是生长在水边的，水上部分像青葱一般直立，茭白其实是在水下。鲁迅先生不也说过“我有一时，曾经屡次忆起儿时在故乡所吃的蔬果：菱角、罗汉豆、茭白、香瓜”吗？菱角，当我父母去塘里拉菱角的茎叶给猪当饲料时，会顺便把菱角带回来；而茭白并不是轻易能吃到，因为要拿去出售。最初吃香瓜的记忆也跟池塘有关。那一年暑假，父亲叫我替他去邻村给他的学生送成绩通知单。我送过去，一名学生家长接到格外高兴，立刻跑到门前一道由绿树、藤蔓、灌木织成的绿篱笆墙边，打开一个小小的柴门，露出来里面一口池塘，水面上有一个绿叶茂盛的菜园。那位大叔分开一条小径，走上一座栈桥，从一个瓜架上摸索了一下，就摸回了两只香瓜，硬是揣到了我的怀里。

当然，田园生活未必都充满诗意，偶尔也会有悲剧发生，甚至就发生在青草池塘上。我的一位亲戚住在一口池塘边上，池塘里生着许多青草，正是放养鹅、鸭的好场所。但有一天傍晚，亲戚发现归来的鹅、鸭各少了一只，是滞留在塘里，还是被野物拖去吃了呢？她不甘心就这样损失了两只即将长成的家禽，便一遍遍在塘边呼唤、寻找。这时住在周边的一个青年闻声出来，他素来热心，便自告奋勇要下到塘里，尤其是长草处去找一找，我的亲戚阻拦不住，只得让他去了。谁知他竟一去不返。亲戚着了慌，忙到村里央人去寻，因天黑得很，又请人开来汽车，打亮它的前灯，最后众人才在水草丛中找到这个青年，可是已经没有生命体征。那一汪碧水，那一丛青青绿草，就这么悄无声息地夺去一个人的生命，想来令人颤栗。

好在这只是极个别的例子，绝大多数青草池塘如大地的眼睛，用那美丽的睫毛，梳理着清清柔波，托起片片白云……二十年来背井离乡，我与它们暌违已久，而现在我听说，家乡的许多田地已被开发商占去，盖了厂房，许多池塘也填起来了，童年那些带来乐趣的青草池塘怕只有到梦中去寻……

草绳

农村里所用的许多物件都是就地取材、自己制作而成的，有的甚至是现制现用，草绳就是其中之一。

草绳不是麻绳。农村里也有制作麻绳的，其中的主要成分就是麻。但大宗的麻绳还是要从商店里购买。麻绳比草绳结实，当然是用于捆绑、牵引比较重也比较重要的物件，需用的力气也是比较大的。除此之外的就可用草绳，因此其用度更广泛，有的只为了简单地捆束一下。

譬如，到了收获的时节，割倒的庄稼需要挑到禾场上进行晾晒、脱粒，而这些庄稼是散开摊放的，要把它们归拢、捆扎起来才能用“苗担”（一种安有铁尖头的扁担）挑，那么捆扎它们的当然是草绳。这是事先准备好的，一般徒手就能搓：拿一小束稻草，像编辫子一样编结一下，到两三尺长的时候，再把它的一端踩在脚下，双手继续往高处编；觉得长度差不多了，就打个结，然后，把两端并放在一起，那草绳自然就扭结在一起。搓上上百条，一起拿到田里，就差不多够用了。

这是短草绳，还有一种长草绳就不可能徒手来搓，得用一种简单的工具，好像有的地方叫它“捌扒”。其实就是近似“乙”

字形的木榜，一端用铁丝做一弯钩，用来钩住草绳头；另一端就是把手，握住它不停地旋转，而有钩的一端也跟着转动，这样就把稻草扭结成一股绳。这一般需要两个人才能完成。一人旋（我们就叫“摇”）把儿，一人在前头添（我们那里就叫“喂”）草，即把稻草编入绳股。后者的活儿“技术含量”要大些，因为总得喂一样多的草，这样编出的草绳才一样粗细。一边编、摇，一边还要把编的绳子绕成盘儿，不能弄乱。我小时就干过摇把儿的活儿，左手握着木榜的第一个直角部位，右手握住尾端不停地转圈儿。

旋出这么长的草绳干什么呢？当然用处很大。那时农村里许多人家没有庭院，但有篱笆墙，这篱笆有的是竹木片或柴禾秸子（如高粱秸）插地而成；插在地上，易被风雨吹打或鸡鸭猫狗冲击而倒下，为了增强其抗力而保存得久一些，就得用草绳把它

用草绳捆的稻子

们编连在一块，这样就稳实多了。另有更大的用处是用草绳“网络”（乡言是“蒙”）草屋的顶。那些年，农村多草房，即屋顶上不盖瓦，只是铺稻草，稻草当然不能铺上去就行，为了防止被风吹掉，就要用绳子左一道、右一道把它“五花大绑”，那模样，有点像棉匠弹棉被，须先用经线、纬线把棉絮固定。几间草房，所用的草绳当然数量颇大，要在事先准备一阵。早年生产队插秧，也要用草绳把水田拉出一趟一趟，便于插得整齐。

当年我上小学，还用到草绳来缠窗棂。那时学校穷得连教室都安不起一块玻璃，天气暖和的时候还好办，敞着窗户就是，但到了冬天，北风劲吹，砭人肌骨，冷得实在叫人受不了。怎么办，只得把窗户封起来。用报纸糊，很容易被风吹破，于是老师带领我们用泥巴把它彻底堵上。而泥巴粘不住，这时就用到草绳了，即先用草绳把窗棂一道道缠上，然后再往上糊泥巴，果然封得结结实实，只是一个冬天教室里都很阴暗。我至今不忘在雪花飘飞的风口，和几个同学光着手把泥巴一层层涂到草绳上的情景。我还曾进入黑咕隆咚的榨油坊，我发现那炸过油的棉籽壳或油菜籽壳，被工人师傅锻成大圆饼，圆饼的四周也挽上了草绳，使之不易松散。而一只只大圆饼摞起来，也非得用草绳把它们网络拴住不可。后来，我在城里还看到，人们在冬天会用草绳把一棵棵大树根部缠绕起来，防止它被冻伤。有些码头上运来的机器也都裹着草绳，防止它们松散开来或被损坏。看来，草绳看似是微贱之物，其用途还真是挺大。

乡间农闲的时节，勤快的乡民并不就能休息，这时正是他们待在家里整理农具、准备生产生活必需品的好时机，其中就有搓草绳。一盏昏暗的油灯照着，屋子里有一大堆稻草，人们席地而坐，拿几根稻草扭几下起个头，接着再拿几根续进去。有尺把长时，就把它压到屁股底下，然后把双手放在叉开的腿前，一截截地搓、编起来，一会儿屁股后面就是长长的一截，看上去有点滑稽，其实是项严肃的工作。我当年就和小伙伴们一起参与过这一工作，而且还比赛过哩！

我们家乡把草绳叫作“草要子”，不知这“要”字应该写作“腰”字还是发音略有不同的“约”，如果用“约”字比较好理解些，因为绳子都是用来约束的嘛。

在过去，家乡人给艰苦奋斗、白手起家的人画像，说他是“草约子系着腰（干出来的）”，以此形容其含辛茹苦、省吃俭用，意在说明致富不易，此语可谓形象极矣。其实，哪一行业要想做出成绩，不是经过一番胼手胝足的努力呢？

写完此文，我忽然在诗家卞之琳的诗集里看到他写有一首《搓稻绳》。说的是村里男女小组长在一起搓草绳的情景，其中有对爱情的暗示：“绳子搓成了结头梢，面对面一拉紧笑对笑，秋后登记先照相！组长双双姿势好。”这里写到搓绳的最后动作“面对面一拉紧”是准确的，一股绳搓好，确实需要先把它拉紧，然后将两头并起来，一股变两股，自然就扭结在一起，这样扔在地上也就不会松散开来。

年猪年味

过去一进入腊月，村子里就渐渐有了过年的气象。一是人们基本上不再往外走，待在家里拾掇家务的渐多；二是开始准备各种各样的吃食，过年用的食物：熬糖稀做冻米糖啦，磨山粉、炸圆子啦，打粉丝甚至酿酒啦，一直到做豆腐、起塘鱼，宰杀年猪，越是到年底，越是忙得不亦乐乎，年味儿也就越浓。

宰杀年猪是重中之重。因为过年起码要过半个月以上，人来客往，一日三餐，荤菜总不可少；何况常常是一年才看一头猪，那猪肉要腌制得好，一直要吃半年以上的，所以不能马虎。村里各家先是跟外村的专职屠夫联系好，约定日子，届时那屠夫便带着他的助手抬着一应工具——大约有腰盆、长尖刀、大切刀、板斧、通条、刮子等来到约好的人家，从圈里放出猪，不知用了什么手法，三下两下就把它放倒，那猪最多只哼叫几声就乖乖地就擒。屠夫的手段果然利索，一转眼那猪就没了气，躺在了腰盆里，只等主人拿开水来泡了褪毛。然后，屠夫和助手便把猪抬到案板上，进一步把毛褪干净，方法有点“骇人”：须用通条捅进猪的四条腿里，接着由人抱着蹄子，对着切口，把嘴贴上去往里吹气，直至那白花花的猪身子都微微地浮胀起来，便好操作了。

最后才是开膛破肚，大卸八块……整个过程，当然有些“残忍”，可是不这样又能怎样呢？主人家——尤其是妇女们，一边嘴角挂笑，一边悄悄地抹着眼泪，在心里祈祷：小猪、小猪你莫怪……我的母亲甚至嘴里念念有词。

除了有这一点难过，其实杀年猪时，家家都很欢喜，如果有几家同一天杀猪，那么整个村子都欢天喜地。因为毕竟有了肉食——那些年里，肉食是多么不易得啊。猪杀好了，总要送一点给亲戚，有的还要还一年的欠账。但是，那猪并不是都留作食用，而是常常要拿到集市上去卖钱的，这是农家当年很重要的一项收入。有的人家甚至最多只能留下头、脚或猪下水自己享用，其余都要送到集市上。而这，才是肥肥的年猪最让人开心也备受重视的原因吧。

我在家乡的早年，看到乡亲们并不是家家都有年猪宰杀的。那年头，口粮都不够吃，哪里还顾得上养猪呢！勉强养一头半头（半头多是兄弟两家合养）的，也很少见到养得又肥又大的，能出个一百来斤净肉就非常不错了。直到农村政策变了，粮食多了，乡亲们养的猪才肥壮起来。正因为此，过去如果哪家宰了年猪且分量不轻，那种喜悦中压抑不住的骄傲总是明显浮现于眼角眉梢，轻薄一点的甚至要大肆吹嘘。而到腊月底，还会夸张一般地把那腌下的猪肉都起卤，一排排地挂在院子里的晒衣竿上，言谈笑语便口角生风，让人好不羡慕，又好不嫉妒。随着家家都有年猪可杀，这样的表情当然越来越少了。

我家那时候自然也是养猪的，这都由母亲一手打理。我小时候还打过几年猪菜哩，父母更是在池塘里捞过浮萍、拉过野菱角什么的，这都是为解决猪饲料不够的难题，许多人家都这么做。母亲一日三餐要拌猪食给猪吃，稍微耽误一会儿，猪圈里的猪便哼哼起来，还可听到它在圈里烦躁不安地转动，所以母亲一为全家做好饭，接着就会忙不迭地操办猪食。有一次，家里来了客人，午餐办得久了一点，那猪在圈里叫唤起来，所以母亲急急忙忙地把饭菜端上桌给客人，一边口不择言：“我去和（搅拌的意思）猪食，你们吃，你们吃！”一想这不是造成误会是让客人吃猪食吗？所以自己先就噗嗤一笑，连忙说：“对不起，对不起，说错了，你们先吃，我拌猪食去……”宾主都大笑。其实，除了操办猪食，还要经常给猪圈出粪，清理一下猪生活的环境，乃至要给猪放放风，在院子里或家门口活动活动，这些“劳作”，我都参与过。所以听说诗人顾城随父下放时在乡村里放过猪，我有引为“同行”的感觉。一头大猪在院子里转圈，颇能诱人把它当马和驴子骑上去玩玩，我尝试过一两次，刚一坐上猪背就被掀翻在地，那看起来笨头笨脑的猪其实反应并不迟钝。

其实，养猪的艰辛不止于此。在猪刚买来还很小的时候，尤其要担心，因为不知怎么一来，那猪仔就由活泼泼变成蔫蔫的了，接下来就更是病恹恹的，很快就夭折了。哪怕请了兽医，也查不出个所以然。主人只得叹叹气，再到集市上买一只回来。如果几次三番地折腾，当年的年猪只得暂付阙如了，过年的锅里也就寡淡多了，热闹的气氛也就减少了许多，可见年猪之于农家多么重要。而几家如果遭遇相同，查来查去查不出个原因，当然只得归之于“犯猪瘟”，家家都十分紧张，生怕传染上，都不敢把猪放出来活动了。而到集市上挑选猪崽时，人人都更加仔细，留心有没有带瘟或可能犯瘟的病猪。那小猪集市最大的一个是在县城南门口附近，我虽然没有去买过猪，但从边上路过时也不忘看一眼再看一眼。那集市好像还是两层楼哩，每层都人群熙攘。

说到我家养猪，还有一事不能忘记。就是有一次，我家正请人拓土坯准备盖房子，因为来人多，办伙食繁忙，母亲一时忽略了圈里刚买来一个月的小猪。不知怎么弄的，那小猪拱开了圈门，一蹿就窜出了院子，跑到村路上。人们发现后，告诉了母亲，她一听说，放下手头的活计，就去撵；哪知道那小猪还蛮机灵，跑起来很快，母亲只得再去追，这样一追，母亲越跑越远，跑出了村子，跑上了公路，最后与那小猪一起不见踪影。我们都议论那小猪难以追回了，好几个小时过去，人与猪仍无踪影，我在心里更认定那小猪是丢了，没想到，到了夕阳西下、暮霭四起时分，母亲竟然抱着那小猪出现在村头。她回来告诉我们，她一直追了五六里路，才在一个叫唐庄的村子里把小猪追到了，她一路上不断打问人家是否有小猪跑来，最后那小猪可能也跑累了，才被逮住。可见那小猪的机灵劲儿，而更可见母亲的顽强劲儿，由此也可以看出我们那里对猪的重视——那时买一头小猪也得二三十元钱，而养一年，可以卖得一二百元，当年这并非小数目，何况年底要宰杀年猪——那是一年里最大的丰收，也是关系到一年的口福——不，是一年的肉食所不可或缺的。年猪，年猪，一个“年”字饱含着多少意义。

“莫笑农家腊酒浑，丰年留客足鸡豚。”陆游的诗写得多么“实际”——透露出浓郁的农村生活气息。我每每读到，都感到亲切，感到欣慰，感到农家生活的温馨。

稻作与渔获

“多吃一塘鱼，多吃一仓稻。”每当家中吃鱼时，母亲总要这么念叨一句。我不解其意，母亲说：“鱼好吃呗，特别能下饭。”

是的，新打上来的鱼，煮上一锅，再放上一点葱叶和辣椒，别提有多鲜美了；再加上一碗米饭，尤其是新打下的稻米，真令人胃口大开，简直会不经咀嚼就能囫囵吞下肚去；最后再来一点鱼汤泡饭，就更是美味无穷。生长在乡村的我，小时候觉得世上的美食莫过如此了，就是现在也还这么认为。

我的家乡算不得鱼米之乡，但水稻也是主要的农作物，从小吃的是米。只是地处丘陵，河流、湖泊比较少，只有一些沟渠和池塘塥堰，就是这有限的一点水系，也提供了不少鱼类供我们食用，使我们多少跟“鱼米之乡”沾点边。

早年，我们家乡只种一季水稻，后改为两造。每到夏末和秋末，水稻成熟，可谓遍地金黄。一亩亩水田，稻秆密密地挺立着，都举着沉甸甸的谷穗，直到举不动了，那稻穗就自然地低垂；饱满的稻粒，犹如灿灿的黄金，堆在打谷场上像一座座小金字塔，看了多叫人欢喜！更妙的是，在稻子灌浆结实的时刻，雨水也足，稻叶下泛动着半尺深的清水，还会有从沟渠里逆水而上的鱼儿闯进了稻田里，多的时候，简直要使人联想起那首“莲叶何田田。鱼戏莲叶间，鱼戏莲叶东……”的乐府诗句。搂草打兔子，农人在田间劳作，也就有了顺便捕获几尾肥美的鲫鱼的机会。

我常想，上帝造人，还生出了这么美好的食物养人，真是奇妙无比，功德无量。我们家乡的水稻就是其中之一。正如北国主产小麦，整个南中国都有水稻。水稻和小麦养活了无数代的中国人。据记载，早在西周之前，黄河流域就有种稻的历史；考古发现，仰韶文化的居民已会种稻。《诗经》的《豳风·七月》中说：“八月剥枣，十月获稻。为此春酒，以介眉寿。”《诗经》的《小雅·白华》中有句：“滮池北流，浸彼稻田。”可见，水稻融入我们的世代生活之深之远。

但是，我们的生活并非都是一派田园牧歌。亲身的经历告诉我：夏末和季秋那一片海洋似的成熟了的稻田，那无尽的穰穰的稻穗，其实每一株都要经过农人反复操持才能长大，因此每一株都像农人的孩子，饱浸着农人的心血和汗水。一株水稻的长成，就我所知，起码有这些程序：选种、育种，耕田、耘田，育秧、拔秧、栽秧，锄草、除虫、浇水，收割、脱谷、晒谷，直到把它挑入谷仓，还有前期的准备工作且不说。“谁知盘中餐，粒粒皆辛苦”，岂虚言哉！

我小时候，家乡水稻亩产还是比较低的，也就六七百斤，这与“生齿日繁”的形势不相适应。因此，村里准备改良品种。上面派来了一位农技员，姓黄，是邻县怀宁人，进驻我们村指导工作。他带老农就在我家后面的屋场上掘开两道长条形深坑，把稻种浸泡在里面，再盖上稻草、毡席什么的，让其发芽。我年纪小，不知道他是怎么指导的，只知道他常常——有时几乎是每天晚上到育种的池边来，抓起一把稻谷摊在掌心，就着边上的灯光仔细看、仔细闻，然后和老农们一起议论着，前后经过一个多月，直到认为可以了，他才让大家起出，撒到水田里。那次实验应该是成功了，因为后来我们那里的亩产达到了千斤。

农民们也都学会了科学育种。每年早春，春寒未尽，他们就赤着脚走进冰冷的水田去忙碌。“顶凌下种”，这个我很早就熟知的词儿在此得到印证。下了种，育了秧，接下来是开秧门，将秧苗拔起来再移植到大田里，也都是手工劳动。等到稻谷成熟了，收割起来也是费尽了气力。因为是两季水稻，而晚稻必须赶在立秋前栽种下去才有效，所谓“晚造插秧过立秋，插也休，不插也休”。这边厢，早稻刚熟；那边厢，晚稻待插。时间不等人，那只有“抢”，所以我们那里把这最忙的季节叫作“双抢”——抢收抢种，而时间将持续半个月以上。那一个“抢”字极为准确，村里几乎人人披星戴月、争分夺秒，有时忙得一口热饭都吃不上，直至夜晚八九点乃至十点左右才疲惫不堪地回家也是常有的事。而其时在七月中下旬至八月初，正是一年最炎热的时节，天天烈日暴晒，遍地如滚火焰，水田里如汤煮，而且要在泥水中奔走、劳作，其状何止“艰辛”二字可以形容，何况还有蚊、蝇、蚂蝗的叮咬，还有暴雨的不时来袭——夏雨说来就来，根本不打招呼。就是稻谷打下了，晾晒在谷场上，你刚刚在家中坐稳了一小会儿，或准备端上一碗热饭，一眨眼，天上就乌云翻墨，甚至

粒粒皆辛苦

你还没察觉天稍稍变黑了，暴雨之鞭就噼啪噼啪在大地上抽打起来了，稍有迟缓，满场的稻谷就会被冲走，或“泡汤”。如果接下来连续几天下雨，“泡汤”的稻谷就会发霉，一年多少没日没夜的辛苦都将付诸东流。

能把稻谷收上场还算是幸运的。有时在开镰前赶上大风暴，原本直立的稻子都会被摧倒在泥水中，严重一点的也就无法收割了，其损失可想而知。所以说，“稻作”二字并不是如字面所透视的那么具有“诗意”，而稼穑之艰，也只有亲历者才有体会。

跟“稻作”相比，“渔获”要简单一些，似乎只要有水，把鱼放养在那里就可以了，其实也不尽然。我的家乡水面有限，放养的鱼也就不多，一般每年每个人头不过分得两三斤鲜鱼而已。这当然要等到过年过节才能下网。平日里为了防止外人偷鱼，村里还要安排专人巡查。特别是快到捕捞季节，也就是鱼快要长肥了的时候，巡鱼的人甚至要住在池塘边的小棚屋里。而偷鱼的人似乎胆子越来越大，他们不仅偷偷地下网，还敢用炸药炸鱼、电瓶电鱼，所以看守的人也要时刻警惕才行。

每年春天都有外地人挑着鱼苗来村上，我们都叫他贩鱼花的。村里主事的也会看看苗花的成色再决定是否买。至于买得是否恰当，那也只有到“渔获”季节看打上来的鱼的重量和数量，由此赢得人们评价的高低。我在读书的时候也注意到，这种挑着鱼苗走村串户兜售的方式也已沿袭千年了。南宋周密所著《癸辛杂识》记述：“江州等处水滨产鱼苗，地主至于夏，皆取之出售……贩子辏集，多至建昌，次至福建、衢、婺。”

这说的是“公塘”里的养鱼情况，至于村外的池塘和一些流动的水系里，那里的鱼是天然生成的，所以也被认为是无主的“野鱼”，是可以任人获取的。因此，我们那里几乎家家都有渔具，一般是渔网、竹篓和钓钩等，还有的备有只能容纳一两人的小船和鱼鹰。有的网不过就像一个“绷子”——在家乡叫作“虾趟”，安有木柄，可持柄向前推进，遇鱼即兜起。罾也与此类似，只是绷网的竹子更细，柄细且长，可以支放在水边，一放多个，等鱼虾来游，过一定时间按序收取，所获不过细鳞小虾，常在夕晖中闪烁银光，渔人以葫芦瓢舀之，倾入挂在腰间的鱼篓。专门用来捕鱼的篓子形似腰鼓，只是篓口收束如细颈，而且编有“倒刺”，使鱼儿只能进而不能出，一般是在雨季放在溪流口上，等水涨上来，鱼儿逆流而上，则会落入其中。

晒网

有水的地方，大多有鱼。我曾经在家乡的小河边玩耍，随意搬开一块石头，没想到就有一群小鱼儿和泥鳅惊窜而出，不禁令人欣喜。但捕鱼也是有危险的，就在我们村不远处的那条河流的上游，建有水库，鱼儿更多，但是每年都有因此溺水而亡的：有的正捕得起劲，山洪突然下来或水库开闸放水，来不及躲避的就被冲走了，反要葬身鱼腹。但人们似乎并没有接受教训，仍然年年来捕。

跟稻作相比，人们捕鱼的历史应该更长。农业社会之前，就有长长的渔猎时期。我国最早的殷墟甲骨文和铜器铭文有“鱼”的象形字；原始社会陶器里就有人面鱼纹彩陶盆和鱼纹彩陶盆；《诗经》中提到的鱼名有二十多种，其中有诗句：“岂其食鱼，必河之鲂”“岂其食鱼，必河之鲤”……因此，“稻作”与“渔获”是数千年来中国农村生活的主要内容之一，我有幸都体验过，我感到自豪。

今天，中国农村在城市化的浪潮冲击下急骤变革，鱼米之乡那种“稻作”与“渔获”并举的生活方式是否存在，存在多少，存在多久……都很难说，因此，我对曾经有过的体验倍加珍惜。

想起那枚鸡蛋

相对于现在的物价，鸡蛋倒不算贵，这让人高兴。

鸡蛋是最常见而又很有营养的食品，关系到老百姓的生活质量，理应重视它的生产与供应；而获取也算比较方便——养几只能下蛋的母鸡总不是什么难事，不像种地、饲养牲畜要费大力气，何况现在大多是机械化养殖，一养大约就上千只。

我小时候，四十年前，当然也有鸡蛋，但因为养鸡受到限制，鸡蛋产量很有限。我们那个村子，过去每户人家只能养几只母鸡，最多不过十几只，多了不仅不允许，也没有地方放养、没有粮食喂饲。虽然鸡在草丛间可以觅些草籽、虫子果腹，但毕竟还要吃些米麦等谷物才长得好。一般人家也不会轻易就吃鸡蛋，非得等到来了亲戚或打牙祭时才舍得，平时都积攒下来拿到供销社去换油盐或日用杂品。虽说所谓“鸡屁股银行”多少有些夸张，但卖蛋确实是不可缺少的进项。

那时鸡蛋不到一块钱一斤，也就是说一枚最多才一角钱。但我们这些小孩子每得到一枚鸡蛋，就像得了宝贝似的欢天喜地，就是煮熟的鸡蛋也拿在手里把玩上半天都舍不得吃，有的甚至放在枕边两三天，闻香似的左闻右闻，最后才恋恋不舍地小心地将它磕碎、剥开。而逢到吃鸡蛋的日子不是我们的生辰就是节日——尤其是端午节，本乡风俗是要吃咸鸭蛋的，但咸鸭蛋稀见，就以鸡蛋代之。讲究些的人还要将鸡蛋涂红，此即“红壳鸡蛋”。

下蛋的母鸡

红壳鸡蛋常在乡下做喜事的人家吃到。谁家生了孩子一定会煮一些的，至于把它染红，当然是为了表示喜庆。而嫁女的人家煮红壳鸡蛋，更寄寓着女儿在婆家把日子过得红火，与红枣放在一起，也有早生贵子的祝福。红壳鸡蛋和嫁妆一起随新媳妇上路，一路把喜气带到婆家，如果在路上遇到“砸新人”（本地风俗）的，还可以拿出来散发给“为难”他们的村人好顺利“通关”。这红壳鸡蛋染得特别鲜红，却常常藏在陪嫁的新马桶里。这点“秘密”连小孩子都知道，所以在拦着新嫁娘取乐的时候，有人会直奔那马桶而去，抢上一枚两枚就跑。当然，“砸”得过分，双方纠缠起来以致破脸相骂的事也发生过，但到底不多。有一回，我们就和一个从村路上经过的新人队伍冲撞起来，拉扯之下，红壳鸡蛋滚了一地，好看极了，也好玩极了，这恰可以看作乡间的喜气！

大约谁都知道一些鸡蛋的食用方法。我小时也尝试做过，除了煮就是蒸鸡蛋羹，因为味道还不错，还博得大人的赞扬。炒鸡蛋也很简单，无非是将打碎搅拌的鸡蛋放进油锅里炒一炒，间或再放点韭菜或红辣椒。再者就是蛋炒饭。这些都是跟大人学的，眼见大人工作或农活忙，不得已而自己动手。其实，我眼见大人做鸡蛋菜肴还有多种，譬如母亲会把鸡蛋与山芋粉（即淀粉）拌和在一起，放进锅里煎烤，熟后再切成细条，加入卤汁，做成鸡蛋粉卷，一直颇受欢迎。

食用鸡蛋，家乡还有一些习惯做法不可不谈。一是鸡蛋泡炒米。炒米是将糯米放入甑里蒸熟后取出晾干，吃的时候再炒一下，这时米便会发胀，小半碗会发成一碗，颇可充饥解馋。如果有客人来，不管他是否会留下来用餐，首先会打两三个蛋，泡一碗炒米让他先打打尖，这是礼节。以至乡间有童谣：“欢喜、欢喜，三个鸡蛋泡炒米。”二是正月初一吃炆蛋。所谓炆蛋，差不多就是茶叶蛋。将煮熟的鸡蛋剥壳，放入锅里，配上佐料盐、茶叶、花椒、桂皮、葱、蒜等，加水煎煮，用文火煮至入味上色，直至揭盖后香气扑鼻为止。这是新年家家必吃的第一餐食物，为取吉利，又名“元宝”。吃上几枚，真是“又圆又饱”啊！清人姚兴泉在《桐城好》中道：“欢喜团堆春果盒，金银花灿上元灯。炆蛋热腾腾。”可见这一风俗沿传至今已有数百年了。每年除夕，母亲一边守岁，一边就将煮熟的鸡蛋剥壳，一剥好几碗，再放进锅里煮。一朝吃不完，可以放上好几天，因为各种佐料煮过，倒也不易变质。大年初一早起，母亲总会盛上一碗，热气腾腾，让我吃。我哪里吃得了那么多，最多两三枚而已，倒确实不腻，也许这就是炆蛋的好处。

其实，鸡蛋除了食用来滋补身体，还可用来治病。我没有查中国的医书是否有用鸡蛋（或蛋壳）作为药材的，但我亲眼见到，乡间小儿因为受寒而腹部膨胀，土法之一就是用鸡蛋摊成饼，搁在一块布上，放到腹部热敷，往往见效。

可见，鸡蛋确实是好东西，何况它还能孵出小鸡哩。而要讲鸡蛋怎么孵鸡，那简直需要另一篇单独的文字才能讲述清楚。不过，我倒由此想起杂文家邓拓的名文《一个鸡蛋的家当》，其中提到的那个鸡蛋的故事，来自于明人江盈科的《雪涛小说》：

一市人贫甚，朝不谋夕。偶一日拾得一鸡卵，喜而告其妻曰：“我有家当矣！”妻问安在，持卵示之，曰：“此是。然须十年，家当乃就。”因与妻计曰：“我持此卵，借邻人伏鸡乳之，待彼雏成，就中取一雌者，归而生卵，一月可得十五鸡。两年之内，鸡又生鸡，可得鸡三百，堪易十金。我以十金易五牸，牸复生牸，三年可得二十五牛，牸所生者，又复生牸，三年可得百五十牛，堪易三百金矣。吾持此金举责（通债），三年间，半千金可得也。就中以三之二市田宅，以三之一市僮仆，买小妻，我乃与尔优游以终余年，不亦快乎！”妻闻欲买小妻，怫然大怒，以手击卵碎之，曰：“毋留祸种。”

这个故事讽刺的是不切实际的幻想。邓拓写这篇杂文时，“大跃进”刚结束不久，“跑步进入共产主义”的口号已停止，邓拓此文是总结教训之作，真是难得的反思。

我因在乡间生活过，深知从鸡屁股后面捡几枚鸡蛋是多么不易。许多人家须攒好几个月，才能攒下十几、二十几枚鸡蛋，拿到公社食品站卖得三五元钱，靠鸡蛋发家，那真是要充分地发挥想象力才行。我们有时特别想有两三毛钱，好去买个练习册、信笺或连环画什么的，可是怎么也难攒够这点钱，只好动起“歪”脑筋，首先想到的就是去自家的鸡窝里偷两枚鸡蛋去卖。有时偷不到，就连过生日的那一枚鸡蛋也不舍得吃，照样卖掉——有小伙伴说，食品站里的人分不清生鸡蛋、熟鸡蛋，都会收购。我有一次过生日，照例得到一枚鸡蛋，可我偏偏看中了供销社柜台里摆出的一本小册子，便也想到是不是把母亲特意为我煮的那枚鸡蛋拿去卖了。踌躇半天，又得到小伙伴的鼓励，终于把那不知摸了多少遍的鸡蛋递上了食品站的柜台。

那枚鸡蛋因为把玩久了，颜色比一般鸡蛋要红润许多，所以当站里的人拿起我那枚鸡蛋时，我的心里一直在打鼓，幸好他虽然拿起那枚鸡蛋眯着眼看了看，还放在耳边摇了摇，仍然没察觉出什么异样来。我终于拿到了那一角钱币。但后来我总不免想起：当城里人买了那枚鸡蛋，发现它是熟的，该是多么的惊讶呀！

太平风物

很久以前就买了一本小说家李锐写的《太平风物》，却一直没有看。直到今年春天有一段闲暇，我才又从书堆里找出来，在春雨声中，很有兴味地差不多通读了一遍，大概是想起我在家乡的“农耕”岁月了。

之所以对这本书有兴趣，就因为它写的是农具，别开生面，用小说这种形式，写出“农具系列”，反映的是部族与农作、科技与文明的最初模式，以及中国农村的生活史，但是，我还从中读到了很强烈的现实感。这是作家敏锐的地方，也是他忧患之所在。

当然，书名对我也有一定的诱惑。为什么把写农具的一组小说命名为“太平风物”呢？一开始我有些费解。读了书的“前言”也仅知道这一命名得之于王祯的《农书》。那个叫王祯的人看见一种农具被人使用，看见一派宜人的田园风光……总会发出由衷的赞美，他说：“每见（把那些农具）摹为图画，咏为歌诗，实古今太平之风物也。”我还特意到图书馆里将王祯的《农书》找来翻了翻，匆忙之下，未找见对“太平风物”有更深的解释。但后来有一天我却恍悟：这些农具只有在和平年代才能充分发挥其特有的功能，才能显示其“美”和“诗意”；在战乱年代，这些农具必然缺少了诗意与审美。所以，叫“太平风物”可谓能揭橥本质。

但是，即便是在太平年间，农具的使用也常常伴随着非同一般的艰辛，并非一味地富有诗意与美。所谓“稼穑艰难”，有时候连身居九五之尊的帝王也是知道的，遑论出身农家的文人士夫。宋代诗人范成大有诗：“垂成穑事苦艰难，忌雨嫌风更怯寒。”忌雨嫌风还只是事情的一个方面，另一方面则是长时间的强体力劳动，个中滋味，恐怕非亲历者体会不会深切。

比如《太平风物》中写到的“连枷”，其用途是把谷穗上的谷子扑打下来。其形制正如《太平风物》所引《中国古代农机具》所言：连枷是用四根三尺长的木条或竹条，以皮革编成一块板，用一个可以旋转的环轴装在长柄的顶端。使用时连续起落，使竹、木条编成的板绕环轴回转，扑打在晒干的作物秸秆上，籽粒便脱落下来。我补充一点：扑打之前，须将作物平摊在地上，持连枷者绕着转圈，逐渐向中心收拢。打过一遍后，掀开秸秆，将谷物收集，有的还要再打一遍，以防遗漏。范成大的《四时田园杂兴》里还有一首咏道：“新筑场泥镜面平，家家打稻趁霜晴。笑歌声里轻雷动，一夜连枷响到明。”到天明还不得歇息，这是何等繁剧的劳动，所谓笑歌怕也只能是一小会儿吧？我也曾经按照母亲的要求去敲打谷物，但是，那么灵活地在农妇们手中翻转的连枷却怎么也不听话，那块竹木条编成的板不知叫它朝前旋还是朝后旋且不说，还动不动就纠缠到连枷柄上，撕掳不开；而且，连枷板落地要尽量平着，这样扑打在农作物上才会受力大，我练习好长时间仍然不得要领，岂容易哉？

《太平风物》还有一篇写“扁担”，这更是一种常见的农具和处处都可能用到的工具，毫无疑问，它的主要作用就是用来担物。王祯《农书》上说：“剡扁木为之者，谓之软担；斫圆木为之者，谓之檧担。扁者宜负器与物，圆者宜负薪与禾。”这使我明白“扁担”一词的由来，扁担即扁木（或竹）做的“担”。在我家乡，《农书》上提到的两种都有，前者就叫“扁担”，后者则叫“苗担”。这“苗”字，我只是从发音上猜出的，或者叫“杪”或“茅”也未可知。“苗担”圆木为之，所以非常实沉；何况我所见到的其两端都包着铁打的尖头，就更沉了。一大捆用草绳束得紧紧的柴薪或稻禾，用苗担一戳，就扎得很深，农人将苗担压到肩上，再将另一端深深地扎入另一捆，用力一掀，就挑上了肩。毫无疑问，这一担是很重的，不然何须用到这么结实、沉重的苗担呢？我十多岁都不会使用这件农具，甚至对它感到恐惧。想想看，它那尖尖的两端，扎到任何东西，都将是“噗嗤”一声就能扎透的，如果发生械斗，更不是好玩的。所幸乡人都还平和，有时发生争执，最多是拿起苗担作势吓唬吓唬，真干是没有的，要真干那还了得？所以，它看起来像是凶器，仍是“太平风物”，呵呵！

由扁担我想起了与它配套使用的农具——打杵，同样，叫“大杵”或“搭杵”也未可知。它的形制很简单，就是不及人肩头高的一根长棍子，比一手握粗点，最好一头有一截短短的杈丫。它的用处是人们挑很重的担子时，可以将它放在另一个肩膀，一端于脖颈附近插在扁担之下，这样用一只手压着它的另一端，运用杠杆原理，翘动扁担，从而减轻扁担（实际上是担子）对肩膀的压力，亦即分担一份重量。如果挑担的人想换肩，先将担子从人的肩头移到“打杵”上，再用另外那只肩膀扛起来，可以让担子不落地，便于人喘一口气后，换了肩继续赶路，也就省了许多力气，这是挑担子人很自然地从实践中想出的简易办法。何况一根打杵拿在手里，也可以作为“武器”，用于开路或防御毒蛇、猛兽的袭击，从而确保一路太平无事。这件农具未见载于王祯《农书》。

王祯是北方人，他虽然在南方（安徽旌德、江西永丰）做过县尹，但他写到的农器具还是以北方的居多，读音也多从北音。如“旌镰”之类的，在我们南方语言中几乎没有留下什么痕迹，连“连枷”的“枷”，我们也读如“该”（gāi）而不读作“加”（jiā）。“摩”，据《中国古代农机具》上的解释：有些地方称作劳，有些地方称作盖。是用手指粗细的树枝条编在长方形木框上的一种农具……使用时把“摩”平放在翻耕过的田地上，由牲畜拉着前进，操作者站立其上，或者用石块放在上面，以增大对土面的压力，目的是使土地平整、疏松、保墒。我没有见过“摩”，但我见过与之相似的农具——列车，也是有一长方形外框，中间贯一车轴，轴上安插有扇叶似的一列列木齿，坚硬耐磨；再在其上架一木凳，人可坐在上面，套上牛，在水田里一遍遍地滚碾，把泥土搅动、和匀，从而便于插秧。犁田的人驭牛而行，脚下泥浪翻腾，远望去，有点像冲浪的人在海水里踩着滑板，但是绝没有那种诗意，因为泥浆打湿的裤管沉重黏湿，并不好受。

还有一种农具现在已退出了用场，但在我小时候是常见的，可也未见载于《农书》。那就是脱谷用的禾桶，也叫窠桶，我家乡读如“活桶”。它形制很简单，仿如一放大的斗，一丈多高，三丈来宽，两个人可将它翻过来扛着行走，一般是放置在稻田里，供人们将割下的稻束狠狠地用力摔打在桶壁上，这样稻粒就可“簌簌”而下。但这是一个强体力活，就是一般的壮劳力，一天“掼”下来也会腰酸背驼，所以妇女一般不从事这样的劳作。童年的我还曾与小伙伴将浸泡在池塘里的禾桶掏出来，当作木船来嬉耍。幸好后来这种家具逐渐淘汰了，代之以脚踩或电动打稻机。

乡村里的农具确实很多，古代可能更多，每一种农具都与农人的生活息息相关，每一种多多少少都有一些故事，把这些农具及其故事写出来，既有民俗意义，也能反映人民的生存意志。从这个角度说，作家李锐的确是选取了很有价值的题材，再在这些农具上敷演一段可能是出自虚构的故事——虽是虚构，却也是来自对现实的观照，再现了当下农村人的生存状况，可以说是难得的好小说。《太平风物》这样的一本“风土”小说，在问世后的短短几年里就发行了数万册，这个数字是惊人的，说明其受欢迎的程度。

我还想补充一点：我家乡的许多农具我未必都使用过，而我的父老乡亲们是天天与这些农器具打交道的，刚刚放下这件就拿起那件，劳作一刻都没有停息，他们应该对于这些农具更有感情，它们简直成为他们身体的一部分。在太平年月，这些农器和农民们的通力合作，为我们构筑了虽艰辛然而也算安宁，乃至比较富足的生活，我们该如何地感激！

菖蒲与艾

我在家乡的文学刊物上读到一则有关地名来历的传说，很是喜欢，便把其大略撮录下来：

元末明初，天下大旱。我县金神墩一带因地势高，缺少水源，更是干得厉害。有一年，几乎颗粒无收。老百姓大多卖儿卖女，逃荒要饭。剩下的几户人家聚集在一长方形的干塘边，搭棚而居，靠挖野菜、剥树皮苦熬性命。天可怜见，有一天终于下了一场透雨，人们抢种玉米、荞麦，度过了荒年。他们还惊奇地发现：雨后的塘里长满了菖蒲，特别茂盛。这里清晨清香扑鼻，夜晚没一个蚊虫骚扰，居民们深知这是菖蒲起的作用。此后不久，周边地区又遭瘟疫，死亡者甚众，而住在菖蒲塘边的人们仍安然无恙。当地官绅、医士也认识到菖蒲的价值，遂以之熬汤煎水，晒干燃烟，让病人服食、熏蒸，救了许多生命。从此，菖蒲之名大显，远近村民以经营贩运菖蒲为生，此地也俨然成一市镇，而街名便口耳相传唤作“菖蒲街”。

家乡的这个小镇，我并没有到过，也没有实地考察是否有这样一口塘，但我却相信，这个传说很可能是真的。因为我从小就能感受到家乡人对菖蒲的重视，认为它有辟邪祛病的功能。我们那里人互相告诫：如果独自行路，最好手执一束菖蒲，那么就会百毒不侵，蛇虫也会躲得远远的。而每当到了端午节这一天，家家的门楣上都会插上几枝菖蒲和艾草，青枝绿叶装点得破门旧户生机盎然。大家都深信，这些菖蒲和艾可让人不染病生疮，一年里旺旺兴兴。据说，这一风俗流传已久，甚至自这里有人烟以来就有。所以，二十岁时，我在一首题名《端阳》的诗中写道：

青蒲剑在这里守卫了二千年

年年都有戴花的妇女上山剥笋子

剥笋子做什么，当然是为了取笋衣（竹箨）包粽子祭祀屈原。为什么叫青蒲剑呢？取菖蒲生长的形状，一茎笔直向上，周边绿叶纷披，看起来是有点像装饰着绿绸的刀剑（尤其像舞台上刀马旦手中挥舞的剑）。这就给人以无穷的联想：它可以毫不留情地将邪恶刺于剑下。甚至让人联想到钟馗打鬼。

家乡有一位诗人专门写有咏青蒲剑的诗：

如绿衣武士

斜一柄青蒲剑

从《离骚》走入五月端阳

走入端阳食那箬粽

饮雄黄酒

那最美的村女却看那剑

那斩沉冤、昏庸和谗言的青锋

然后听久寂的吟咏

听不屈和长忧的韵律

听心中之隐匿的微喁

这里也提到屈子的《离骚》，暗示这一风俗的渊源有自。确实，家乡地处吴头楚尾，楚地几千年来，端午插菖蒲的做法一直都没有改变，这是有文献可征的。

除此之外，还可以用菖蒲叶浸制药酒，传说服之可避瘟气。这突出的是它的药用价值。南朝梁宗懔《荆楚岁时记》曾记载："端午节，以菖蒲一寸九节者，泛酒以避瘟气。"李时珍在《本草纲目》中说菖蒲酒可以"治风痹，通血脉，疗骨痿"。由此我甚至怀疑，《左传》记载的齐国问罪楚国的罪名之一——"尔贡包茅不入，王祭不共，无以缩酒"中的"茅"，很可能就是"菖蒲"，因为我实在想象不出哪种"茅草"还可以酿酒，当然，也许是我错了，我无法确证。

我是曾与小伙伴们一起到山野沟渠边采过菖蒲的。我们采来菖蒲，主要就是将它插在端午节的门楣上，剩下的则是当作刀剑、马鞭舞弄，或当作竹马来骑，度过一个快乐的节日。

至于艾，已说过它是与菖蒲一同采来插在门上的。艾，又名艾草。它也有长长的茎秆，只是没有菖蒲那么"铺张扬厉"，它给人的感觉要柔和许多，但它的香气似乎比菖蒲还要明显。它的茎秆不是纯绿而是有些泛白，叶子的背面也是白的。我小时候艾、蒿不分。每年农历三月三，家乡的风俗是要吃蒿子粑的，将采来的蒿子揉进糯米粉拍成团贴在锅里烤熟，喷香可口，还可储存好几天，吃来仍然香气弥漫。为此，家人叫我采蒿，而我采来的常常是艾，所以不免被笑话。后来才知艾的气味比蒿要强烈得多，尤其是折断后，可以说很刺鼻，所以艾是很好的防虫蚁的植物。家乡人习惯把它采来悬于壁间，任其风干。而风干的艾更有大用：一是如果生了毒疮，可以点燃茎秆熏灸患处或筋脉，以去火消炎；二是生了孩子的妇人拿它煎水，倒入澡盆熏蒸、洗涤身体，以便于尽快复原体质。经过熏蒸的产妇果然神采焕发，所以生孩子的人家几乎都储存有一束两束干艾。

诸如此类，劳动人民对植物的药性、药理知识都来自于生产与生活实践，世代相传，行之有效，可证可验。文人在此基础上加以总结、鉴别，所以形成了中医和中医药学。

《尔雅翼》在介绍艾草时曾说："庶草治病，各有所宜，惟艾可用灸百疾，故名医草。岁或多病，则艾生之，亦天预备以救人尔。"视为上天对人类的恩赐，可见作者对艾的推重。

我手头有一本《精编本草纲目彩色图集》，是作者在大医学家李时珍所著《本草纲目》的基础上编著而成的，讲到"艾"的功效主治的一段文字，或即李时珍的原话："助肾强腰膝，暖子宫。聪耳明目、轻身、润泽肌肤，精力旺盛，不易衰老，疗诸鬼气。"以下还附有多种"验方"，让人感到艾在中医药学家心目中的地位。

现在，在许多大城市里又看到有不少艾灸馆在营业，可见人们认识到“艾”的重要药用医用价值，让它为人民群众的身体健康发挥应有的作用。

在我的家乡还流传有一首民歌《菖蒲与艾的传说》，虽然故事无从征信，甚至可说是附会比拟于《秋胡戏妻》的一段故事，但它明确地将菖蒲与艾联系在一起，给人以两者共生相依的感觉，也就不妨一记。这首民歌唱诵的是“罗家小姐”与“藕四郎”的爱情悲剧：藕四郎在外为官，妻子在家十分思念，因听“圆梦人”讲她将遭厄运，便急急捎信让藕郎返乡。藕郎回到家乡的那一天，罗小姐正出门打桑叶。也许分别已久，两人相逢时妻子竟未认出丈夫，妻子向来人打听丈夫的消息，而藕谎言“外面十人做官九人死”，提出由他将罗讨回去做继房，遭到罗的痛骂。结果，藕四郎回乡的消息传来，罗小姐喜不自禁，盛装迎接，见面后方知刚才调戏自己的就是丈夫藕四郎。“相对饮酒开口谈：你在路上怎么说那言桩？我试妻子可有心待我郎。却不知小姐双眼泪流进彩房。”确实，设此闹局，让妻子情何以堪？结果是罗小姐跑回了娘家，第二天藕四郎去寻妻子，妻子却跑到昨天打桑的地方，“在黄桑树上直僵僵”了。罗小姐以死抗争丈夫对她的轻薄与不信任，虽然不免过于激烈，而从赢得人格尊严的角度看，也是死得正直、庄严，可谓令顽者廉懦者立，自有一股浩然正气。

这里必须说到这首民歌结末对二人的神化。妻子死了，丈夫藕四郎也殉情而亡，其结果是：“郎变菖蒲姐变艾，我俩年年端阳在一块。年年端阳都成双，年年端阳回家看爹娘！”

如此看来，端午节家乡家家门前插菖蒲和艾就不仅有传沿风俗的意义，也具有现实的意义了，那就是夫妻不仅要坚贞，也要有信任，这自是发人深思。

南瓜·葫芦·西瓜

南　瓜

在我工作单位的附近，有一家饭店，虽不大，但有一味“主食”颇令我倾心。这味主食就是南瓜饼，圆圆的，有杯口大，咬上去像糯米糍粑，除了颜色（金黄），已看不出它跟南瓜有什么关联，但又确有一点南瓜的味道，香、糯、甜、柔而略粘牙，堪称美味。不知道是怎么做成的。

南瓜是我熟悉的食物，我从小见惯，但在我们那里，不叫南瓜而叫“番瓜”。我最初不知这个“番”是哪一个字，还以为是“方”，所以心下有疑惑：它不是方形的呀，而是圆圆的，大点的甚至像厚实的磨盘。后来从书上知道，这瓜是从外国传来的，故名“番”。“番”者，外族或外邦也。《本草纲目》：“南瓜种出南番，转入闽浙，今燕京诸处亦有之。”传入的时间据说是在明朝，所以《红楼梦》里已写到它，用的是它的“别名”——倭瓜：大观园里饮酒斗诗，让来做客的村妇刘姥姥也参与进来，她道了一句“花儿落了结个大倭瓜”，惹得众人大笑。

为什么南瓜又叫“倭瓜”，我没有考证，大约是它长得矮矮墩墩的吧。不过，刘姥姥的“诗”其实也颇生动，南瓜花是黄色的，而且比较大，它一开放，就给人以生机勃勃的感觉，果然它结下的瓜颇为不凡，真的也有磨盘那么大。我常见村里的小伙伴把南瓜摘下来后，抛到池塘里清洗，一个个漂在水面，有的小孩子便拿它当“游泳圈”，双臂伏上去，双腿不停地拍击着水，玩得很开心哩。

我们村里的南瓜一般都栽植在村西边的丘岗上。一片乱草丛里，牵延出十丈长的瓜蔓都是可能的。拨开草叶，发现一只只大番瓜笃笃实实地搁在那里，实在是令人惊喜。收获时节——一般是盛夏到初秋，许多人家要用箩筐去担上好几担，挑回来，码在屋角，会形成一堵矮墙。然后，当然是慢慢地享用。不过，这个“享”字用得有点“夸张”，因为，村里乡亲很大程度上是不得已而食之，主粮不够，只能长时间地以它为食，是即所谓“瓜代饭”；不仅吾乡这样，在很长一段时期，吾国各地乡村大概都如此。

记得小时候，每到午饭时间，小伙伴们常常会端着饭碗“闹脚”，即跑出门凑到一起，一边吃，一边说些闲话。我家因为父亲还有一份“商品粮”，且南瓜种得不多，我端的几乎都是米饭，而许多小伙伴的饭碗里常常只是几瓣南瓜。他们的南瓜倒是种得好，个大且粉糯，自然引动我的食欲，我偶尔也会拿米饭去换一块两块来吃。那南瓜就是用白水蒸煮出来的，水干了，在锅底还汪出浅浅的一层油，烤得焦黄，有一种焦香甜馨的味儿，偶尔一吃，风味自然不恶，但天天拿它当主食，谁又能受得了哇！然而有什么法子！

明清以来，南瓜，还有红薯，养活人甚多。它们都是极易生长的作物。许多人长大后都不愿再吃这两种食物，原因就是小时候吃得太多，吃“伤”了。但也有例外，著名学者冯其庸把他的书斋就取名“瓜饭楼”，以示不忘本也。冯老还将他的一本文集以“瓜饭集”名之。他不仅在自序中提到得名“由来”，还在《大块假我以文章》一文中深情地回忆：“……秋天，在稻子登场以前，我们有一大半时间是靠南瓜来养活的，但我家人口多，自种的南瓜也常常不够吃。我永远忘不了我的邻居邓季方，他常常采了他家种的南瓜给我们送来，有时还送一点米来，这样我们才勉强度过了几个秋天。我现在给我的书房取名‘瓜饭楼’，就是为了不忘当年吃南瓜度日的苦难的经历，同时也是为了不忘记患难中给我以深情援助的朋友……”这种记忆确实是刻骨铭心，这种邻里之情也确实是感人。

葫　芦

有两种蔬菜我是不怎么爱吃的，一个是葫芦，一个是茄子。为什么不爱吃，也说不出什么理由，就是觉得没什么味道。茄子且不说它，据说《红楼梦》的食单里有一味“茄鲞”不错，那是因为加了种种辅料才做成的佳肴；单说葫芦，除了我不爱吃，似乎在菜谱里也很少见到，在各种宴会上更是很难见到它的影子。

但我小时候，家里几乎年年都会吃葫芦的，很可能是因为葫芦极易生长吧。在菜园里撒下种子，略施肥，它就能在地头牵出很长的藤蔓，有时把藤子牵延到架上，它也就能在架上作花，花落了便垂下一枚枚白白的葫芦。葫芦的花也是白色，大朵大朵的，很好看。

但葫芦却是一种古老的食物，在中国，有几千年的食用历史哩。《诗经》中就有诗句写到它。《邶风·匏有苦叶》："匏有苦叶，济有深涉。"《小雅·南有嘉鱼》："南有樛木，甘瓠累之。"这里"匏""瓠"都是指葫芦。晋崔豹《古今注》里说："匏，瓠也。壶芦，瓠之无柄者也。瓠有柄者曰悬瓠，可为笙。曲沃者尤善，秋乃可用，则漆其里。"什么意思呢，就是说，葫芦是一种无柄的瓠，而有柄的瓠可以做乐器"笙"（现在还有乐器"葫芦丝"，好像也跟葫芦有关）。可以吃的是无柄葫芦，圆形，个头大，除了吃，还可以风干成为器皿，所以"葫芦"又可写作壶芦。过去在乡村里，普遍可以看到用锯开的葫芦做成水瓢、干瓢的。水瓢专用于舀水，干瓢可用来量米、麦、豆、糠等物。当然，再早一点，人们还习惯于用葫芦盛装酒水。《水浒传》"林教头风雪山神庙"一节里写道"（林冲）把花枪挑了酒葫芦"，那"酒葫芦"大约就是风干的葫芦做的。除此之外，干葫芦还可以做浮水的工具，几只干葫芦连在一起，大约浮力还是很大的，人们以之泅渡江河应该不成问题。而正因为葫芦可以贮物，可浮于水，所以人们才据此生发种种联想，才创造出许多神话，特别是在我国许多民族的创世神话中都有葫芦的影子。一些民族认为：上古时代，人类遭遇了毁灭性大洪水，只有一对兄妹躲进葫芦得以幸免，以此而再造了人类。也有民族传说兄妹结婚后，生下了怪葫芦，就将葫芦抛到河里，而天神将之捞出并打开，才从中走出来几个民族。诗人、学者闻一多经过考证指出，汉民族创世神话中的人物伏羲、女娲实际上就是指葫芦，他说："我们疑心造人故事应产生在前，洪水部分是后来黏合上去的，洪水故事中本无葫芦，葫芦是造人故事的有机部分，是在造人故事兼并洪水故事的过程中，葫芦才以它的渡船作用，巧妙地做了缀合两个故事的连锁。"还说："总观以上各例，使我们想到伏羲、女娲莫不就是葫芦的化身，或仿民间故事的术语说，一对葫芦精。于是我们注意到伏羲、女娲二名字的意义。我试探的结果，伏羲、女娲果然就是葫芦。"（《伏羲考》）

我在这里不妨大胆地猜测，"瓜"字的读音或许就是"女娲"二字的合音。"瓜"字音读得较长，就变成"女娲"啦。而葫芦也就是"瓜"啊，是葫芦瓜！

这么说来，我素所"轻视"的葫芦原来竟是神圣之物啊，跟我们人类的来历、始祖有关，这是何等了得！

我还从一篇写葫芦的文章里得知：古代夫妻结婚入洞房饮"合卺"酒，据说，卺即葫芦剖成的瓢，其意为夫妻百年后灵魂可合体，因此古人视葫芦为吉祥物。

西　瓜

少年鲁迅听他的小伙伴闰土讲夜晚在海边瓜地里看瓜的故

事，很是神往，心想天下竟然还有这许多新鲜事，西瓜有这样危险的经历，自己先前单知道它只是在水果店里出卖罢了。

说真的，我在童年时代读到鲁迅《故乡》中的这个情节，也是喜欢得不得了，也仿佛跟随闰土到了那海滨瓜地，手捏一柄钢叉去刺吃瓜的猹。但那时，我大约连西瓜长什么样也不知道——如果知道，也是在看了电影《小兵张嘎》之后了，因为村子里没有人种，连商店里也没有出售的。等到后来包产到户了，村民种地有了一定的自主权，有的乡村里开始有人种植西瓜出售。炎炎夏日，虽也听到有人推着西瓜来卖，但那时哪里有钱来买呢？即使是顶着熊熊燃烧的烈日在田间干活，如置身蒸笼，吃瓣西瓜解暑也是一种奢望。当然，又过了几年，也可以尝到西瓜的滋味了，但放开肚皮饕餮的机会几乎一次都没有过。

瓜，当然中国很早就有，而且很受重视，但中国的瓜不是西瓜。《大戴礼记·夏小正》有“五月乃瓜”“八月剥瓜”的记载。《诗经·豳风》曰：“七月食瓜。”而《诗经·小雅》里讲到的：“中田有庐，疆埸有瓜。是剥是菹，献之皇祖。曾孙寿考，受天之祜。”意思是把瓜作为祭品。我平时放在案头偶尔要翻翻的《尔雅翼》上说：“瓜，古人以纪时，故遣戍者称瓜时而往，及瓜而代。”其实，这里是有一个典故的：周庄王时，齐襄公派大夫连称等带兵去守葵丘，说好来年瓜熟时把他们替换下来，可是到时襄公并未兑现诺言，连称等人一生气，就谋划发兵攻击襄公，终于把他杀了，时在公元前686年。但以上说到的瓜都不是西瓜（至于是什么瓜，不详）。所以用白话文翻译东周列国故事的林汉达将“瓜时”之瓜译为甜瓜，是谨慎的，也是正确的。

明人谢肇淛似乎已知这一点，他在《五杂俎》卷之十中说：“古人之瓜亦多种类，非今之西瓜也。西瓜自宋洪皓始携归中国。自此而外，有木瓜、王瓜、金瓜、甜瓜。《广志》所载又有乌瓜、鱼瓜、蜜筒瓜等十余种。不知古人所云食瓜的是何种？”他还说：“今人西瓜之外无有荐宾客会食者。汉阴贵人梦食敦煌瓜甚美。敦煌，西羌地也。岂此时西瓜已有传入中国者，但不得其种耶？今时诸瓜，其色泽香味岂复有出西瓜之上者？”敦煌之瓜当是名闻天下的哈密瓜吧。由此，我也大胆推测，西瓜之传入中国，可能还是在南宋初年之前，甚至中国本土原也是有西瓜这一品种的，只是不及外国传入之大及味美，后来逐渐被域外传来的所替代也未可知哩。

我来北方定居后，开始吃到又大又好的西瓜，每当盛夏，更是频频食之，因为北京大兴等地乃盛产西瓜，甚至在冬天也能吃到“反季节”的温室西瓜，这倒是我在南方时所始料未及的。

据《辞海》所释：西瓜原产非洲，我国除少数寒冷地区外，南北各地都有栽种。为夏季优良果品；种子作茶食。所谓种子即瓜子，黑色，炒之而食，香而有味。在我读过书的芜湖市就出过一个以出售炒瓜子而获大名的人物——年广久。我曾亲见街口有年家的一个作坊，一名工人手持铁锹站在一口大锅前翻炒瓜子，香飘一街。那时，大概全国人都已知其品牌名称：“傻子瓜子”。我觉得这名字倒取得好，是说自己（炒卖者）是傻子，还是说吃的人是傻子呢，或者兼而有之呢，也颇耐人寻味。

芝麻、棉花及其他

想起来，还是要感谢上苍，让我生在乡间，那简直就是生在大自然的怀抱。无论是天上的日月星辰、阳光雨露，还是地上的山川草木、虫鱼鸟兽，都跟我们有着直接的联系——我就生活在它们中间。尤其是乡野把一座天然的植物园展开在我们面前。我们哪一天不能看到和接触到那些植物？我们和植物（当然也还有一些动物）都是同一个大家庭的成员。我只遗憾，当时没有能力用文学方式把它们记录下来，而现在却只有一些模糊的印象了。

芝　麻

“芝麻开花节节高”，这句乡谚，大概也只有生长在乡间的人们才体会得最为真切。那芝麻笔直地生长（一般一米多高），茎秆周边长出长长的叶子；夏末秋初作花，大约是随茎秆不断长高而不断往上开放，使芝麻像一根直立的缀满花朵的马鞭，迎风怒放；再往后，那花下就结出了小青椒似的子房，子房里盛着一粒粒芝麻。到了收获的时节，芝麻秆差不多已经枯干，轻轻一碰它，它的子房就“沙沙沙”“沙沙沙”地响起来，让人欢喜。

我常常不知道自己家的菜园里还种有芝麻，直到深秋，看见母亲把它收割回来，一束束搁到墙头上晾晒，让它变得更干燥些（时间大约是三五天吧），然后就拿来一只大簸箕，把这些晒干的芝麻秆放进去，一阵磕碰，那些芝麻便都从裂开的子房漏出来。我在一边观看，遇到还有剩下的，也帮忙磕打几下，但残留在子房里的已非常有限。拢共产量不大，每年也就两三升而已。

母亲非常珍惜这几升芝麻，都是粒粒饱满的黑芝麻啊，一般只有到过年时才食用，平时除非实在没有菜佐餐了，妈妈才会和点盐水，炒上一碟，其味焦香。到了腊月，首先是用它做麦芽糖，我们那里叫作“芝麻切糖”——这种食物也是各地都有售的。到了年根，则把芝麻放进一只小陶钵里捣成碎末，加糖，一勺一勺放到事先揉好的糯米粑里，包成圆子。有的做得很大，可以下油锅炸，这样搁的时间更长，和肉类一起红烧，便是肉圆子之一（另一种肉圆子没有芯）。小点的不用油炸，也就是汤圆——糯米汤圆。除此之外，还可以将芝麻与炒熟的糯米一起放在陶钵里舂成细粉，同样放一点白砂糖，便成了很可口的点心，我们那里叫“芝麻烟子”，又香又甜又糯。母亲说芝麻是补品，所以每年都会让我吃一回“芝麻烟子”，而一年里的其他日子每想起，还觉余香满口。

据说，芝麻又名“胡麻”，这说明它是从西域传入中土的。芝麻对于人体的滋补，宋代的大文豪苏轼是懂得的，他在一封信里说：“凡痔疾，宜断酒肉腥酪厚味。以九蒸胡麻同茯苓，和入白蜜为面食之，日久气力不衰，百病自去，而痔渐退。此乃长生要诀，但易知而难行耳。”他还作有《胡麻赋》:“乃瀹乃蒸，甘且腴焉，复填髓骨，流发肤兮。”古代还有用胡麻做饭的，也是将浸泡过的糯米捣烂，再加上芝麻、白糖搅拌而成，曾被认为是神仙食品。一些饼饵上随意撒几粒芝麻，就会使该饼饵档次提高不少，于此也可见芝麻的珍贵。

《天方夜谭》里有个叫“阿里巴巴与四十大盗”的著名故事，故事中的阿里巴巴在暗地里听见大盗同伙间设定的接头暗号就是“芝麻开门”。这个故事与这个暗号全世界都家喻户晓。我也很欣赏这个暗号，谁能想到“芝麻”这么微小之物竟是一件大“生意”的关键元素呢？自从知道有这么个暗号以后，我就觉得芝麻身上有了些神秘的色彩，甚至不乏见出某种天机。

其实哪一种植物身上没有天机呢？

麻

“蓬生麻中，不扶自直。”这句话出自《荀子》，现在大约已成为一句谚语。如果你到过种植麻的田地里就会知道这话说得十分正确——半人高的麻秆，秆上没什么枝叶，密密地直立着，差不多每株都一样，没有一根是弯曲的，就像一片微型的杉树林。在这等距离的行距间，不会有其他植物，就是有，也得直立着。

虽说生在乡间，许多植物的生长状态我也只见过一次，比如落花生，比如水芹菜（这些我在文章里都写过）。这麻地，我也只跟村里的李王氏奶奶去过一次。她是一个孤寡老人，平时孩子们喜欢到她家里玩耍。那天，她带我去菜园，我俩抬着一粪桶尿水，准备给蔬菜上肥。其时，我比那粪桶高不了多少。我们一颠一踬地到了菜园，奶奶首先去麻地里割下一小捆麻秆。我才看见，那一株株密密地直立着的植物，也不过像写字的铅笔那么粗细。施完肥，奶奶把这捆麻带回来，我也不知道它们有什么用处。

但后来我知道了，因为我看见，奶奶和其他妇女坐在村前的大树下，把那麻秆齐齐地摆开，然后用一种特制的割刀，在麻秆的根部一割，拇指压着刀就把那麻剥了皮。接着，又撕里面的纤维，一缕缕地撕下，再把这些丝丝缕缕刮得平顺，放到一只大土碗上，碗里盛着清水，刮的时候，要用清水擦那刀刃。那麻缕刮好了，理好了，做什么用呢？好像也没有什么大用，大约是编织带子，或搓成绳子。而这种带子、绳子是经久耐用的。还可以刮成更细的线，用来纳鞋底。虽说不是大用场，但于农家生活似不可少。所以，我见奶奶和其他妇女在剥麻、刮麻时，总是那么耐心、细致。

我最初以为宋人罗愿在其《尔雅翼》里把麻与芝麻这两种植物混为一类，其实不然。他说："麻实既可以养人，而其缕又可以为布，其利最广。然麻之属总名麻，别而言之，则有实者别名苴，而无实者别名枲。"我博物学知识实在是有限，后来我才知道，这种苴麻所产的籽粒真的是一种很好的食品，也许我还吃过哩（似乎有那么一点印象），仿佛它如绿豆般大小，外壳薄脆，而内实幽香，还可以用来榨油。

韭

韭菜是常见的园蔬，一般人家的菜园里都会种植，我家也不例外，总会留一小块地种两三行。它的特点是只需播种一次便能连续滋生三四年，每当食用时，拿刀子去割取一丛，过不久，它又会长得跟没有割过的一般齐。这样，人们就会拿它打比方一些事物，比如：人头不是韭菜，割了又长。

韭菜的气味比较独特，辛味比较浓厚，甚至带一点酒味，所以开胃。古人迎春有食所谓“五辛盘”的习俗，“五辛”之一就有韭菜。我们家吃韭菜，大约一是作为煮鱼时的调味品，一是炒鸡蛋吃，非常少的经验是用它炒过螺蛳或虾米之类的，好像都非常搭配。每逢要用到韭菜，母亲从菜园里归来，会将它预先割取一小把放在菜篮里；也有临时起意，叫我赶快到菜园里去割一点，我便跑步前往，用那镰刀贴着韭菜根，咔嚓几下，割了再飞快地跑回去，也不会耽误的。今天想来，这仍像并不怎么久远的事。

韭菜的颜色、形状有点像麦苗，所以当年有笑话称，下放来的青年学生，分不清韭菜、麦苗。其实，像我这样出身农村的学生一开始也未必分得清，要用文字来形容它好像也不容易。

大约是韭菜叶长，一炒，与其他食物裹缠在一起，所以，乡间如果有谁误吞下了不易消化的东西，比如玻璃、铁钉之类物，就会炒一盘韭菜吃下去，希望它能把“异物”缠裹上，一道排出。我没有这方面的经验，不知道是否灵验。

“夜雨剪春韭，新炊间黄粱”是杜甫《赠卫八处士》一诗中很有名的诗句，读到这样的诗，不仅情景如见，而且色、香、味俱全，所以为人津津乐道。吃的是新打下的谷子和刚下了一场春雨后剪下的韭菜，当然一切是那么的新鲜、诱人。只是现在的城里人如我者，哪里还会有这样的口福呢？

谚云：“春初早韭，秋末晚菘。”它们都是平常百姓最有滋味的蔬菜，刚从园中摘来，风味最足，的确只有农人才最有资格享用。

棉　花

“花开天下暖，花落天下寒。”这两句咏棉花的名诗，我没想到竟然是出自我家乡桐城的文人马苏臣之口。

棉花是乡间常见的农作物，一般也只有一米多高，茎秆有大拇指粗细，上有分开的枝杈，叶阔卵形。正如马苏臣这首《棉花谣》前两句所云：“五月棉花秀，八月棉花干。”棉花四五月（农历）始开花，花朵乳白色，开花后不久转成深红色，然后凋谢，留下绿色小型的果，俗称“棉铃”——大概有点像小铃铛吧。据说，这时候，“棉铃”最容易招虫，生了虫子，果子就死了，结不出棉花，因此就要喷洒农药。这一般是男人干的活，因为我父亲在外工作，我家就只好由母亲自己上阵，所以每年秋天她都会背着喷雾器，一连喷洒好几天。而到了中秋前后，棉铃裂开，绽出朵朵棉絮，满田如披白雪——据说时节一到，棉花开得极快，一片大田，刚从这头摘到那头，那先前没开的这会儿都开了，也就是一路摘一路开，这种情景应该是很好看也很精彩的。而种棉的农人则更是喜上心头，摘下这棉花弹好，不仅可以絮被、缝棉袄，而且还可以出售。另外，棉絮剥尽后剩下的棉籽还可以榨油。我小时就吃过棉籽油，尤其是用它来炒饭，那是很香很滋润的，好像还有点微麻——可惜后来因为要杀灭棉铃虫而动用了农药，不免残留一些到籽里，所以禁止再榨棉籽油，当然也就吃不上棉籽油炒饭了。

棉花在成熟季节最怕遭雨，那样棉铃就都不会绽放，棉絮在铃子里结出橘子似的一瓣瓣硬块，而且都是黑色的。因此，每到收棉花的季节，农人都会企盼连续的晴天，且需雇人手，加紧摘棉。

摘下了棉花，棉秸就没有什么用了，只能用作柴禾。母亲常常会把棉秸砍下来，一捆捆地挑进院子，靠在墙根晾晒。而我则老是把目光朝那里搜索，想选取一两根长一点的棉秆，削去枝丫，做成枪支，拿去和小伙伴们打仗。

我们村子只有三十多户人家，一般总要种上几十亩棉花，多在旱地上。有时一块棉田很大，一眼望不到边似的，而棉花绽絮的时候，田地里如堆满祥云、瑞雪一般，白皑皑的，情景壮观而喜人。

我家门场过去不远，有一道土坝蜿蜒伸展向西山坡，上面植有紫荆。我童年的时候，站在土坝中间的一个高墩上眺望，土坝那边是片荒地，荒草萋萋，当中却有一口野塘，塘水浑浊。还记得一天早上我手端饭碗站在那里，看见水塘里有几个青壮年小伙子在玩水，搅得浪花四溅，几颗黑头出没于水波间，打闹嬉笑，其乐无比，我多么也想下水去玩一玩。曾几何时，我再站到这个土墩上四下眺望，却哪里还有什么水塘，连影儿也不见了，只有一大片棉田，一株株棉花正挂着棉铃，在风中轻轻地摇曳，为人间的沧桑变迁做了一个小小的注脚。

家乡的芦稷

当年莫言的名作《红高粱》甫一发表，我就读到了。翻开刊登此文的那本《人民文学》，真的有“一篇跳出”之感，写得何等汪洋恣肆，读来何其酣畅淋漓，一片如海的红高粱留在印象中，令人悠然神往，久久难忘。

当然，在这之前，我也知道北方多种高粱。抗日战争时期，当高粱长起来了，往往成了我军民隐藏自己、伏击日寇的“青纱帐”。我也很早就读到过郭小川的诗歌《甘蔗林——青纱帐》，作者抓住北、南方最有代表性的植物特点，讴歌我国人民不屈的意志和奋斗的精神，也是传诵一时的名篇。

那时我总以为自己并没有见过红高粱，要见过，大约也只是在电影里。后来觉得它跟我们乡间的一种叫“芦稷”的作物相近，但究竟没有去想“芦稷”是否就是高粱。直到有一天，大约在大学毕业以后了，我忽然想起要查一查《辞海》，翻到“稷”字，看到解释：

1. 我国古老的食用作物。（1）黍的一个变种，一般常指秆上无毛、散穗、籽实不黏或黏性不及黍者为稷，见李时珍《本草纲目》。（2）粟的别称，见《尔雅》孙炎注，一说稷是高粱。程瑶田《九谷考》:“稷，今人谓之高粱，或谓之红粱。”《广雅·释草》:“稷穰谓之穄。”王引之疏证:“稷，今人谓之高粱。”……2. 古代主管农事的官……3. 五谷之神……

看来“芦稷”应该就是高粱了，为了进一步证实，我又查了《辞源》，高粱一词释文曰:“稷的今名。”可知是不会错了。大约“稷”是它的本名，“高粱”是俗称，为什么有此俗称，就是因为它长得高，以区别于一般低秆作物吧。它是古老的农作物，又长得高、结穗大、收获丰，被封为五谷之神，也就理所当然。汉蔡邕《独断》(上):“以稷五谷之长也，因以稷名其神也。”此神即五谷。有神当然就要年年祭祀，大约常常会与社神——土地之神合祀，故有了“社稷”之称，以代江山人民了。我方才知道，在家乡见过的并不作为主粮看待的植物“芦稷”，竟有如此显赫的“身世”！

确实，在我家乡，“芦稷”即“高粱”不是主要的农作物，甚至只是可有可无的点缀，大约种植在地边，尤其是菜园子里，就那么一两排，像哨兵似的挺立着。春天，它长苗、抽叶，长长的阔叶，碧绿油油；到了夏日，翠叶中间结出火炬似的穗子；及至初秋，那穗子就变红了，也微微地弯下头来：每一穗，都结满颗粒很大的圆粒状籽实，着实让人喜爱。每家每户的菜园里都有，只有极少数才成亩地种植，尤其是在山麓，旱地比较多的地方。

我很长时间都不知我家种的那几十株高粱作何用，我只记得母亲好像收下过一斗高粱米，直到有一天，我吃到了一种非常糯而黏的粑粑，我问母亲这是什么东西做成的，她答是芦稷，我才知道芦稷还可以如此食用，而且味道还这么好。芦稷粑软软的，颜色棕红，有点像糯米粉做的，黏牙，但实在很可口，吃了一个还想吃，可也不能吃得太多，吃多了，“烧心”。

其实，高粱在我家乡，秸秆的作用更大。把高粱割下来，它的秸秆晒干了，不仅可以当作柴禾，而且还可用来扎成门，安装在篱笆的缺口或茅厕入口，作为一种屏障，另外还可以作为垫子，垫在凹洼积水处，便于人行走。

我记得，高粱米打下来后，它那脱了粒的空穗也不会随便丢弃，勤俭的人家会把它集中起来扎扫帚。逢到雨天，我们会看见，村里有好几家都在忙着织草鞋、扎扫帚，做这些农忙时顾不上的“细事”；而对于乡间的孩子们来说，因为甘蔗不易得，又想尝尝鲜甜的汁水，当然就会用高粱秸来代替。大约不太老的高粱秸是有一些甜味，但究竟不能跟甘蔗比，而一旦“老”了，则味同嚼蜡矣。

我还曾与小伙伴们一同在高粱丛中奔跑，埋伏打仗，而拿在手里的武器，往往就是一杆高粱秆做的“枪”。

高粱丰富了我童年的记忆，而现在，我更知道它与我们这个民族曾经有过几千年的关系，我高兴自己曾与之有过“亲密”接触，于是写下这篇文字以志不忘。

六 谷

在我家乡，人们把玉米从来不叫“玉米”，更不叫“玉蜀黍”或“苞谷”“棒子”，而叫作“六谷”。最多后面加一个“子”，叫“六谷子”；或再加一个“棰”字，叫“六谷棰子”。那“六”字读如“大陆”的“陆”。

之所以叫“六谷”，大约是把玉米视为传统的“五谷”之外的第六谷。这一点，我在读周树人的一篇短文《六谷糊》时似乎得到“确证”。据说吴方言中都把玉米叫作六谷。我家乡在古代正属于“吴头楚尾”，所以也不例外。而周作人的家乡应该属于越国，吴越连为一体，许多地方同风同俗，也就不值得奇怪。

我从小也是见过、吃过六谷即玉米的。但我所在村庄一带，玉米却不是主要的农作物，只是有的乡亲在田边地角偶或种那么几株，收获下来作为零食吃吃新鲜。有的小孩子吃完了，连芯也舍不得扔，还要嚼嚼当水果或甘蔗吃哩。因为我们那里土地大多开作水田，丘岗上的一点坡地则辟为菜园，从来以稻作为主，无力兼及其他。在本乡，似乎只有河边的几个村落种植玉米稍微多点。

因此，我那时只偶尔在村庄里见到有人吃上一枚、两枚整根的玉米，也偶或有人送我家一两枚，自然是视为珍品。那玉米是金黄色的，都有点“老”了，也几乎没有人用水煮了来吃，而是像对待山芋一样，把它煨到炉膛的灰烬里。待煨熟后取出，那表面已经烤得有些焦黑了，拿在手里还很烫，需要不停地倒手。一粒一粒抠下来吃，犹自冒着热气，吃起来确实别有滋味，且有一种香气。

我至今想不出本村里这些偶或一见的玉米是哪家所产。就是随着农村政策变得灵活以后，玉米似乎略多了一些，我也不知道它的来源。甚至当崩爆米花的师傅来到村庄，竟然还有人捧出整升的干玉米来爆玉米花，我也很惊奇，觉得简直像是变戏法。那玉米花似乎也比现在城里电影院门口卖的好吃。当然，我们那里是不叫“玉米花”，而叫“六谷泡”，爆玉米花叫“炸六谷泡”。

我小时也是吃过六谷糊的。它的来源有二。一是父亲在他任教的小学周边村庄得赠或换来一点点，因为那小学正是距河湾不远。河湾里似乎特别适宜种植玉米，起码地形复杂，比较隐秘，不易被人偷。二是父母到几十里外的山地里打柴，与山乡人家搞熟了，便拿自家的米面去换人家的六谷粉。六谷糊做起来倒也简单，将水烧开，再把六谷粉一把一把地撒下去就行，只是在撒的同时要不停搅拌，否则很容易凝成坨坨。那六谷糊吃起来确实比较香，但除此之外，我也未见到有什么好，不知父亲为什么那么喜欢，吃了不仅连连称赞，还说下次要多换一点回来。

我当然也见过长在地里的玉米棒子，但都是孤零零的几株，见到成片的玉米地，当然是到北方以后。有一年，我从赤峰回来，一出城就看见甘蔗林似的玉米地，时届金秋，玉米已露出火焰色的长须，而有些叶子已经变黄了；更看到路边的场院里，处处都堆着玉米棒子，如黄金一般的颜色，打下的玉米粒更是堆如小金字塔。我这个南方人看了都欢喜得不得了。去年到陕北，也看到田野里搭起许多棚子，里面铁架子上也堆满了玉米棒子，就放在地里，也不怕人偷拿，这也说明粮食到底是很充足，让人欢喜。

在北方，我已喜欢上吃煮玉米。一度，我还特爱吃在许多商场入口有人专门出售的煮熟的黏玉米，这种玉米颜色近白，粒儿便似玉粒。每年仲夏，我还从菜市场上买生玉米回来煮，一吃两三枚，颇有大快朵颐的感觉。当然也没忘记买玉米糁子即六谷粉回来做六谷糊吃。偶或和朋友们聚餐，点一份叫“松仁玉米”的菜也是有的。这都没有什么值得奇怪的。令人称奇的是，还喝到了一种用嫩玉米榨出的饮料。这在把一根“六谷棰子”都视为稀罕之物的我那当年的村庄，是不可想象的。在市场上，我还见到白、黑、紫相间的花粒玉米，这在以前更是没有见过，疑心是转基因产品。但据专家说是杂交品种，可以食用。不过，现在总有转基因玉米一说，我吃起现在的玉米还真是没有当年在家乡吃“六谷棰子”那么放心。

写到这里，我觉得应该给玉米唱一唱“赞歌”了。玉米是一种耐旱、耐寒、耐贫瘠性农作物，有很好的环境适应性，而且产量颇丰。所以，自从哥伦布到新大陆探险，将玉米从原生地美洲带出，在全世界推广后，世界粮食产量骤增，人口开始不断增长。在中国也是如此。据说，玉米自1531年传入我国广西，到明末已达10省，到清末几乎遍及全国。它和甘薯一道，在一定程度上解决了粮食短缺问题，中国人口增长进入快车道，很快由不足一亿达到十九世纪中叶的四亿多，可见增长数量之巨。

还是玉米原产地的美洲人对玉米最有感情。在一首关于玉米的颂歌里，智利诗人聂鲁达表达了这种切身的感受，他说："美洲啊，你是/从一粒玉蜀黍长成的。"① 看，这个比喻多么生动。他写到玉米的形象：

起初，那温柔的长须
在菜园上拂动着，
仿佛在保护脱离了童年的
棒子的牙齿。
后来，外皮裂开了，
饱满的米粒撕破
苍白的纸做成的头巾，
让玉蜀黍的快活的笑声
传布在大地上。

他写到它的贡献：

你常常独自去到
矿工们的没有桌布的桌子上——
平凡而又辉煌。

① 这里的诗由孙玮译。

你的光，你的苦难，你的希望

遍布于美洲的旷野……

令人想起在南美的广袤大地，一片海洋似的玉米地，一株株高高的玉米在如银的月光下灌浆，在和暖的风中拂动长长的绿叶，在金秋的阳光里咧嘴大笑，不禁心旷神怡，浮想联翩，且感受到一种振奋和一种希望……

大麦·山粉

大　麦

在海子的诗里，“麦子”是一个频繁出现的意象。以其为题的就有《熟了麦子》《麦地》《麦地与诗人》《五月的麦地》等，他还曾将与西川合出的一本诗集命名为《麦地之瓮》，可见诗人对这一意象的钟爱。其中短诗《五月的麦地》写得尤为动人：

全世界的兄弟们
要在麦地里拥抱
东方，南方，北方和西方
麦地里的四兄弟，好兄弟
回顾往昔
背诵各自的诗歌
要在麦地里拥抱……

因为麦子是活命的粮食（《麦地》的最末一句：“养我性命的麦子！”），天下起码有过半的人都要靠它活着，诗人也不例外，在这一点上，全世界的诗人都是平等的，有这一“共性”，所以他们完全应该拥抱在麦地里。

但麦分两种，大麦、小麦。我不知道海子在写这些诗时，心中所想的是小麦还是大麦，抑或笼统地概言之。不过，我以为海子可能更多想到的是小麦，因为在我们家乡那一带，以产小麦为主，大麦为辅，甚至大麦只是点缀一下，意思意思而已。我的家乡距海子家大约不过五十华里，可以视同一例的。

我不是农作物学家，不知小麦、大麦的起源是同时，还是有先后。我看到的产生于东汉桓帝初年的歌谣《小麦谣》就已将大、小麦并举："小麦青青大麦枯，谁当获者妇与姑。"但大麦、小麦的区别还是明显的：大麦的芒很长，几与麦穗等长，小麦的芒相对短些；大麦的外壳很难剥下来，小麦的外壳在脱粒时已经掉了。大麦快成熟时，在麦田里看到的简直就是一片细细的、金黄色的麦芒，就像太阳放出的金光，随风摇曳跳荡，有波光四溢之势。小麦当然也有芒，但因为短，看到的更多是饱满的麦粒，景象就没有大麦那么辉煌。同时，所有参加过割麦劳动的人都知道，大麦的芒如果粘到身上，格外刺痒；如果不小心让一穗大麦落入裤管，它甚至会顺着腿脚往上爬，直抵人的胯部，因为麦芒正好卡在衣服和腿脚之间，随着双腿的迈动，它会一点一点地往上蹭。而因为大麦较易脱粒，五六月间麦子黄了，过去农家常常把它割下来，就铺在柏油公路上，让过往的汽车碾一碾，这样就将麦粒碾下来，却不用担心会被压碎。这样做当然很危险，因为还必须不停地翻动麦秸，如果躲闪不及，汽车也会轧到人的。而铺上厚厚的麦秸，汽车行驶的难度大为增加，所以上面常常三令五申地禁止，但其实是有禁无止，原因就是这样可以省不少力气。如果放到打谷场上，是要用连枷捶打好多遍的，那当然是很累人的。宋人有《打麦》诗：

打麦打麦，彭彭魄魄，声在山南应山北。

五月太阳出东北，才离海峤麦尚青，转到天心麦已熟。

鹖旦催人夜不眠，竹鸡呼雨云如墨。

大妇腰镰出，小妇具筐逐，

上垅先捋青，下垅已成束。

田家以苦乃为乐，敢惮头枯面焦黑。……

写的是收获的艰辛。我小时候几乎没有参加过收割麦子的劳动，而打谷场上“彭彭魄魄”的打麦声倒是惯闻而熟悉得很。“四月（农历）南风大麦黄”，正如上面打麦诗写到的，五月前后，麦子说熟就熟（好像还有“麦熟一晌”之说）。此前，农家早早就已做好收割的准备，主要是把镰刀磨好，缺口而钝的镰刀还要拿到铁匠铺里淬淬火，重新打制一下。我的母亲就曾多次命我将镰刀拿到铁匠铺里，而那铁匠师傅却常常对我爱理不理，让我把那一串旧镰刀扔进一堆废铜烂铁里，我心下犯疑，但过几日再去，果然能拿回几把锋利的新镰刀。

还是说大麦。罗愿《尔雅翼》：“古称高田宜黍稷，下田宜稻麦。今小麦例须下田，故歌有曰：‘高田种小麦，终久不成穗。’若大麦则不然，《诗》所谓‘青青之麦，生于陵陂’者，谓大麦也。”所谓高田，就是丘陵上的旱地，而下田则是平畴湿地（但不是水田)。此外大麦秆高，比小麦要粗壮一些，也光滑，甚至泛着亮泽。将它压平捶扁后，可以作为很好的编织材料，一些草帽可能就是用它编织的，另外还可以编草席、提包，当然也可以织屦——即草鞋。而心灵手巧的匠人更是用麦秸织成各种活灵活现的小动物，可以拿到市场上出售。

吾乡种植大麦不多，所以显得格外金贵。它的主要用途有两个，一是炒熟，然后磨成粉，将麦麸筛去，就可以做成炒面，拌以砂糖（或加点芝麻)，是很好的食品。尤其是在冬天熬夜，到了十一二点，肚子饿了，有一小碗这样的炒面，何其甜美而且充实。二是熬麦芽糖。制作糖稀必用大麦不可，可惜程序我并不是太清楚，虽然母亲曾多次制作，大约是把麦子用水浸泡后令其发芽，然后再在锅里煎煮成汁。有了糖稀，拌入炒米，可以制作各种冻米糖，便是农家很好的糕点，在过年时节有得让孩子们打牙祭了。

其实，大麦也是制作啤酒的原料，因为我在乡村的时候，农家几乎没有酿做啤酒的，故亦不知其详。

此外，商店里出售的“麦片”，也是只有大麦才能制作。

可见大麦的用途很广，简直应该写一篇《大麦颂》了，可惜我当年对它并没有特别留心观察，故只得简述如上。

山　粉

所谓“山粉”就是山芋之粉。山芋也叫作红薯、地瓜。

山芋是产量很高的农作物，而且比较易于生产：将作为种子的一颗红薯（也作红芋）埋在地里，到春天它就会萌发新芽、长出新叶，生出一定长度的茎蔓，将其茎蔓剪下扦插，就可成活。

据说此种作物原生于拉丁美洲，哥伦布“访问”新大陆时将其带回到欧洲，传入中国约在16世纪末叶。清陈世元《金薯传习录》云：“按番薯（即红薯）种出海外吕宋。明万历年间闽人陈振龙贸易其地，得藤苗及栽种之法入中国。值闽中旱饥，振龙子经纶白于巡抚金学曾令试为种时，大有收获，可充谷食之半。自是硗确之地遍行栽播。”哥伦布可算得是推进全球化的先驱、功臣，他的成果使世人受益良多，红薯即其一。试想它救活了多少人。中国人口在清前期开始剧增，与此种植物的“遍行栽播”当不无关系。

红薯有多种食用方法，国人都很熟悉，不待多言；而将它制成“山粉”是其中一种，而且是很好的一种。

我家乡把制作山粉叫作“洗山粉”，这是比较准确的叫法。因为山芋粉不是把山芋晒干或煮熟后压榨成齑粉，而是在它刚挖出不久、水分充足的情况下，把它擦成沫渣，然后注入清水，搅拌，将汁水沥出，取出渣滓，再晒干而成。既然加注了清水，当然可称得“洗”。

我小时候是洗过山粉的。我所做的主要工作是“擦”红芋。那时候有一种专门的工具：擦子，也就是一块木头包着白铁皮，上面布满了凸起的小圆点即小疙瘩。拿洗净后的红芋在擦子上面磨擦，擦出锯末似的渣滓，落入盆里，然后交给父母去淘洗汁水。他们在树下置一口大缸，树丫上系上绳子，绳子系一木头做的“十字架”，将一块细纱布的四角系在十字架的四端，吊在那里，将磨出的山芋渣放进纱布里，再注入清水，不断搅拌，最后是用手将兜里的山芋渣反复挤压，汁水就淋漓而下，积在缸里，沉淀后，将上层的清水撇掉，剩下的沉淀物晒干就成为“山粉”，因为经过沉淀，所以也叫作“淀粉”。

晾干的山粉结成整块，非常光滑，摸上去手感非常好；掰下一块，轻轻一捏，便成细粉，收藏起来，可以搁很长时间。

山粉的食用方法也有多种。一是做山粉卷和山粉圆子。舀一碗山粉，用水化开，搅拌融和，倒入放了一点油的烧热了的锅里，把它摊开，不待烤焦，翻过来再烤一下，待其颜色变黑（并非深黑），就算熟了；然后起锅，将其切成小块，再放回锅里加水煮，并加进油盐、佐料，煮开则香气扑鼻，吃到嘴里，滑润柔和——如果油盐放得恰到好处，油光闪亮，滋味不亚于红烧肉。当年农村肉食不易，这样的山粉卷子是待客的上品。当然，如果和肉同煮，其味则更美。二是用来打粉丝。大约也是把山粉化开，然后放进专门的机器压成。三是作为勾芡的材料。有些食品须勾芡一下，味道更佳——更圆润爽口。我最喜欢吃的一种食物就是母亲做的汆肉，其中重要的工序就是勾芡：将鲜肉剁碎，加入淀粉，搅拌均匀，甚至可用手反复捏搓，以使二者更好融合，然后一点点放入烧开的油汤锅里，再放点葱叶，烧开，揭盖则香气四溢，十分诱人，最后令人口舌生津。我每从外地归家，母亲必以此物飨我，我一气即尽一大碗，既滋补，又“杀馋”，不亦快哉！

因此，山粉可说是农家最美的食物之一。虽属寻常之物，其价值在我心中可与许多佳肴媲美。因为它平凡而美，我觉得可视为“山家之珍”或称“山家之粉”。

吾乡还出产葛根粉，出在山区，味甜，是很好的营养品，我只吃过，没见过生产过程，想那方法当与“洗山粉”比较接近。

说来容易，其实洗山粉也不是个轻松的活。那么多山芋要一根根地擦成粉末，往往累得人腰酸背疼；把汁水从纱布里沥下，也是一个较重的体力活。我记得当年我们洗一次山粉，往往要忙一两天，而且要忙到深夜。写至此，我的眼前又浮现出父母在庭院里的树下，就着挂在门框上的电灯，一次次用双手将纱布兜里的山芋汁挤压、沥进大缸里的情景。

饼 饵

明代俞本的《纪事录》中有一则掌故，我觉得值得一读：

“(1374年)八月，征西将军邓愈镇河州，中庭午膳。俞本至，愈赐膳，馐肴盛列，中置一糟饼。愈先食之，膳毕，俞本跪问曰：‘大人食此饼，何也？’愈即起席，引本袖而泣曰：‘吾食此饼二十余年，未有人问。今因汝问，当为汝言。吾昔农家子，予在襁褓时，吾母耘田，置吾树阴下，吾饥啼，母就阴乳吾而食此饼。吾饱，母亦饱，母仍就耘。吾今位至三公，出将入相，吾思慈母，安得见乎。吾自乙未年至今日，每中膳，妻妾皆食此一饼，如睹吾母矣。’”

这的确是一个感人的故事。中国乡村百姓的勤苦、农家的感情以及中国人为什么讲究孝道，似乎都可以从中看出一些端倪。

大概每个人都有食饼的经历，我自不例外。我食饼的记忆大约从三岁左右就有了，只是很惭愧，孔融四岁让梨，我却有三岁“争食”的不光彩记忆。那是有一天，父亲回家来，从挎包里拿出几只麻饼，是商店里出售的那种，厚实而圆，上下两面均布满芝麻，看上去特别诱人。不知为什么，父亲似乎想逗逗我，他将麻饼递给母亲说：“只给妈妈吃，不给我伢吃。”我一听，略为一怔，瞬时，一种遭冷落甚至被抛弃的感觉向我袭来，眼见咫尺之遥的美食与我无缘，一种绝望的激愤和痛苦潮水一般泛滥起来，我当下就哇地大叫了一声，随即大哭。当然，最后是母亲将她手中的麻饼递给了我，我才含泪地笑了。长大后想起这事，我总觉得羞愧。

记忆中这种麻饼确实好吃，可说是我童年的美味——以至今天写到它，似乎舌尖、鼻端还萦绕着那种特有的甜香味儿。何况当年，乡村处于饥馑的边缘，主食都有断绝之虞，菜里面油水更少，我又是一个开始发育的小学生，自是常觉腹中空虚。幸好还能攒几个硬币，攒够了，就跑到供销社里，从比我高的柜台上将硬币递过去，跟售货员说买个麻饼。售货员便将放在柜台一端的玻璃圆瓶盖子揭开，拿出一两块麻饼，用一张草纸垫上递给我，让我难得地打上一次“牙祭”。那麻饼的芯是用芝麻和着冰糖等食料做成的，颇为厚实，不仅好吃，而且解馋，我常常吃了半块就舍不得再吃。

除了麻饼，父亲上街下县回来，偶尔也带点别的糕点，如绿豆糕、江米条、萨其马什么的，但机会都不是很多。但那绿豆糕滋味甚佳，柔软适中，仿佛入口能化，可能放的蛋黄较多吧，所以口感滋润绵长，不像后来我在都市买到的那种，主要成分就是豆粉，比较干、硬。但父亲带得最多的还是一种叫“朝笏”或“草鞋板”的烧饼。两种叫法其实是一种东西，不过“朝笏”要小一些，形制也较“规整”，而“草鞋板”要大点，形制也不讲究。它们都是用面粉拍成长长的形状，然后贴在用大铁桶改制的炉子内壁，由其中的炭火烤熟即可食。这种食品现在全国各个城市里似乎都有。我们那里为什么叫它“朝笏”和“草鞋板”呢？还是从其形制而来，就是它像“朝笏”——古代官员上朝所持的手板，或草鞋的底板。据说，前者有纪念清代一对在朝廷做官的“父子双宰相”之意，总之是为了好听，为了取个吉利吧，所以做得也比较“规整”一些、“秀气”一些，似乎里面还分层，层与层之间有的还洒有芝麻或孜然；而“草鞋板”，地道的底层食品，所以做得也就不太讲究，甚至一块“草鞋板”还有厚薄不匀的地方，对于我来说，厚、薄之处都好吃：厚的地方吃起来像嚼面包，薄的地方焦脆如嚼烤馒头，各有味道。

卖朝笏的小贩

农家买糕点吃的日子少之又少，有时候想吃到带点花样的食物就得“自力更生”。每到年节边上，家家都会熬点麦芽糖，拌上炒米切成块，就成了冻米糖，可以作为茶点或孩子的零食。平日里，要想“改善”一下，就做点面饼。简单的面饼连我都会做，就是拿面粉兑上水，搅拌均匀，且比较黏稠，然后放进锅里（事先放上一点油）摊成薄饼，烤到一定程度再把它翻过来烤一下就成，有何难哉。如果要做发面饼就需要一点技术了，因为要放小苏打之类的帮助发酵，必须掌握分量，而且发面饼还要放进屉子里，架在开水锅里蒸。

当然，家乡有名的饼饵之类杂食还不是这些，而是蒿子粑和菜心粑。所谓蒿子粑是将蒿子揉进米粉做成米粑。这米是糯米，而蒿子主要取其叶子，揉的过程不仅仅用手，而且先要用石碓将之捣烂，然后将它拌入浸过水的糯米粉，接着还要放进石碓里使劲舂、揉，直到二者融为一体，方掐成一小团一小团，拍成巴掌大小，贴在刷过香油的锅里烤熟，也不用翻动，所以蒿子粑都是一面焦。而熟了的蒿子粑真是清香四溢啊，置于阴凉地方，搁个十天半月，味道都不会改变。不过，吃蒿子粑每年只有一次，就是在农历三月初三前后，那时正是蒿子长势最旺的当口，最好食用。这大约跟古人“三月三”水边修褉的活动多少有些关系，目的都是驱灾辟邪。据说，每到三月三这天，人的魂魄易于离身出走，而只有修褉可以避之；而吃蒿子粑，更可以把魂魄“粑”（黏）住。但吃蒿子粑的风俗似乎只有我家乡一地有，也算是家乡的一种“创造”了。刚出锅的蒿子粑当然好吃，搁个几天，放在火上烤，也很有味道。乡亲们还将它作为馈赠的礼品，除了邻里互赠尝鲜，主要是送到城里给亲朋好友，因为城里毕竟不做蒿子粑。有一年，我给县文化局指导我写作的老师送去几枚，老师欢喜不已，连赞这是好东西，让我也觉欣悦。

游子总是怀念家乡的食物，包括糕饼。据说乡贤、著名美学家朱光潜先生就最喜欢吃家乡的“菜心粑”。菜心粑的主要成分也是糯米，有时还掺有籼米，也要浸泡后放入石碓舂得精细，然后放到案板上，用开水烫熟；而菜心不过是鲜嫩青菜叶，开水烫泡后剁成菜泥，再拌入白糖，加点猪油拌匀，把它像饺子一样装进米粉皮里，上笼蒸熟即可食用。此为桐城名点，早在明朝嘉靖年间就名闻遐迩，不过到我记事时，因为其做工较细，所用食材较多，乡亲们已无力再做这类“精致”食品。难得朱光潜老人还念念不忘。1985 年，桐城派学术讨论会在家乡召开，家乡派人入京请老人家题词，老人家对来人说：我多么想尝尝家乡的菜心粑啊！

糍糕也是家乡颇为流行的糕点。也是糯米做的，只是不需磨成米粉，直接煮成饭，再切成一块块放进油锅里炸就可以，其形色外焦内嫩，既香脆又瓷实，很能饱肚经饿。

家乡还有一种食品无名却很值得一记，其做法也是取糯米浸泡，然后磨成浆，晾到一定程度（比较黏稠），就可以下锅摊成大饼。一张张地摊，垒成一摞搁在那里阴干。而到食用的时候，取来掰成块，可以放进粥里当主食吃（有点像汤圆，只是没装糖或芝麻芯），也可以放进菜里同煮，尤其可以放入火锅，成为一味菜肴。而令我不忘的，是平时当点心吃，吃的时候，取下一块放进灶膛里烤一下，烤到柔软得拿在手里就耷拉下来的程度，最好吃不过。另外，它风干后还可以剪成碎块，放进爆米花机里爆，爆出来的有点像小饼干，而味道当然比烤着吃还要好。每年腊月，母亲总要起早贪黑，辛苦地摊（烙）出好多张这种糯米大饼，然后搁置很长时间，以各种方式，细水长流地偶尔给我们打打牙祭，不致使我们肚里太过空虚，而她自己几乎舍不得吃。每忆到此，重温俞本讲述的征西将军邓愈母亲的故事，自是不免鼻酸。

除夕的鞭炮

我有自我意识，可以说正是由一串鞭炮带来的。那是两三岁时的某一天傍晚，我征得母亲的同意，独自到户外玩耍，被路上的石子吸引，蹲下来正准备把它们捡到手里，而这时突然从村西头传来一阵密集的鞭炮声——我那时还不知道这是鞭炮，顿时吓呆了，一下子不知所措，便急忙爬起来哭喊着去叩打院门。回到家，母亲告诉我别害怕，这是鞭炮，放鞭炮是因为村里有人娶新妇了，你长大了，也要娶新妇，也要放鞭炮的。正是从这件事开始，我对于以后的人生才有记忆。

稍稍长大后，我没有想到我会那么喜欢放鞭炮。每逢春节，都不忘要父母买些鞭炮。但那时家境并不宽裕，父母买的只是几挂小鞭炮，没有长的。我多么渴望有长长的、可以放十几分钟的鞭炮啊！但一直未能如愿，直到有一年，快过年的时候，几里外的一个亲戚带来他家生产的几包长鞭炮，分别送给我家和几位堂叔家。那一年的春节，我过得最是开心。

从此，我们家才年年都有一挂长鞭炮，加上几挂小鞭炮。我常常等不到过年的那一天，就偷偷地把一小挂鞭炮拆解开，把零散的鞭炮放到衣兜里拿到村里去放，一放一声脆响，还和小伙伴们在一起比赛，大家都乐此不疲，别提有多高兴，以至腊月里，村子里几乎天天都能听到鞭炮声，正如鲁迅先生在《祝福》里所写的那样："旧历的年底毕竟最像年底……灰白色的沉重的晚云中间时时发出闪光，接着一声钝响，是送灶的爆竹；近处燃放的可就更强烈了，震耳的大音还没有息，空气里已经散满了幽微的火药香。"

说来也怪，有了这些鞭炮声响和幽微的火药香，寒冬腊月也不觉有多么冷了，即便是阴天，空中那彤云紧压包裹着大地，反而有温暖起来的趋势，整个村庄也有了祥和的气象。而越是到了年根，放鞭炮的越多。到我成长的年代，送灶是不必有的了，但是，快要过年了，利用农闲和天气干燥的机会，将祖坟整修一下乃至迁葬的并不鲜见。把先人安葬好了后必要大放鞭炮。过小年了，大人们也会拿几张纸钱、一挂鞭炮到祖坟前请祖宗回来过年，自然也少不了鸣鞭开道。于是收获后的萧索的田野和山丘间便不时有了繁响，显示出一岁将终的气象，这"年味儿"就随之渐渐透现出来。

在鞭炮声中送走了一年年时光。有亲戚年年送鞭炮来，我在寒假腊月里燃放鞭炮玩儿的底气似乎更足。我从堂兄的口里得知，我们这门亲戚，家里是专门生产鞭炮的，他们家的鞭炮多得不得了。我于是又盼望去这亲戚家做客。终于有一天，我跟几位堂兄去了，一看，亲戚家果真到处堆满鞭炮的原料和产品，但都收拾得很干净，并不是随手就可以掏到的，因为鞭炮毕竟是危险品，必须处处小心。而亲戚家的村子里，几乎家家都有生产鞭炮的作坊，就是腊月里，他们还在流水线上忙碌着，还不时传来噼噼啪啪的锤打纸捻的声响。这一次做客，我到底还是如愿以偿得到许多散碎的鞭炮，临别时，善解人意的亲戚把我们领到库房门边，拿出一大笸箩没有编结的零散鞭炮任我们去抓。我们也毫不客气放开手，塞满两个腰兜，并且特意拿了几枚大个儿炮仗，然后欢天喜地地回家。

最激动人心的时刻终于来临，能够尽情地燃放鞭炮的时刻——除夕之夜到了。除夕那天下午，家家户户把食品、物品准备好了，所有的门上都贴上了红彤彤的春联，整个村庄到处都透出喜气。天一黑，年夜饭就摆上了。而在开饭之前，照例是要放一小挂鞭炮的，以示郑重，据说也是为邀请祖先回来一道享受过年的美食与欢乐。村庄里你呼我应，鞭炮声就渐渐多了起来。这时的鞭炮声规模还不算大，一个小时左右就会渐渐停息，只剩下零零星星的几声仍在坚韧地响着，其余的像是在蓄积力量，等待着巅峰时刻的到来。终于等到了新旧年交替的那一刻，新年的钟声敲响，那仿佛是一声号令，村子里，还有或近或远的邻村，预示新一年开门大吉的“开门鞭”便争先恐后地爆响，比赛似的，一阵接着一阵，一阵比一阵更响亮。此彼呼应，却从不间断，仿佛整个世界就是一口正在爆炒大豆的铁锅，爆炸声弥满天地，恍如飓风掀起大海的潮音，揭天卷地而来，汹涌澎湃……间或还有巨响冲天而起，震天动地……似乎要把每一寸土地都震醒，让每一寸土地都焕发出生机。这样的鞭炮一直要响到头遍鸡叫，乃至东方既白，方才渐渐寥落最后归于沉寂。

听到开门鞭的先声，每个孩子那激动的心再也按捺不住，急切得快要飞到天上，一个个都从打着灯笼玩耍的地方跑回家，打开大门，赶忙拿出事先准备好的长鞭炮——一般是缠绕在一根长长的竹竿上，就把那竹竿稳稳地端在手里，伸得远远地燃放。谁家的鞭炮放得长、放得响，谁就愈加欢喜，甚至认为是好兆头。放完自家的鞭炮，我们意犹未尽，在村子里听着鞭炮声四处乱扑——哪里鞭炮响得激烈就扑到哪里。扑过去，一是看鞭炮燃放时那硝烟里纸屑飞舞的景象，闻闻那浓浓的火药味；二是等鞭炮放完，就到纸屑当中去寻未爆响的鞭炮，拾起来，攒到明天、后天再放。有时不仅在本村里乱扑，还要扑到外村，甚至要跑到那些会做鞭炮的村庄——这些村庄的人们或许平时跟鞭炮打交道久了，寻常的鞭炮放起来已经不觉得过瘾，常常会特意制作几枚巨型炮仗（有的是用玻璃瓶盛装火药，我们那里把它叫作雷碗），点放后响如惊雷，震得大地都直颤抖，似乎只有这样才把自己又长了一岁的喜悦表达出来，才尽兴。但有时候也不免乐极生悲，这样的狂欢里就往往埋伏着悲剧，时不时就听说有“雷碗”伤人事故发生，将人眉眼崩坏、引起火灾还是小事，夺人性命的事儿也不是没有哩。可是人们照样乐此不疲，年年如此。或许是因为辛苦一年，日日挥汗如雨，好不容易有这一次彻底的放松和狂欢吧。可是那些沉痛的教训又怎么能够不汲取呢？

此乐何极，一夜鞭炮响到明！但一过完年，鞭炮声就渐渐稀少了。这旧的一年就算是告别了。开门又是一年春，春风春雨也来了，还有春雪也薄薄地飞下来，很快，人们就又要开始在田地里忙碌，其他家务生计也得操心了。新的计划、新的生活又如春水，一刻也不停顿地向前奔流，容不得人留恋，容不得人停顿。

过年时这样大放鞭炮，大概是中国各地都有的习俗，似乎也是国人不可少的一项娱乐活动。千百年来一直如此，沿袭至今，只在城市因为考虑到污染和安全因素而有了限制或禁止。鞭炮也名“炮仗”，又名“爆竹”。而“爆竹”之名由来已久，恐怕正是春节放鞭炮活动之滥觞。南朝梁宗懔的《荆楚岁时记》上有记：“正月一日……先于庭前爆竹，以辟山臊恶鬼。”这里的“爆竹”就是“燃竹”的意思，目的是使之毕剥有声，吓退鬼物，后沿袭了这一活动，只是用纸卷火药，点燃作响，当是在火药（宋朝）发明之后。

还是宋朝的大诗人、大政治家王安石的《元日》一诗，将中国人辞旧迎新过年的情景描写得最为准确：“爆竹声中一岁除，春风送暖入屠苏。千门万户曈曈日，总把新桃换旧符。”确实，正是鞭炮帮我们送走旧年的一切，迎来新的一年，新的希望！

深巷明朝卖新茶

那一年，我到安庆参加考试，住在“状元府”宾馆，一夜辗转反侧，难以入眠。待到窗帷间微微透进一点亮光，准备放下一切，好好合眼休息，这时却听见一个声音在宾馆外的街巷里响起，渐行渐近渐清晰，原来是早起的妇女在叫卖东西。我的头脑里忽然跳出一句诗：“深巷明朝卖杏花。”难道真的是所谓卖花声？仔细一听，不是，而是“卖茶哩，新茶哩”。不知为什么，我忽然觉得是那么的亲切，一个“茶”字让我回到了家常现实，而叫卖茶的妇人也就像是我百十里地之外的乡亲乃至家人，我的心渐渐平和下来。

我的家乡桐城早年就是安庆府属下的一个县。它在大别山东麓，长江北岸，西边有苍翠群山，东方有平畴绿野，自然物产还是比较丰富的。和平年代，通过勤劳节俭，一般人家还可过上家道殷实的日子。“富而好礼”“富而学文”，所以过去桐城人一般都热衷读书进学出仕，乃至一度有“冠盖满京华，文章甲天下”的名声在外，清代“桐城派”主盟文坛近二百年就是一种明证。遥想当年，桐城有多少学子夜夜在一盏油灯下苦读，寒窗更深，唯有一盏热茶提神、暖身、清思，桐城文章代代延绵甚至不时喧腾人口，其中茶的一份功劳怕也不容忽视吧。

桐城人普遍嗜好饮茶，上至宦游各地的达官贵人，下至贩夫走卒之类的所谓“细民”，日常最喜欢的饮料就是茶。“开门七件事”，如果按照桐城人来排，当是“柴米油盐茶醋酱”才对。桐城人素所艳称的清代“父子双宰相”张英、张廷玉据说是“手不离瓯”，张英自己也说“鄙性好多饮茶”。当然，他们饮的多是上等极品，甚至还有御赐之物，如张廷玉在《澄怀园语》中说：“仰蒙世宗皇帝颁赐佳品，一月之中必数至，皆外方精选入贡者，种类亦甚多，器具亦极精致，可谓极茗饮之大观。”这样的“大观”一般人自是无福消受，也无可想象。我在少年时代所见到的乡亲们所饮之茶全是粗茶，他们戏称之为“柞叶壳”，叶片粗大而厚，形似一片片干枯的普通树叶，哪里有什么“旗”“枪”“芽”之说。饮茶之具甚至连玻璃杯也没有一个，就是用瓦罐、饭碗。有的家人不会专门烧水来煮，而是将瓦罐里装上一罐清水，丢进一把茶叶，就煨在炉膛里，饭菜熟了，茶也就烧开了，而且“开”得很厉害，茶水不停地翻滚；要喝就倒上一碗，仍将茶罐煨在余烬上，几乎一天下来，茶水都不会太凉。我小时顽劣，整天在外疯玩，渴了也不回家，就跑到寡居的王氏奶奶家要茶喝，她老人家颠着小脚，从炉灶里掏出瓦罐给我倒上一碗，酽酽的茶水，黄澄澄的，仿佛不是那黑黑的“柞叶壳”泡的，而是金子熔化的，喝上一口，微涩而后甘，很是解渴。我一辈子喝过多少茶，似乎都没有这茶好喝哩！

“桐城好，谷雨试新铛。椒园异种分辽蓟，石鼎连枝贩霍英，活火带云烹。”这首出自清代桐城文人姚兴泉之手的小令，说的正是桐城“茶事”。桐城自古就是产茶之区，桐城人喝的大都是自家土地上出产的茶。粗糙者，如前所提及的“柞叶壳”；上焉者，乃是“桐城小花”“龙眠春翠”。小花茶又有“谷雨尖”之称，因为采摘的日期都在谷雨前后几天，所以才有“谷雨试新铛”的风俗。我小时候当然没有听说过“小花”之名，但我们村外山坡上也有好大一片茶园。每年乡亲们确实都在清明、谷雨前后忙于采摘。因为分到人头的茶树并不多，倒没有卖茶一说。家家采下来，自己制备，尽一年之用。那几日，村子里飘逸的茶香几乎浓得化不开，令人心醉。后来所有的桐城茶归口管理，才有了“桐城小花”这么个朴素而清新的名字，远销各大城市。有一次，我在京城的一次文人聚会上，见到了远在关中的一位名刊主编，他对我说：“你家乡的桐城小花不错！”我没有料到他会知道我的家乡有这样一种茶，自是感到有几分荣耀。

其实“椒园异种分辽蓟”这句诗就已经透露出家乡茶不仅名声很响，而且可能移植到边远的辽蓟等地。椒园是明代少司马孙晋的别业，在龙眠山双溪村椒子崖下。孙晋是抗击阉党而牺牲的左忠毅公光斗先生的侄婿，明末后隐居龙眠山中。此后二十余年，他多把时间花在种茶、制茶上，使得椒园茶名闻遐迩，连《县志》上也有记载：“桐城茶皆小树丛生，椒园最胜，毛尖芽嫩而香。”据说椒园茶种来自外地宦游所得，而种在椒园却最得宜，“与顾渚、蒙顶并称”。之所以又传至辽蓟，乃是因为孙晋的好友方拱乾因卷入顺治十四年（1657）“丁酉科场案”而被发配宁古塔，年年新茶下来，孙都要将茶寄送到关外，以慰老友思乡之情。间关万里，茶叶寄到时已过了一年时光。也许方拱乾还尝试过在宁古塔当地试种椒园茶吧，成功了没有不知道，但他在关外写的大量诗作里以茶为题的就有多首，千里茶艺一线牵，家乡的茶在黑土地上曾经氤氲飘香却是一定的了。

正是因为桐城多有茶树栽植，许多农人都会自制茶叶，有了一定的实践经验，自然会有“理论”产生予以总结。明末清初的思想家、文学家、科学家方以智在他所著博物学著作《通雅》和《物理小识》中就有关于茶的记述文字。据家乡的一位文友介绍，《通雅》主要是从植物学的角度考察茶树，《物理小识》则从饮食角度考证茶的源流，其中论及茶的分类、种植、制作、储藏、烹煮、饮用以及药理养生价值等，是一份不可多得的科学文献资料。不仅如此，就是在民间，也有许多茶农将实践经验形诸歌咏，民歌《茶儿经》《盘茶歌》将茶叶的栽培、生长、制作过程详细介绍，的确可称经典，是著名的“桐城歌”中不可或缺的一部分，已与其他内容的“桐城歌”一起列入非物质文化遗产。

桐城人还有“施茶”的习惯。凡是盛暑之天，总有人将茶煮好，倾入大缸，置放于行人较多的路口，任渴者自由取饮，以除暑解渴。听说，我家祖辈就这么办过，可惜的是，后来竟有顽童撒尿于缸中，所以未能一直坚持下去。明清之际的桐城名士潘江因遭乱世不仕而隐居，他也曾在乡里施茶，在他的诗集《木厓集》中有一首《五月以来烹茶置门前树下饮道旁行人如是者三阅月感而有述》记载此事：“古塘匪大道，来往惟樵苏。高柳立门前，轮囷十余株……行人喘汗至，聊复停斯须……我见为心恻，饷以茶一盂……因解杖头钱，搜括才千余。买茶不盈担，烹置于中衢。旁设几与石，坐卧得自如……耕者乐于野，行旅乐于途。予心为快然，掩扉读我书。”这种“人饥我饥”“人溺我溺”的“济世利物”情怀，到底是可贵的，也是值得赞美的。

上引姚兴泉《桐城好》小令中的一句——“石鼎连枝贩霍英”，指出清代桐城茶叶的一些贸易情况，那就是主要销往邻县霍山、英山（湖北）。在自然经济条件下，只能由种茶人自行销售，现在县里将之归口管理，并着力打造“桐城小花”的品牌，这一策略总是对的。我忘不了过去所见到的茶农售卖新茶的情形，一个个带着用大铁箱子装的茶叶，就这儿一堆、那儿一伙地蹴蹲在县城西门市场的角角落落里，有时也摆在入城的路口边上，等待买主前来问津。买茶的三三两两，若无其事，踱步过来，弯腰抓一把新茶，揉揉捏捏，又摊在手掌上看看，在鼻下闻闻，或许就放下，走开，来到另一个卖茶人面前，买走的并不多见，然而卖茶的还在苦苦地守候着。这样的情景应该不会再有了吧？

写至此，我想泡一杯家乡的茶了，并在淡雅的茶香中，在心灵深处再次回放那年谷雨前，我在安庆“状元府”宾馆听到的那一声声清亮的卖茶声……

乡间的鸟儿

麻　雀

麻雀是最常见的鸟类，所在多有。它的形象也最普通不过，不过如小儿的拳头大小，一身褐羽，上有或深或浅的麻点，或许这正是它得名的原由。

它们在乡间常常成群结队，一般都栖息在树上，一年四季都可见到。但它的窠巢都是在人家的房屋里面或屋檐下，占居家燕衔泥筑成的小窝，或就在屋檐钻一个洞，以此为家，生儿育女。见天出来觅食，偶或还发出啁啾声，整天到晚没有停歇的时候，也不见其作沉思忧愁状，似乎忙得不亦乐乎，顾不上这些，这倒跟乡下的农人有几分相似。

麻雀有时结的群很大，几十只、一两百只都是有的，它们从栖身的高处飞下来，或远飞到别处，常常是一阵风似的，不约而同，铺天盖地，不知其中是否有某一只发出号令。其实，麻雀飞得并不远，总不离栖居的附近（这使我想起一句讥讽它们的话："燕雀安知鸿鹄之志哉？"）。它们是很恋故土的，这一点也跟农人相似——但恐怕是从前的农人，现在他们不也已习惯背离乡井，到远方的城市打工？

麻雀从高处飞落地面，小小的嘴不停地在草丛间寻觅可以果腹的谷粒或虫子，小小的脚在地上跳跃着，即使人走得很近，它们似乎也不惊诧，只当人仿佛伸手可及时，它才轻松一跳，跳到不远处继续觅食，伴着轻声啁啾，给人以十分“喜兴”的印象。甚至大雪天里，别的鸟类都已绝迹，它们仍唧唧喳喳地飞出来，一样做它们喜欢的事；穿过竹枝叶丛，碰得一块块积雪簌簌而落，给静谧的环境增添一些细碎的声响，也是满让人喜悦的。

但是雪天到底是食物稀少，所以这时往往是乡下的孩子捕捉麻雀的好机会。鲁迅先生在《故乡》里讲的少年闰土教他在雪地捕捉麻雀的经验，我们这些乡下的孩子都是有的。我也曾用一支短棍将筛子支在一块扫净的雪地中间，撒上谷物，等麻雀靠近就拉倒那支短棍，预计把它扣在筛子底下，但我并没有一次获得过成功。常常是眼看着麻雀走进了筛子下的空地，但一拉绳子，麻雀却灵敏地一跳飞起，逃开了，只洒下几声叫声，仿佛是惊恐，又像是嘲讽哩。可见麻雀并不笨，它甚至是很机警哩，所以我也从没有逮过一只麻雀。

我的小伙伴却是逮过的，即使不是冬天，他们也可能捉一只麻雀在手里把玩，这在我看来真是神奇得很。我们也曾尝试用弹弓打麻雀，偶尔打中，那麻雀跌落下来，却已受伤，甚至死了。乡间倒是没有吃麻雀的习惯，但下放到村里的上海人却是吃的，这户人家的大孩子很快成了我们的孩子王，没白没黑地在村落间、田野上奔跑玩耍，当然也免不了去掏麻雀。一般是在晚上行动，大家悄悄地走进村里的队屋、牛栏、猪圈，把手伸进白天观察到的麻雀窝里，将正在梦中的麻雀掏出来，似乎十分顺手。有时屋檐较高，大家还会搭人梯，其实也就是一个孩子爬到另一个孩子的肩上。我那时还小，常常被摒除在掏鸟的行列之外，只能眼巴巴地望着掏鸟的孩子，和众人一道不停地问："掏着了没，掏着了没？"有一次，一个孩子忙不迭地从别的孩子肩上滚落下来："唉啊！唉啊！"众人便问："怎么啦？怎么啦？"他说："摸着蛇了，摸着蛇了，滑滑溜溜的！"大家便商议是不是把蛇掏出来打死，可是没有谁敢再上去掏。又有一次，一个小伙伴掏出了几只还没有长毛的雀雏，用手电照照掌心那两三个刚会蠕动的小肉团，有的主张扔掉，有的主张送回窝里。到底还是送回去了，不知这几只刚出来的小家伙是否有惊无险，能够继续成长……

布谷鸟

我几次在文章里写到布谷，对这种鸟，我可说是情有独钟，甚至隐隐然把它视为自己的精神象征。原因我也说过了：因为正是听到布谷鸟的叫声，我的灵感被激发，方写下《布谷鸟叫了》一诗，成为我的处女作。

然而我和许多人一样，迄今并没有见过这种鸟儿，不知它长得是什么样子，也不知它的生活习性，这多少是种遗憾。但是这也有好处，那就是觉得它更具有神秘性，也就是说，它和它的叫声对于我更具一种精神性特征：它仿佛从天空的高处飞来，从辽阔的大地掠过；它也是直接向着我飞来，在唤醒我的灵魂；它消逝在无垠的世界，给我带来无尽的想象与回味。

据说有作家专门记录下每年布谷鸟飞来当地的时间，以此判断和预测物候。我当然没有这样的本事和耐心。我只记得，家乡（长江北岸）每当春暖花开，就是布谷鸟飞来的时候。准确地说，就是早稻的秧苗栽插后有一段时间，田野里已然一片葱绿，再往后几日，冬小麦的穗子渐渐饱满就要开镰收割了。这时布谷鸟声像是天外飞来，横穿寰宇，发出“发沃，发沃”这么个声音，显得有几分惶急、几分慌张，甚至有几分焦苦——不知为何如此，尤其夜里听来，声音格外清亮、激越。我们那里都把它叫作“发窠（棵）鸟”，意思是催促稻秧赶快萌蘖（发棵）——这是懂得农事的比我略长一点的小伙伴亲口告诉我的。我在《布谷鸟叫了》一诗中拟其声曰“割麦、插禾”，其实不太准确，与现实也不甚相符，尤其是“插禾”，因为“禾”是早已插了的。不过，有时布谷鸟破例来得早些也有可能。

布谷鸟一来，大地焕发出勃勃生机，到处抽枝、长叶、开花，天气也变得温暖起来，就是夜晚吹到脸上的风也不再让人感到有一丝寒冷。这才是人间美好的四月天，一年当中最好的时辰。田野里也处处都走动着劳作者的身影，到处一派繁忙的景象。作为一个喜欢诗歌的人，我完全可以想象这一切都是布谷鸟带来的！是布谷鸟为真正的繁华的春天揭幕！

我在这北方的城里，偶尔也会听到布谷的叫声，尤其是在夜间，但不知为什么，我听那鸣声似乎还有一种“凄切”的味道，这或许跟我自己的心境有关。我不能忘记，某年公历三月初的一天，我的个人生活中发生了一件大事，我处于无限的惶惑与惊惧境地，深夜，走到庭院里，却听到天空深处响起一阵布谷的啼声，从幽微到清亮，到急切，又到幽微（远去），我惊讶，布谷鸟怎么来得这么早，我感觉地气已非正常地快速转暖。果然，那一年南北两地同时遭遇前所未有的洪涝灾害，直到灾后，我才感觉到失落的心灵回归自身。此后，我才逐渐走出人生的低谷。

据说北宋大儒邵雍曾与友人站在天津桥上，听到杜鹃啼声，便惨然不乐："洛阳旧无杜鹃，今始至，有所主……天下自此多事矣。"人问其故，他道："天下将治，地气自北而南；将乱，自南而北。今南方地气至矣，禽鸟飞类，得气之先者也。"我至今不明白此说是不是有些道理。

邵雍说到的"杜鹃"正是布谷鸟的别名。这里还有一个流传了数千年的故事，说是蜀王杜宇（望帝）治水有功，禅位于臣子，退隐西山，死后仍牵挂故国人民，所以化为"杜鹃"，其啼声悲苦、凄切。李商隐的诗句"望帝春心托杜鹃"，用的正是这个典故。杜鹃的灵魂原来是如此可贵。

据说杜鹃啼鸣，啼出血来，一滴滴落到一种花上，此即"杜鹃花"。这种花吾乡的山上所在多有，一束束如火焰，鲜红地摇曳在冬末春初的寒风中，预先给大地、人间带来春意。大诗人李白把这种叫作"杜鹃"的花与鸟一起写进一首七绝，至今读来仍脍炙人口：

蜀国曾闻子规鸟，宣城还见杜鹃花。

一叫一回肠一断，三春三月忆三巴。

八 哥

我虽然生在乡间，但因为一开始村里还没实行包产到户，家里也没有人参加生产队的劳动，所以颇有些另类。我与村里的小伙伴也就有点距离，虽然我也常常加入他们当中一起玩耍，他们对待我究竟像对待来做客的亲戚——简直有点像鲁迅在《社戏》里描述的他小时在外婆家受到一群乡下孩子的特别爱护与“礼遇”。他们教我做游戏，教我学洑水——夏天里塘满渠溢，我们在上学的路上抄近道要泅泳过一片大水，他们一次次鼓动我下水，我不敢，其中一个大孩子便强拉我下来，不由分说把我托起在水面上。我侧眼一看，洪流滔滔，不禁惊慌起来，拼命挣扎，但他用手牢牢地举着我……有时，他们几个人一起放牛，我也只是站在一边看着，他们跟我讲起世代相传的故事，有些确实都属于“牛鬼蛇神”一类，怪怪奇奇。有一天，在一片山坡的青草地上，他们把牛解散，任它们在那里悠闲地啃食青草，牛背上飞来一群鸟儿，周身黑得发亮，只在它们拍动翅膀时，才看见翅膀上有几块白斑。其中一个孩子问我：“你知道这是什么鸟儿吗？”我茫然地摇头，另一个孩子笑了，说：“这是八哥。”“为什么是八哥？有七哥、六哥么？”“有哇，他们原是一家子，弟兄！”他们便告诉我，传说有这么一家子，人丁兴旺，兄弟团结，事业也很兴盛。但忽然有一天却遭遇了大难，是十兄弟中的老八挺身而出，牺牲自己保全了大家，所以人们都敬称他“八哥”，他死后

牛背上的八哥

就化为八哥鸟。哦，还有这样一个悲壮的故事，我对眼前的八哥生出一种敬意。他们还告诉我，八哥是会说话的（说出他们一家遭难的秘密？），只要把它逮住，用剪刀稍稍修剪一下它的舌头，它就能讲话啦！咦，竟这么神奇！我是大大地觉得惊异了。我又向牛背上的八哥投去一瞥，见那只八哥在牛背上跳跃着，一边在牛毛丛中觅食（是虱子吗？），一边在叽叽喳喳，发出鸣叫，并没有一丝苦难的神色；还有几只在地上走动，也很欢快……那样子让人心生喜爱，我喜欢上八哥了。

可惜我跟八哥类似这样的接触也没有几次。我一直在学校里读书，后又脱离了农村，不仅乡间的小伙伴见得少了，甚至连乡间还有八哥鸟儿都想不起来了。直到有一天读到《聊斋志异》中的一篇《鸲鹆》。

王汾滨言：其乡有养八哥者，教以语言，甚狎习，出游必与之俱，相将数年矣。一日，将过绛州，去家尚远，而资斧已罄，其人愁苦无策。鸟云："何不售我？送我王邸，当得善价，不愁归路无资也。"其人云："我安忍。"鸟言："不妨，主人得价疾行，待我城西二十里大树下。"其人从之。携至城，相问答，观者渐众，有中贵见之，闻诸王。王召入，欲买之。其人曰："小人相依为命，不愿卖。"王问鸟："当愿住否？"言："愿住。"王喜，鸟又言："给价十金，勿多予。"王益喜，立畀十金，其人故作懊悔状而去。王与鸟言，应对便捷，呼肉啖之。食已，鸟曰："臣要浴。"王命金盆贮水，开笼令浴。浴已，飞檐间，梳翎抖羽，尚与王喋喋不休。顷之羽燥。翩跹而起，操晋音曰："臣去呀！"顾盼已失所在。王及内侍仰面咨嗟，急觅其人则已渺矣。后有往秦中者，见其人携鸟在西安市上。此毕载积先生记。

多么可爱、多么机智的鸟儿，勇于为人祛灾纾难，跟我童年从小伙伴那里听到的八哥鸟的故事简直一样，是一种有"大义"也有"大勇"的鸟儿，多么令人敬佩。这个故事中的八哥那股子机灵劲儿与我在乡间所见的八哥形象相符，而一声"臣去呀！"也与八哥那鸣叫声颇为近似。读这个短篇小说，我才知八哥还有一个大名叫"鸲鹆"。我想起，这两个字其实在我读过的古诗文里并非罕见，如：《春秋·昭公二十五年》："有鸜鹆来巢。"鸜鹆即鸲鹆。先秦时代，还有一首《鸜鹆谣》："鸜之鹆之，公出辱之。鸜鹆之羽，公在外野，往馈之马。鸜鹆跦跦，公在乾侯，征褰与襦。鸜鹆之巢，远哉遥遥。裯父丧劳，宋父以骄。鸜鹆鸜鹆，往歌来哭。”大约是讽谕公侯失权，被赶出国门，乃至丧亡于野的，以“鸜鸲”言之，大概就是托物比兴吧。我还记得八大山人的画，常画的是在树枝上和地面上各有一鸟，黑羽中偶露一点白，那眼睛是白多黑少，据说是寄寓着画家对新王朝的不满：“白眼”看之。这鸟我觉得也很像八哥，一查资料，果然他有《枝上鸜鸲图》，今藏美国普林斯顿大学博物馆的《甲子花鸟册》，第七页画一八哥立于枯枝，题诗曰：“衿翠鸟唤哥，吭圆哥换了。八哥语三虢，南飞鹧鸪少。”寄托着画家深切的故国之思，意思中含有对人们不太拥护南明的一腔孤愤。

还是不用管这些吧，我忆念中的八哥夹杂着故乡的影子，也夹杂着小时候那些游、钓、玩乐在一起的小伙伴的影子，也可以说是渗透着我的故园之思，我觉得，这会伴随我一生一世。

鹁鸪

前年我回故乡桐城，住在城中弟弟家，天阴雨湿，一个人坐在客厅里正觉有点无聊，忽然听到室外不知何处传来几声轻轻的“鹁鸪鸪——鸪，鹁鸪鸪——鸪”的叫声，我感到十分惊喜，啊，是鹁鸪鸟儿在叫哩！我的思绪一下子回到了童年，回到了乡下老家。

其实，我在乡下的时候，跟鹁鸪打交道并不多，我甚至没有真真切切地看见它一回。我也只是每当天阴欲雨或将晴的时候，听见村西的丘岗那边，一声声传来它们清晰的叫声。“鹁鸪鸪”“鹁鸪鸪”或“鹁鸪鸪——鸪”。我母亲在庭院里听到这叫声，便会说“天要下雨了”或“天要晴了”，我听了没有在意，所以也没有问她为什么这么说。我和村里的小伙伴们一起玩的时候，大家听到鹁鸪的叫声，却说咱们去寻“鹁鸽”（小伙伴们把鹁鸪叫鹁鸽）去吧，于是我们往西山的灌木丛中去找寻。拨开挂着雨珠的枝叶，我们看见一只简陋的小窝，几根树枝、草叶、羽毛搭成的小窝，里面并没有鹁鸪，只有几枚比麻雀蛋大不了多少的卵，有的颜色像鸡蛋，有的上面也有花斑。我们都去拿那蛋，不小心弄掉了一枚，摔在地上，摔碎了，流出了蛋黄，其他几枚，我们只好又小心翼翼地放回原处。过了不久，我们特意回来看看，却什么也没有了，心里都有几分不安。

但是，我们偶或还是能听到鹁鸪的鸣声，一声声，低沉、急促，那咕咕声，仿佛不是发自喉咙，而是发自腹部、胸腔，它们的叫声像是从地层深处发出的大地的鸣声。

我的小伙伴告诉我：鹁鸪跟鸽子差不多大小，有的还要肥胖一些（怪不得发出的声音有些浑厚）。我好像在他们的指点下，看见过它那灰色的背影在灌木丛中急遽地穿过，仅此而已。

我的许多花鸟鱼虫方面的知识，都是村里的小伙伴教给我的，他们大约也得之于他们的父母、兄姊，但他们是我的老师，这点我不能否认。

但直到近年，我才知道鹁鸪就是斑鸠。那起因是读了汪曾祺先生的散文《天山行色》，其中一节“伊犁闻鸠”写道：

到伊犁，行装甫卸，正洗着脸，听见斑鸠叫：

“鹁鸪鸪——咕，

鹁鸪鸪——咕……”

这引动了我的一点乡情。

我有很多年没有听见斑鸠叫了。

我的家乡是有很多斑鸠的。我家的荒废的后园的一棵树上，住着一对斑鸠，“天将雨，鸠唤妇”，到了浓阴将雨的天气，就听见斑鸠叫，叫得很急切：

“鹁鸪鸪，鹁鸪鸪，鹁鸪鸪……”

斑鸠在叫他的媳妇哩。

到了积雨将晴，又听见斑鸠叫，叫得很懒散：

“鹁鸪鸪，——咕！

“鹁鸪鸪，——咕！”

单声叫雨，双声叫晴。这是双声，是斑鸠的媳妇回来啦。“——咕”，这是媳妇在应答。

哦，原来如此，而且这么有趣呀。我童年的伙伴倒是没有解释得这么清楚，不过，我似乎听见他们谈过“鹁鸪娶媳妇”之类的话题，具体说的是什么，年深月久，没有一点印象了。

让我大感意外的是，前不久，我往我的工作单位去，也是个阴天，我竟然也在院子里听见一阵阵轻轻的“鹁鸪鸪，鹁鸪鸪”的叫声，我知道，这是鹁鸪也就是斑鸠在叫哩，这里可已是北京市的五环边上了呀！大约以前是郊区，所以还能听到鹁鸪的叫声，我却欣喜之极，甚至还在心里把它认作是乡下老家来的那一只哩！

昆虫小记

蜻　蜓

在昆虫当中，蜻蜓是很可爱的，你看它大大的圆圆的脑袋，大大的鼓鼓的眼睛，那长长的腰肢，尤其是它那翅膀，两对，长长的、宽宽的，并列在身体两侧，多么像我们看到过的一种老式飞机。其实应该说是这种飞机“像”它，人们是按蜻蜓的样子造的。

蜻蜓还给人以清爽的感觉。不管它是什么颜色，都像是玉雕成的，光洁，润泽。而人们也喜欢用玉石雕琢它的形状，作为簪子或其他小物件来欣赏。有一出戏叫《玉蜻蜓》，好像就是以玉雕的蜻蜓作为一个故事的结穴——即关节点的。

蜻蜓给人清爽的感觉，还因为它不喜欢拖泥带水，不沾染灰尘，跟污垢离得较远；它最多只喜欢用尾巴点水，那是它在播撒种子即“下崽”哩。

但是古来写蜻蜓的诗文并不多，以至为了写这篇小文，我不得不翻阅一些“类书”之类的资料，所获也甚微。我记得的只有杨万里《小池》中的两句：“小荷才露尖尖角，早有蜻蜓立上头。”

这也是人所共知的了。另外范成大的《四时田园杂兴》中也有两句较有名:“日长篱落无人过，惟有蜻蜓蛱蝶飞。”这都不是把蜻蜓直接作为吟咏的对象，而是作为所写情景中的一个陪衬。直接以蜻蜓为题的，倒是有唐人韩偓的一首七绝：

碧玉眼睛云母翅，轻于粉蝶瘦于蜂。

坐来迎拂波光久，岂是殷勤为蓼丛。

所状还是比较准确的。尤其“轻于粉蝶”四字，熟悉它的人会觉得说得对，蜻蜓飞动时非常自如，来去悄然、轻捷。只是“瘦于蜂”倒未必，一般的蜻蜓都比蜂大得多呢！除非小蜻蜓。

我到北京以后，几乎再也没有见过蜻蜓，偶然一到郊外山野，或经过一座公园，都未曾发现它的踪影，倒是经常能见到蝴蝶在那里翩翩地飞。抑或蝴蝶的生存能力强，还是蜻蜓的脚步（应叫翅膀吧）更“金贵”呢？不得而知。因这么多年没见过，我倒是怀念。因为我小时候经常见到蜻蜓。在池塘边钓鱼，伸着细长的钓竿，我盯着水面一眼不眨，但那里毫无动静，便疲倦地闭了一会眼，再睁开：咦，怎么有个小家伙倒映在水里，有时甚至好像在看我哩。其实它不是来看我，而是飞到钓竿上栖息一会，观察一下动静吧。尤其是在夏日，傍晚，天上作云，一派要下雨的样子，嗬，打谷场上飞来了那么多蜻蜓，一只只都像小飞机似的，轻拍着透明似的翅膀，在上下左右翔舞哩！它们那么高兴，仿佛回到了老家，一点也不惧人，偶尔还会停在篱落甚至晾晒的衣物上，转动头颅四处张望哩！我们这些小孩子都兴奋极了，在打谷场上追逐舞蹈。有时伸出手去抓蜻蜓，那蜻蜓并不因为有人抓它，就一轰而散，逃之夭夭，而是仍然绕着我们左左右右上上下下地飞，仿佛在逗弄我们，仿佛要与我们共舞哩！我们偶或还真的就抓到了一两只蜻蜓，把它的翅膀剪短或剪掉，让它不能高飞而只能爬在地上扑动着翅子；或把一截细线系上去，让它受我们控制，不仅飞得很低，而且飞不远就被拽回来。倒是没有做过像汪曾祺先生在文章里写的："有一种恶作剧：掐一根狗尾草，把草茎插进蜻蜓的屁股，一撒手，蜻蜓就带着狗尾巴草的穗飞了。"那多残忍呀！

汪曾祺说在他的家乡，蜻蜓有三种。"一种极大，头胸浓绿色，腹部有黑色的环纹……一种即常见的蜻蜓，有灰蓝色和绿色的"；"一种是红蜻蜓"。在我的家乡好像只有一种红蜻蜓，也不是那么红，而是带一点黄颜色，这使它更像"玉"了。就是到了现在，我也不明白，为什么会有这么多的红蜻蜓出现在家乡打谷场的空中。我至今记得那一年我小妹才三岁，周身害满了热疮（疖子）。我把她抱到打谷场，坐在地上，那么多蜻蜓飞来飞去，吸引了她，她咧嘴笑了，仿佛忘记了身上的痛苦！而我也上下挥舞着双臂，仿佛要把蜻蜓都揽进怀抱，但那些蜻蜓也很机灵，一飞近我的身边，就迅速折返，飞到高处。

这使我在读到韩愈的《山石》中的两句诗"山石荦确行径微，黄昏到寺蝙蝠飞"时，头脑里总是出现蜻蜓群飞的景象，而不是蝙蝠。因为我没有见过蝙蝠纷飞的景象。

如果我会写小说，我一定把这个画面设置成某个故事发生的背景，以烘托某种气氛。

天　牛

我曾在一篇写昆虫的文章里说：“我最感兴趣的是一种俗名叫‘黄牛’的甲虫。但恰恰是这种昆虫我连它的学名也叫不出来。”十多年过去了，因为一直留心，我现在终于知道这种昆虫叫“天牛”。

据百度云，天牛是多食亚目天牛科昆虫的总称，咀嚼式口器，有很长的触须，常常超过身体的长度，全世界共有20000多种，中国也有2200种左右。天牛是植食性昆虫，其幼虫生活于木材中，可能对树或建筑造成危害。典型的天牛种类，身体呈长圆筒形，背部略扁，触角特长，特别是比较常见的几种，如星天牛、桑天牛、云斑白条天牛等，它们壮硕的躯体和突出的两角，使人不自觉地联想到牛的形象。

这末一句话，大约是告诉我们，天牛得名之缘由吧。确实天牛给人印象最深的，就是它的触角：长长的，像微型的竹鞭，也像牛角，多为黑色，有白斑点——有许多天牛全身都是黑色，有斑点。那触角不仅使人联想到牛，也联想到古代戏台上经常有的角色：将军——头插羽尾，威风凛凛。尤其是一种赭黄色的天牛，身上的甲壳修长，装饰严谨，仿佛威严得一丝不苟，就更像将军了。

我发现与捕捉天牛是在树上。在本村与邻村交界处，有一块空地，那里生长着一些杂树，大约有桃、杨、桑、柏、榆之类。

我有一天意外地发现，有几个小孩子攀到树上，在捕捉或摘取什么，但其时早已不是桃子成熟的季节，他们在干什么呢？走近一看，他们的手里拿着好几只黑色的天牛，问他们那叫什么，他们有的说叫“黄牛”，有的说叫“牛颚”。（“颚”只是模拟的读音，未必准确。）我再近前些看，发现这天牛有两种，一种比拇指指甲盖大点，近似圆形；一种是长筒形的。前者好像没有什么触角，所以我喜欢后者。捉到后干什么？没什么用。本来是想叫它们相互较量，像斗蟋蟀似的斗一下，但它们都懒懒的，对之毫无兴趣。那就只有将它们把玩把玩了。逗弄时它会张开一下甲壳，里面便伸出蝉翼一般的翅膀。有时它们也借机逃逸，但飞得并不迅疾，一伸手又可以抓住；当然也有一些逃逸成功的，尤其是那种圆形的，求生欲望要强些。至于那好看的长形的天牛，我们把它的翅膀剪短，它更是无可奈何，只能听从我们摆布了。

我们那时并不知道天牛是害虫的一种，我们捉它，就是为了好玩。我甚至把它带回家，不小心让圆形的溜了几只，飞到了屋梁上，被父亲看见，呵斥了我几句。当时我还不以为然，现在才知道它们是“植食性”的，还真是可能啮食屋梁，那就确实危险了。而长形的那种，长着很大的前颚，张开来，如巨斧一般，啮断草茎则是很容易的事。只是我也几乎没有发现它啮人的，偶尔有一次咬了我一下儿，好像也并不太疼，但我还是因为出乎意料而惊叫了一声，惊醒了正在午睡的父亲，他颇不高兴地呵叱了我一顿。可见我小时的顽劣与对昆虫的迷恋。

我略略感到惊异的倒是，《诗经·硕人》里有这样形容美女的句子："手如柔荑，肤如凝脂，领如蝤蛴……" 这蝤蛴其实就是天牛的幼虫。《蚕桑提要》："虫有生于桑树皮内者，名天牛虫。其下卵也，在小满后，必咬破树皮而藏其卵于皮内。其变虫也，在芒种后，形如蛆，吮树脂膏。将近夏至，渐渐钻孔而入，秋冬间大如蛴螬，身长足短，名蝤蛴，食树心，穿木如锥，变为天水牛，两角如八字形，黑色，背有白点，缘木上下，口有双钳，其利如剪，新发之条，啮之折。" 这就把天牛的整个生长过程和生活习性都介绍得比较完整了。

我感到奇怪的是，古人竟然用"蝤蛴"这么一种幼虫形容美人的颈项，在我看，准确是够准确了，但总有点叫人不太舒服，所谓"信言不美"，或许真是如此。也许我是太"娇气"了，躲在"象牙塔"里太久，反而没有《硕人》作者那样接"地气"吧，而现在那些生长在城里的孩子，恐怕连天牛长什么样，都没有见过，想想也真是可怜。

第三辑

乡谈摭忆

我的家乡在长江以北的丘陵地区，那里除了漠漠田野、缓缓起伏的坡冈，似乎也就乏善可陈。何况我生长的20世纪70年代，乡村还很贫穷。我的家乡连村落也是破旧的，当然那时还有清澈的河流、碧绿的丛林，其他能够给人留下美好回忆的，也就寥寥无几。

当然还有人。凡是有人，特别是有人群在的地方，多少总会有一些悲欢离合的故事。然而在我的记忆当中，这些故事也都非惊世骇俗、耸人听闻，只是微末得如同平静地流淌的河水偶尔泛起的涟漪，很快就消逝了。然而，当今天我在城市清闲下来，或在案头兀坐，或凭窗点燃一支香烟的顷刻，我那家乡还会从几千里外跑来，浮现在眼前的更多是乡亲们那一张张干枯半干枯的花瓣似的面孔，以及他们那平常的謦欬言笑。

“你知道吗？地球是一个圆盘，太阳每天都绕着它转……”这样一句自相矛盾的话（既是“球”，怎么又是“盘”呢？）是我七八岁的时候，依在村前的篱笆边，一边吃着偷摘来的桑葚，一边听比我大一两岁的孩子随口道来。我却顿时睁大了眼睛望着他，似乎都停止了舌尖的运动，因为我从来没有想过自己脚踩的大地是什么，有多大，然而他随意一言，我顿时感觉到世界的广大。

“听说，我们这地上最多的还不是田地，是水，六水三山一分地嘛……”一个更大的孩子从篱笆边的树丫上跳下来，插言道，“你知道海有多大，长江有多深吗？江无底，海无边，江是探不到底的，大海没有尽头……”这更让我惊讶，我第一次知道这个世界是如此的辽远、恢廓，不禁生出几分神往。今天想来，这些孩童的稚言嫩语，恐怕正是我宇宙观的启蒙呢。

那些年，我们那里一度传言要地震，而且风声还很紧。村子里头儿为了防震，都劝导村民晚上不要住在家里，于是村人便纷纷把床铺、衣柜和坛坛罐罐等一些家什搬到了空场地上，过起了露天聚居的生活（后来才搭起了两座防震棚）；而这样的生活却让孩子们觉得新奇，有得折腾更是让我们欣喜不已，可以尽情地在一家家床铺、衣柜和坛坛罐罐间穿梭，玩得不亦乐乎。玩累了，也依在干草垛边，将一根稻草衔在嘴里，就有一搭没一搭地说着闲话。说着说着就说到了眼前即将发生的地震，一个大孩子忽然神情肃然，问：“你们知道为什么地震吗？”大家面面相觑，这个大孩子见我们一片懵懂，便正色徐徐道来：“知道吗？我们的地下有一只老大的鳌鱼，是它在驮着我们；这鳌鱼平时是不睡觉的，但多少多少年过去，它也会感觉到累了、困了，也就要眨一下眼的，于是就地震了。”原来如此，但我还是觉得费解，为什么眨一下眼就会地震，难道眨眨眼的动作有那么大吗？然而我怕他们说我无知，终于把到了嘴边的话缩回到了肚里。

但是，疑问依然存在，长大了也想在书本里（当然这只能在中国的神话传说一类书籍里）寻找答案，可是我只在《列子》当中找到近似的说法：“其中有五山焉：一曰岱舆，二曰员峤，三曰方壶，四曰瀛洲，五曰蓬莱……而五山之根无所连著，常随潮波上下往还，不得暂峙焉。仙圣毒之，诉之于帝。帝恐流于西极，失群仙圣之居，乃命禺强使巨鳌十五举首而戴之。迭为三番，六万岁一交焉。五山始峙而不动。”这里只说到巨鳌戴山，没有说到巨鳌“载地”呀，似乎也没有讲到何以地震，除非正如屈原在《天问》中所言：“鳌戴山抃，何以安之？”鳌鱼背负蓬莱，不以为苦，反以为乐，“而抃舞戏沧海之中”（王逸注《楚辞》引《列仙传》语）。但可以肯定的是，这个故事流传了几千年，仍在流传，虽然途中有些变异。

讲完了大地之事，自然是要叙述到人。而人是怎么来的呢？我们当然不会说是从猴子变来的，我们讲的是中国各地几乎都传说的女娲抟土造人。说这个故事的时候，我们也大约正好是在抟土玩泥巴。甚至还讲到女娲娘娘一开始造人还很认真，用泥土捏得像模像样，后来烦了，就用绳子随意抽打，所造的人就丑陋下贱了。这与《风俗通》等中国古书上所说的一样。至于人类的繁衍也是“盘古兄妹结合说”——盘古是开天辟地的英雄，但是，他开天地没有开好，误凿了天，所以天上淫雨不止，终于导致了大洪水的暴发，把他的族人都淹死了，只剩下盘古和他的妹妹。没有人生孩子，人类可能就要断绝了。盘古一想，只有他兄妹俩结合，虽然这是违背伦理的事，但也没有办法。他们在结合前还卜问过上天的意旨。怎么去问呢？他们把一副石磨搬到了山顶，然后分别将石磨的上下两片往山下滚去，如果石磨能相合，他们就结合，反之则否。结果不用说，两片石磨竟然在山脚下合在了一起，这是天意允许他们兄妹通婚呀！于是才又有了人类。原来人类的来历竟是如此的曲折、艰辛、不凡。

现在我们知道这样的故事与各地传说的几乎一致。这讲的是人之“生”，那么人之“死”呢？人类暂时还没有灭亡的征兆，虽然总不断有“世界末日”的传言甚嚣尘上，但最终证明不过是无稽之谈。但是单个的人总是要死的，而远古时代的人跟现在的不同，我的母亲有时也跟我讲古，“他是有尾巴的呀。”她告诉我，古时候人要死是自己可以感知到的，因为他的尾巴届时是会自己就（烧）焦的；而且当他知道他快要死了，就自己砌一个“郭”——不知道到底是什么，大约是一个土砖砌的地穴之类的东西——住在里面，由他人送点饮食给他，直到死了，就将之封闭起来。这也是无稽之谈，但仍引起我对古人类乃至类人猿的一些怀想。

妈妈告诉我的当然不止这些，灯前纳鞋或月下乘凉，她总要打开话匣子，把她从前人那里听来的古经摆摆。她还讲了“七仙女”的一些轶闻，可惜我大多忘却了，只记得说：“七仙女下凡遇到董永后，曾一起到一大户家做佣工，那大户看上了美貌的七仙女，于是以种种难题来刁难他们夫妇，可是都被七仙女一一化解了——你想想看，七仙女是谁呀，她是玉皇大帝的女儿呀！其中有一件难题就是那大户把一大堆乱丝交给董永夫妇，叫他们天亮前必须一根根理好，否则，七仙女就要留下来做大户的妻。这是一件多么难的事，可是七仙女不怕。她支走了董永，背地里点着了香，又燃了一张她六个姊妹的画像——这是她随身带的。结果那六个姊妹一起下凡来帮七仙女整理好乱丝，一大清早交给了居心不良的大户，叫他目瞪口呆。最后董永和七仙女就从劳役中脱身，真的夫妻双双把家还了。”这简直有点像我后来读到的格林童话中灰姑娘一类的故事。

这些故事当然都找不到准确的出处，都是口耳相传的民间文学，不知何时而起，也不知何时就风吹云散。即便有心做民间文学研究，恐怕也不能搜罗净尽。不过，常到我家来闲谈的一位堂姑父跟我们讲的几个故事，我后来多少知道了一些出处。

想起来，那还是一个个令人值得回味的夜晚。农闲时节，尤其是冬天，每当天色黑定，我的那位堂姑父就会打着灯笼或手电，走过一道小巷，来我家的院墙边叩门。父亲正在家，便请他坐定，泡上茶来，于是在昏黄的油灯下，堂姑父总是能够很自然地找到话题，引出一个个故事。有几次话题是从目连救母开始谈起的，接着讲到五丁开山，又讲到刘邦斩白蛇起义，其中许多就来源于中国历史故事，只是掺杂了许多道听途说。他常常提到目连深入地狱去救他的母亲，弄得我一头雾水，不知他是何方神圣，后来才知道旧时乡村里常演目连戏，甚至远在唐代就有这个佛教题材的说唱文学。

“这人都是命数已定。”我的堂姑父往往先来这么一句开场白。接下来会说：“你譬如……”譬如什么呢？那就是他要讲的故事了。有一回，他跟我们讲起朱元璋，说朱元璋小时候就屡见“不凡”。他家里穷，为人做放牛娃。有一次，他和别的放牛娃一起去放牛，他们把牛散放在一边，就玩耍去了。到了晚上才想起来回家，而这时肚子正饿，要回去肯定是赶不上地主家的晚饭了，朱元璋于是就和小伙伴们商量，杀一头牛来充饥。别的小孩都不敢，只有朱元璋把他自己放牧的牛杀了，散给大伙儿吃。吃完以后怎么给地主交代？朱元璋说别急，他把牛头和牛尾分别埋进一座小山丘的两侧，然后回去对地主谎称牛是钻进了山岩里出不来了。那地主肯定不信呐，就揪着朱元璋一起实地察看，看见果然牛是钻入了山岩中，拽拽它的尾巴，你猜怎么着？就是拽不动。你说神奇不神奇——我的堂姑父啧啧叹息。他谈兴正隆，要继续讲下去：朱元璋成功以后，他那些当年的牧牛伙伴都来找他，想讨一份差事，有的跟他叙旧，就直不笼统地说当年我们在一起放牛如何如何，朱元璋一听，这不是揭他的老底吗？便把他们都杀了。有的伙伴聪明，就含蓄多了，他说，当年，咱们骑个马，上朝山……他所谓的马，是牛；所谓的朝山就是“潮”山——早晨，刺草丛里都挂满露珠，可不就是“潮”山么？而“朝山”跟“朝廷”相似，也就一字之差，这样讲朱元璋当然高兴了，就给他封了官。

这样的故事我还是第一次听说，当然是竖起两耳听得津津有味，也没有去想故事真实性如何，是怎样流传的。或者我本来就知是乡野杂谈，哪知道，连吴晗所著的《朱元璋传》里也提到朱元璋小时候牧牛杀牛、埋牛而诓人成功的事，可见这个传说渊源有自。

我的那位堂姑父还讲到朱元璋微服私访，于野外见到一个与他同年同月同日同时生的放蜜蜂老头。按照中国古代的算命术，所谓八字相同，命运应该不相上下，但是同一时辰还分前后呢，朱元璋在前一点，所以贵为天子，有十三司为他理财；放蜂人稍后，所以贱为草民。朱元璋再回头看看他的蜂箱，不多不少，也正好是十三箱。“数量相同，其实天差地别，你说这不是命中注定是什么？”我的姑父再一次感叹。当我读到明代江盈科所作《雪涛小说》，才知道这并不仅仅出自田夫野老的口头，该书第一篇《蜂丈人》即述此事：

太祖微行至田舍，见一村翁，问其生庚。翁告之某年月日时，皆同上。太祖曰：“尔有子乎？”答曰：“否。”“有田产乎？”曰：“否。”“然则何以自给？”曰：“吾恃养蜂耳。”曰：“尔蜂几何？”曰：“十五桶。”太祖默念曰：“我有两京十三省，渠有蜂十五桶。此年月日相合之符。”太祖又问曰：“尔于蜂，岁割蜜，凡几次？”翁曰：“夏春花多，蜂易采，蜜不难结，我逐月割之。秋以后花减少，故菊花蜜不尽割，割十之三，留其七，听蜂自啖，为卒岁计。我乃即春夏所割蜜易钱帛米粟，量入为出，以糊其口；而蜂亦有余蜜，得不馁。明岁，又复酿蜜。我行年五十，而恃蜂以饱，盖若此。他养蜂者不然，春夏割之，即秋亦尽割之，无余蜜，故蜂多死。今年有蜜，明年无蜜，皆莫我若也。”太祖叹曰：“民犹蜂也，君人者不务休养，竭泽取之，民安得不贫以死？民死，而国无其民，税安从出？是亦不留余蜜之类也。蜂丈人之言，可以传矣，可为养民者法矣。”

一看也就知道，这也不过是文人杜撰的“寓言”，意在告诫统治阶级对小民的盘剥要有限度，如果“竭泽而渔”则“无鱼”矣。不知怎么一传，传到田夫野老那里就成了“命定说”的“佐证”了，倒是说明乡村里“信命”是信到了骨髓。

堂姑父在我们乡村也算得有学问的人，他是读过几年私塾，《孟子》还能够背诵一些；但是他一生都在穷苦和疾病中挣扎，所以照样把一切归结到“命”。他讲的黄巢的故事，照样不出“命数说”之限，只是它更具有奇幻的效果，还是值得一记，大意如下：

人家说：黄巢杀人八百万，在数者难逃，此话不假。传说黄巢不堪官府的压迫，准备造反了。黄巢知道造反就要杀人，而且杀多少人，杀谁，天数已定。甚至有知天命的人已为他造了花名册，他只要照着花名册，一一杀去即可。他在起义的前一天就得到了这个花名册。没想到，那花名册上的第一人就是他的一位好友。他实在不想杀自己的好朋友，就叫他等到（起义）那一天就躲到马厩里——因为马厩里脏呀，他黄巢肯定不会跑到那个地方去杀人。他的朋友听了这话就躲进了马厩，但他很快就感觉到那里气味实在难闻，再也不想躲在那里，他忽然看到破庙前的一棵柳树是中空的，心想，躲到那树洞里肯定不会被发现，于是他就这么做了。终于到了造反的那一天，黄巢吃了酒，叫人列好阵，要杀人祭旗了，按照花名册，叫他的好友，没有人应，他也不追究，只是说，既然他不在，就拿这棵柳树开刀吧，随即一刀下去，刷——没有想到喷溅出来的是人血……所以说，黄巢杀人无数都是有“数”的。黄巢起义，死了多少人，最后黄巢杀人杀得自己都害怕了，就放下了杀人刀，做了一名屠夫（也有说他转世做了屠夫）——杀猪。他开了一家肉铺，每天杀猪卖肉。他的隔壁却是一座寺庙，寺庙里的和尚与黄巢相熟，黄巢有时也到和尚那里谈闲天。有一天谈到深夜，黄巢要回家，说明天还要早起杀猪呢，然而和尚还是坚留他再坐一会儿，说是你自家里不是有两口猪吗？不用起早准备，就可以赶上早市。黄巢想想也是，就在和尚那里多留了一会。第二天一早，他赶到自家猪圈准备把猪撵出来宰杀，哪知道那猪一见到他就吓得哆嗦，紧缩在一角不肯出来。黄巢正急得手足无措，昨晚谈天的那和尚却踱步过来，说不用急，他可以叫猪出来。那和尚站在猪圈口喊了两个名字——正是黄巢已逝的父母的名字，你猜怎么着，那两头猪就乖乖地走了出来。黄巢这下明白了，就扔掉屠刀，扑通一声跪地求和尚收下他做弟子，他要修行成佛。和尚不答应，黄巢仍不松懈，最后和尚被他纠缠不过，就收了他做弟子。不久，和尚要出外化缘云游，黄巢也跟着他去，走出村子不远，遇到了黄巢的妻弟，他听说黄巢出家当了和尚，便也缠着要走，和尚不答应，最后被缠不过，就答应了。于是他们师徒三人一起登途远行。走了不久，就在丛山间看见了一座深宅大院，雕梁画栋，富丽堂皇，他们当夜就借宿于此。夜里，宅院后厢灯火辉煌，笙歌细细，还传来仕女喧哗的声音，女主人衣着光鲜，雍容高雅，并且向和尚传下话来，她的两个女儿二八年华，姿容妙曼，正在择婿，她见和尚的两个徒弟气质不凡，想招他们为婿呢！和尚问二徒愿否，黄巢愿心甚坚，毫不为动；他那小舅子已露钦羡之意，和尚劝他留下，他便就坡下驴，留在了这豪宅里。和尚与黄巢再次上路。走了半天，师父忽然对黄巢说他的拂尘还挂在昨夜借宿人家的墙上，要他返回取来。黄巢沿原路返回，找到昨夜的地方一看，哪里还有什么深宅大院、雕梁画栋，只有一个巨大的老虎洞，洞里正伏着一只吊睛白额猛虎。师父的拂尘正挂在虎耳上，一旁还有一堆白骨。黄巢一下子明白过来了，他匍匐在地，叩头对虎说：如果要吃他，就请来吃；若留他一命，就点点头，让他取走拂尘。那虎果然点点头，黄巢就取下拂尘返身追赶师父去了……

这样一个放下屠刀立地成佛式的故事，毫无疑问是佛门人物编造出来以“度化”人的，当然是荒诞不经，故作奇幻以动视听。我怀疑出自中国的哪本佛教经书或者释家的讲法也未可知，可是我读书少，到底是找不到它的来源。不过，即使那时我少不更事，对于黄巢这样的英雄如此“末路”，心里也是颇为失落的。

我所听到的乡谈，听到的带有迷信色彩的颇不雅驯的故事，似乎还有一些，择要写在这里，除了为民间文学研究者所做的田野调查提供些可能的材料，也仿佛可以从此略窥当年村人的精神和生活面貌。

乡人说鬼

近几十年来，“人间”的力量在增长，“鬼界”的力量在衰落，这仿佛是有目共睹的事实。科技昌明，人间虽然还没有到那光昌流丽的地步，但毕竟相信科技、相信物质的力量的人多了起来，而信鬼信神的在逐渐地减少，最明显的表现就是在聚会当中，把鬼作为津津乐道的话题的，几乎已经没有。

但是四十年前，喜欢谈鬼的还是很有一些。城市里有所不知，在我们乡下，不仅是小孩子，就是大人间，也会偶而传说些鬼故事的。大家似乎喜闻乐道，讲的时候还不敢高声，这其实正暴露出人们谈鬼的原因与目的：为了体味一种神秘，或者一种刺激。这似乎与文人如东坡先生的“姑妄言之”，周作人的“街头终日听谈鬼”，多少还有一点不同，文人大抵是不信，只是太寂寞无聊罢。

我听到的鬼故事，一开始是从小伙伴那里听到的。大家在山坡上、草堆里打闹够了，在树丛里也追逐得累了，或者是在野外放牛，把牛散放在河滩上、草丛间，自己便凑在一起堆沙堡、打扑克、掷弹子，甚或也点燃一堆篝火，烤几根红薯，爆几粒毛栗、蚕豆，一边吃着零嘴，一边便你一言我一语地讲起所知的故事。这很像俄国作家屠格涅夫在他的小说《白净草原》里写到的情景。

《白净草原》里的牧童谈鬼是从“家神”开始的，我们说的似乎更切近自身。记得有个小伙伴跟我们说：“人有三魂六魄。那么如果那人要死了，是会预先‘显魂’的。”什么是显魂呢？就是人的灵魂出离人的身体，在外活动，其实人的真身还在家里或别的什么地方；他的灵魂被人遇见了，说不定还会和他打招呼哩。但是跟他本人说起的时候，他却矢口否认。那么，这人自然就非常危险了，简直非死不可。但也不是毫无办法禳解，那就是招魂，当然往往效力甚微。听了这一说法，我们都不免担心：自己的灵魂会不会无端地游走呢？小伙伴们又说了，生人头上都有火焰的，凡是火焰高的，就是在夜间也不容易见鬼，火焰低的可就难说了。这下我多少松了一口气，我是从来没有见过什么鬼物的，大约火焰是高的吧。讲故事的人还告诫：所以，不能让女人从头顶上跨过去，那会矮火焰的。

小伙伴们喜欢讲的还有“鬼打墙”和“诈尸”的故事。“鬼打墙”各地都有说，就是夜行人一晚上都在一个地方转来转去，找不到出路，禳解的办法据说是将鞋子脱下来顶在头上。我不解何故。而“诈尸”更令人毛骨悚然。小伙伴还说到一个故事，说是某几个商人在外行商，有一天走到一个前不着村后不着店的地方，遇着一户人家，前去借宿被拒绝，理由是家里新亡了人，不方便。这几个商人却道不妨。到了半夜，除了一个商人因为害怕而睡不着，其余皆沉入黑甜乡里。这时，那个醒着的商人听见堂屋停灵的地方有了咯咯的响声，他偷眼一觑，那亡人竟起来了，在屋里转圈；醒着的商人大气不敢出，而那亡人见到房客，就走近来，先是向一打鼾的商人俯下身子，对他嘴里吹气，那打鼾的便一无声息了。那亡人又复躺在灵床上，过一会儿又起来，把刚才的动作对另一入睡者做了一遍，如是者三。这吓得那醒着的商人都尿了床，他想总不能坐以待毙吧，就趁亡人又一次躺下的当顷，一个箭步蹿出门外，没想到，那亡人——其实应该叫亡灵或鬼魂才对，也追了出来。追了很远，眼看就要追上了，那商人这时看到一棵树，就不假思索急忙爬了上去。那“鬼”无奈其何，却也在树下等着。一直到天光大亮，那树上的人朝下一望，什么也没有了，便再壮着胆子下来走回昨夜的宿处，他的同伴果然都已毙命……这明显是一篇杜撰的“鬼话”，当然就是为了取得一种让人毛骨悚然的效果。我们当真个个都听得咋舌。讲故事的人还言之凿凿地说，“诈尸”是有的，它的名称叫“养人蒂”——我不知道这三个字怎么写，只能记下它的读音。

我们村里来了一户“下放学生”——实际上是祖孙三代六口人，孙辈只比我们大两三岁，自是能玩在一起的。他也喜欢讲鬼故事，还把格林童话中的“小红帽与狼外婆”的故事加入了恐怖的气氛，我只大约记得他讲狼外婆咯吱咯吱地吃了人的手指，小红帽问她吃什么，狼外婆回答说是在吃蚕豆。而令人惊魂的还是下面一个故事，虽然故事不长，却让我至今想来还有一点紧张的感觉。

说是古代有一读书人进京赶考，一路上晓行夜宿，风尘仆仆。一日也是走到一个前后不靠村店的地方，只得在一座破庙里栖身。不料，半夜响过一阵惊雷，下起了大雨，这读书人就醒了。侘傺之际，正好看见破庙的门吱呀一声开了，一个白裙飘飘、好似窈窕淑女的身影飘然而至，走到了久蒙灰尘的香案前，双手合十，仿佛正欲拈香上供。这书生也算胆大，或者一天没有见到人类，有了亲切感，便起身走到那身影边，打招呼却无反应。他见这女人头上拖着一条粗辫子，忍不住想去拉拉。他一拉那辫子，女子整个身体都转过来了，正好此时天上闪过一道闪电，你猜他看见了什么——讲故事的上海少年停顿下来，目光灼灼地问我们，我们个个狐疑，心下想，一定是看见了一张狰狞可怕的鬼脸，没想到答案是——看见的还是一条辫子。啊！这真叫我们大惊失色，这是一个没有脸的鬼！多么怕人啊！我们差不多要颤抖了，这的确是意想不到的结局。但多少年以后，我在鲁迅的著作里读到那篇《捣鬼心传》，觉得小时候听到的，古人也有类似的“设计”——郭季产《集异记》：“宋中山刘玄，居越城。日暮，忽见一人著乌袴褶来，取火照之，面首无七孔，面莽傥然。”鲁迅先生也承认：“我觉得最可怕的还是晋人所记的脸无五官，浑沦如鸡蛋的中山厉鬼。”

不仅小孩子喜欢谈鬼，大人们茶余饭后，也喜欢以鬼神作为话题。我对门的二姑父在农闲时，每隔几日，总要来我家和父亲在灯下闲谈。他讲目连入地狱寻母，我虽听得没头没脑，却也颇觉神奇（竟然还有人能到地狱里寻母），却不知这是出自过去的一部连本戏。他讲的黄巢，也出入阴阳两界并获果报。他甚至说，连微小的动物也是有灵魂的，一个书生曾经救了几只落水的蚂蚁，却得到意想不到的回报：他去京城赶考，一场下来，以为无望，因为他把某个字少写了一个“丶”，但结果却被录取了，为什么呢？后来才知道，有一只蚂蚁自动爬到那个字上，替代了那少写了的一“丶”笔画。这又是多么玄妙！二姑父还讲到屠夫家里，每当屠宰生猪的前夜，总能听到案板上刀具等跳动，并弄出响声，听来不免令人紧张。我的这位二姑父是念过几年私塾的，连他也相信这个世界是为人鬼所共享的。

一般农夫村妇呢？炎炎夏日，村里人都喜欢到村中间的一个小巷过道那里歇晌午休，几个肚里有掌故的老太太也便讲起鬼来。有个老太太告诉我，这个世界上鬼神处处都存在。它们特别高大，可以在上空随意行走，随时都会看到我们，可是我们看不到它们。她还讲了这样一个故事：一个住在水边的人家，有时会发现家里的食品会无端地少了一些，直到有一天，主妇才明白是怎么回事——那一天，她在灶前炸油糕，满屋皆是香气。忽然，从猫洞里伸出一只毛茸茸的小手来，并传来一个声音：也给我吃点吧。主妇顿时明白，这是一只水鬼。她便佯装答应去给它拿油糕去，结果，她却舀来满满一勺油，浇到了那只长毛的手上，顿时那水鬼被烫得嗷嗷叫，不一会儿，咕咚一声落水，从此寂无声息……这倒是一篇很好的“不怕鬼”的故事，就是写进周作人的《水里的东西》一文，怕也是有趣的素材。

既然谈鬼，既然乡人认定鬼是真有，那不时听到遇鬼的传闻也就不足为奇了。上面说到的那户上海的“下放学生”，其中一个孙辈——是个女孩，有一天傍晚回家，其时家中无人，一进门，忽然发出一声尖叫，随即又奔跑出来，连声说她看见“鬼”了。她吓得脸色煞白，问她鬼是什么样子，也只摇头不说话，过了几天才说看见一个穿着白大褂的长人在家里晃悠，一转眼又不见了。人们议论，这可能跟她家的屋场曾经是墓地有关。类似的传言还有：一个男孩因为做错了事，被父母打骂出了家门，到晚上也没有人去找他，夜半三更，无处栖身，他只得溜回到家门口，坐在门槛边打盹。忽然，他疯狂地大叫，猛烈地撞门，差点把门撞倒。大人开开门，只见他惊慌失措地跌进家来，连喊“有鬼有鬼”。出我们村子西口就是一片山地，曾有外村人看病回来，坐在板车上经过这里，忽然惊慌失措地滚下车来，说是突然看见车后跟着一个高大的身影，且越长越高……说得有鼻子有眼，仿佛不容置疑。我甚至听我母亲说，她的一位长辈还曾因遇到鬼而被吓死了。这位长辈还很年轻，胆子很大，经常走夜路。但是有天深夜回来得格外晚，走到河湾里，忽然发现不知何物在戽沙——就是把沙子扬起抛到人身上，他认为那不会是人或什么动物，只能是鬼，所以回来就发烧，从此一病不起。我还听说，在外做工的人如果回来得晚，手里一定要拿上做工的工具，比如锄头、木尺、斧头什么的，若是感觉遇到异物，便用力将工具捣捣地面，发出响声，就可以祛邪，这倒让我感觉到一种赞美劳动神圣的意味。

乡人既相信有鬼，遇有难题便去求神拜鬼也就成了顺理成章的事。村里人生了病，首先想到要查问得罪了何方“神圣”。法子是备一碗水，拿来一双筷子，戳在水里，作法的人口中念念有词，一般是念病人家已逝祖先的名字，念着念着，当那筷子在水里站立住了，便能确定所开罪的是谁，于是便备香火纸钱去祭请。有的婴孩生了病，啼哭个不停，他的妈妈也会求能作法的人掐算一下，查查是否中了土地神的“土箭”，如果是就去土地庙里去求告，终于也得到了禳解。当年我就觉得这匪夷所思。村子里还有人生了大病，百医无效，最后只好去请“法师”来捉鬼的事情。到底是怎么个捉法，人家是神神秘秘，讳莫如深，我们也不好细问，所以就不得而知——我只知道有个病人请人“捉鬼”之后仍未见效，不久还是一瞑不醒。

我不知道，如今在我家乡，村人们是否还喜欢谈鬼，是否还相信鬼的存在，即使余风犹存，估计也不如往日虔诚。现代生活处处声光电化，整个世界都变得明朗起来，哪里还会看到什么“鬼影”抑或“神迹”呢？想当年，正如《白净草原》里写的，因为怕有鬼，我们这些小孩子也相信每个人家里都有一尊家神在保护我们，但即便如此，也不敢在夜间独自待在家里。而听人谈鬼，一方面是非常快活，以为看到了世界神秘的一面，一方面是紧张得两腿哆嗦，恨不得爬到床上去，猬缩于一角。这样的感受倒也是一种难得的体验，现在的孩子们怕是很难再有了吧？或许这正是这篇小文有必要写出来的理由之一吧。

风水传说

中国人大约都有些相信“风水”之说的，认为生人所住的“阳宅”和死人所葬的“阴宅”，其位置好坏影响到后代子孙的运势。从晋代的干宝就有“研究风水”的专著流传。其实我觉得这是没有什么道理的，如果有道理，也不过是对人产生一定的心理暗示而已，以为自家祖先埋葬得好，所以自信十足，干事业的劲头也足，故而有成。试想，西方人死后大多葬在教堂或墓园的平地里，所有的墓冢地势都差不多，而他们的子孙还不是穷通各有不同？

在我家乡，风水照例是受到重视的。许多人到了中年，就开始谋划自己的“后事”，用心寻找一块“吉壤”，作为死后的归宿，俨然重中之重。于是便有了风水先生到处看地，手拿罗盘，口中自有一套说辞，什么“左青龙，右白虎，后要有来龙去脉”之类的，谁知道他到底懂得多少。如果认准了一家好地，将祖先葬了下去，后世子孙并没有发达，那星家（即风水先生）又有说法：“谋地葬贵人，遇地出贵人。”即偶然遇到的好地才能出“贵人”，这不是否定自己了吗？然而并没有人质疑。

“遇地出贵人”，是有好例的。谁都知道，在清代，我们那里出了两位名臣即所谓的父子双宰相。清代虽然没有宰相一职，但张英、张廷玉都是大学士，且小张入值军机处，权位确实与宰相相当。为何这个家族如此声势显赫呢？据说就是因为祖坟葬得好。相传张氏先祖原籍在江西鄱阳湖畔，只因频年水灾匪患，难以为生，才挑着箩担流落到桐城，世代以打铁为业，至明末已百余年。这一年，张铁匠不知因何事路过一个叫肖店的地方，见一群人正聚集在一座山岗下吵嚷喧哗，动静很大，便好奇地挤过去看。原来是城里的一位大财主要在这里下葬去世的先人，却嫌地师给他选的地穴不好。怎么不好呢？是在岗下低洼之处。这倒也罢了，谁知破土没挖上几层，底下竟是一潭乌亮的黑泥，也就是说，这里曾经是水注，这不合葬坟的基本常识：要高敞、干燥、温暖的穴位。这下财主动怒了，一怒什么气话、脏话、狠话都会倾泻到地师身上，结果是不但抬走了祖先的棺椁，还把地师推倒在地。张铁匠动了恻隐之心，他不但扶起了地师，还把他接回自己家，用佳肴美酒安慰他，调养他受伤的身心。地师见其人善良，便向其倾诉肺腑，说自己素有经验，技高一筹，那块地绝不会看错，可惜世人有眼无珠。此时，张铁匠正好有祖母厝而未葬，也不知是为了安慰地师，还是真相信地师，遂说愿将先人葬于此处。说着就行动起来，择日将祖母的棺材抬到那岗下墓穴，派人开挖，铲去乌泥，谁想下面却是一块石碑，分明这底下还葬埋过人。正踌躇间，却有人看到石碑上刻有文字，请人一念，方知写的是："晋朝发过大司马王敦，清朝要出父子双宰相，只准棺上加棺，不准移棺再葬。"后来果然应验，张英父子一路加官晋爵，位极人臣。

这当然是张氏发达以后，乡间百姓附会出来的一段故事。特别是那石板上的预言，使人想起鲁迅先生《二十四孝图》一文提到的“郭巨埋儿”:“及掘坑二尺，得黄金一釜，上云：天赐郭巨，官不得取，民不得夺！”预言到了这般准确的地步，当然是无稽之谈。

据说阴宅不仅关乎一个家庭的“气运”，还关系到国家的存亡安危，桐城的风水传说里有一个故事给人留下这么一种印象，说的也是明末清初的乱世。那一年，桐城某地一位方姓人家为逃苛捐杂税，流浪到了江苏高邮某村。这个村里有个青年头脑聪明且能发愤读书，这方家喜欢他且看好他，便将女儿秀玉许配给他，而这个青年就是明清鼎革之际的关键人物吴三桂。正待完婚，不料高邮遭遇水患，方家又迁回桐城，但不幸的是，秀玉身染时疫，回家不久便病故了，就葬在家乡一座叫鲢鱼山的山包上。大凡一个地方有形有名，总有一点灵异之处。这秀玉人虽死，魂灵却长绕在吴三桂身边，陪伴左右，并常托梦给他。这吴三桂也算好样的，一路斩关夺隘，升至大明的山海关总兵，不想却“冲冠一怒为红颜”，而卖身投靠了清人，引清兵入关，并帮大清一路杀到云南，才慢慢住手。谁料他封了王还嫌不够，想称帝，秀玉屡屡在梦里劝谏，他却只当秋风过马耳。秀玉到底是爱夫心切，她托梦吴三桂，说她已得鲢鱼地的地气，周身长出了鳞甲，倘活而成仙，必能助夫君登位大宝。可恼的是鲢鱼地东边有块撒网地，西南边有块懒猫地，且墓地不远处的河流水也太浅，“鲢鱼”陷入网中，难以脱身。而且，她听过这几天将有一位桐城籍官员奉命出使安南，路经云南，可托他回乡后帮助解决难题，即炸掉懒猫、撒网二地，并修筑大坝，以增水势，使“鲢鱼”复活，翩然入海，那么吴三桂大事可成。果然不久，朝廷特使程芳朝处理完安南事故后，顺道巡视云、贵、闽等地，吴三桂见到他，当真提出了改建秀玉坟地的要求。而程芳朝已洞察到了吴三桂图谋不轨的种种迹象，联想故乡流传的歌谣：“水齐鲢鱼腮，三桂就回来”，便虚与委蛇；回来后，不仅没按吴三桂的要求去做，还告知朝廷吴三桂必反。后来，吴三桂联合闽、粤，闹起了三藩之乱，但最终兵败身亡。程芳朝仍不放心鲢鱼地，死后还让人将他葬在离鲢鱼地只有数里之遥的一座山岭上，以监视“鲢鱼”，防其复活。这个故事说得也算活灵活现，仿佛一家坟地真的可决定社稷存亡，不用说是太过虚诞。三藩之乱，吴三桂、耿精忠等失败，乃是百姓渴望和平，同时也不喜欢吴三桂这个反复无常的小人，与坟地又有多少关系呢？何况还是一家未过门的媳妇的坟地。我不知道历史上吴三桂是否真是与我们桐城人有过这么一段“姻缘”，也只当姑妄听之的乡谈罢了。

这两个故事在我家乡流传甚广，旧时代桐城人对风水的迷信可谓深矣。我在乡间长大，也不时耳闻人们谈论哪一块地风水好，哪一块地风水不好，所以相应的家庭状况如何如何。我甚至听见本族老人谈到，我们这一姓的人为什么大多有伸舌头的习惯，就因为我们的祖先曾经葬在一块“蛇形地”上，所以有事没事都喜欢像蛇吐芯子一样伸舌头，尤其是当聚精会神做一件事时，会把舌头翻出来，用牙咬着。其实，这是许多人都有的一种习惯，不独我们这一姓如此，跟风水又有多大关系呢？

我还听说，“阴宅”风水重要，“阳宅”风水更重要，只是人们向来重视得不够。村里人家，如果日子过得不顺遂，也不过是把大门的朝向略改一改，或在门上镶嵌一块镜子以祛灾辟邪，这也是各地司空见惯的，不足为奇。不过有一次我随山里的表叔去他家做客，路过依山傍水的一个村庄，表叔给我讲了这里的风水故事，也算得惊心动魄。记得他走到路口，指着这个村庄说：看见这个村庄没有，它是项村，它背靠着的大山就像一头从远处奔来的大象，而村庄就在象的腹部，村前两口池塘夹一条塘堤，那塘堤正是象的长鼻。这本是一块儿风水宝地哩，主出人才、出大官。事实上，这个村也真的曾经出过一个才子，自幼聪明绝顶，读书过目成诵，在科考上也很顺利，早早中了进士，成了翰林。没想到，他在京城为官时，他的家人特别想念他，一直捎信，让他衣锦还乡一次，他都置之不理。他的家人思念深切，就到处打听有什么办法，让他回来一次。恰好遇到一位地师，那地师说，让他回来不难，只是要付出点“代价”。家人以为出点银两就行，便答应了。然而不是这样，而是要家人用石头镇在象鼻两侧的池塘里，家人以为这更没什么了。果然，不久，京城里传来翰林患头疼症的消息，但是他只是在京休养，并没有回乡。家人愈加思念不已，仍求地师设法，地师说：你们可想好了，莫后悔。家人回答：不后悔。地师说了一声：好！他命人将那塘堤掘开，断成了几截。结果自然是很灵验，翰林返乡来了，但他是七窍流血，被人抬着回家的，没有几天，也就一命归西。家人这才恍然大悟，悔恨不迭，然而说什么也晚了，一个前程无量的才子就这样被葬送了。

我虽然不信什么风水，但听了表叔讲的这个故事，还是感到十分震撼。我没有想到，所谓“风水”的功力如此强大，简直是一叩即应。这自然是乡亲们附会的传说，但这个故事并非没有发人深思的地方，那就是，有子弟在外游学、从政、经商的，家人切莫牵挂过甚，以致形成某种干扰，反而对游子有害。

在家乡还有一个跟读书人气运相关的风水故事，相传甚广，值得一记。说的是桐城本为文星陷落之地，地方上世世代代都会出很多的文曲星，所以明、清以至近现代，本县出了好些个文学家、作家，甚至还出过影响中国文坛二百年的散文流派。但是，由于二十世纪中叶在流贯县境的龙眠河上游修起了一座水库，那水库大坝巍然耸立恰好拦腰斩断了文脉，破了风水，所以文曲星都黯然隐退，桐城人在文坛上的声势日益衰减。声势衰减这倒符合实际，自朱光潜、舒芜、严凤英等文化名人之后，桐城有全国性影响的人物几乎没有了。所以听了这个故事，多少有些令人沮丧，我也感到可惜。但是，转念一想，出几个名人固然很好，但数万、数十万百姓的民生岂不更重要？水库造福百姓，而中国文坛自古以来不乏名人，未必需要出在桐城。

这么一想，当然也就释然了。是耶？非耶？听者自可见仁见智。

地灵记

“人杰地灵”是人所共知的一句成语。说的是一个地方山水灵秀，那么，它所长育的人才一定是杰出的。这一观点符合中国人传统的“天人合一”思维，本质上多少还有一点唯心主义色彩。

自古以来，中华大地所出人才多矣。关于各地山川风物之“灵异”的传说亦多矣。我的家乡桐城也不例外。人们都说，清代文坛有一个影响巨大的散文流派叫“桐城派”，其创始人与主要作家都是桐城人，也就是说桐城是桐城派作家的故里，这是不是就说明，桐城真的就是山川钟灵毓秀、极其突出的地方呢？就我所见，桐城境内是有山有水，但真正称得上名胜的并不多，最起码比不上本省那远胜五岳的黄山或名闻遐迩的天柱山吧。可桐城这个地方数千年来民风淳朴，人们倾向于耕读传家，积累在民间的文化素称丰厚，一旦遇有时机，便会爆发出来，结成硕果，从这个角度来解释此地数百年间为何人文鼎盛，或许更靠谱些。

所以，讲到“地灵”，我倒认为那些动人的说法不在于神仙如何施行法术造就一番景观，或先前的圣君如何有法力留下神迹，这在各地都已司空见惯，就在桐城当地也是有的。如人们谈到桐城东南的大横山是如何形成的，就有说法是秦始皇拿鞭子赶的。这个说法与秦始皇拿鞭赶出一个庐山，赶出一个秦皇岛别无二致，一点都不能让人感到“神奇”。而那些流传在山陬海隅，讲的是普通百姓有关“地灵”的一些故事，倒足以令人称奇。我小时候听到的两个故事就颇值得一记。

这两个故事差不多都发生在一个地方，距我家都不远，不过三四里路而已。地名叫“魏个嘴”（“嘴”在方言中读“几”），离县城也不过七八里路。那儿有一道缓缓的山坡，在山坡上面有块平地，平地上有两口池塘，塘中间有道塘埂，并不很高，有时水大起来，几乎可以看作是同一口塘。这两口塘周边环境相差无几，但是水质却不一样，一清一浊（东清西浊），尤其是夏日雨后，看上去尤其分明，可谓形同泾渭。这是怎么回事呢？于是便有传说故事来加以说明。

据说从前塘边住着一户人家，王姓，有夫妻二人和儿子、儿媳。老头不幸染病身亡，妻子居孀。但这孀妇虽年逾四十，仍风韵犹存，眉目生动，口角生风，很是吸引人，便有一些轻薄风流男子上门骚扰，也颇能让她动心。而这做了婆婆的女人也不把贞洁当回事，经常与一些不三不四的人打情骂俏，甚至把人领回家鬼混。她自己这样做也就罢了，但她见自己的儿媳乃一教书先生之女，素来文静端庄，勤劳贤惠，对自己的行为表现出皱眉蹙额、十分看不惯的样子，便深以为恨，于是经常找茬儿生事，指桑骂槐，搞得二人关系势同水火。一天，儿子、儿媳下地劳作，婆婆见家中无人，便招来其堂侄约会。不料媳妇中途回家拿茶水，撞见二人不堪的一幕，慌忙逃回田间，也不敢吭声。婆婆见丑事败露，便与奸人谋划出一计。她跑入儿媳妇房中，翻箱倒柜，找到一只罗帕，准备告给自己儿子，然后以儿媳与人偷情、私赠罗帕之罪，要将其休掉。儿子、儿媳回来，她手扬罗帕，不停谩骂，儿媳深知身遭诬陷，但百口莫辩，也羞于去辩，就跨出家门，直奔村头的水塘，投水自尽。那恶婆婆见丑事败露，愧愤交集，便也跑到隔壁的塘里自尽了，想以一死掩盖其丑恶。但她没想到，天不藏奸，天也不掩善，儿媳自尽的塘水清澈见底，而她这个恶婆婆投入的塘水顿时浑浊。一清一浊，极其分明，怎么也混淆不了，可见天理昭昭。

听到这个故事，我确实还是颇为感动。我感叹此“地”如此之“灵”。如果不是地灵，岂不是混淆了是非，让许多事情就蒙混过去了，那个儿媳妇岂不冤哉枉也！

另一个故事是在这魏个嘴坡下。那里也有一块平畈，散落着村庄。其中一个村庄是我一个亲戚长辈家所在的地方。就在亲戚家的后屋场上，孤零零地矗立着一座金字塔式的黄土堆，我记得我小时候还曾经和亲戚家的孩子在上面爬过、滚过。

有一天当我提到这个土堆，我听母亲说：这个土包还在长哩！如果不是当年在它的四角钉了钉子，它长得更快。我一听，非常吃惊：怎么回事？便好奇地问起缘故。母亲遂告诉我这样一个故事：

从前这魏个嘴出过一个小伙子叫魏小，人也还不傻，甚至可说是聪明能干。他娶了一个妻子，长得非常漂亮，十里八乡难有人比得上。他自然很爱他的妻子，以致到了不正常的地步，就是整天到晚都想与妻子厮守在一起，舍不得离开，不想外出做工，不想到田间干活——可能他也怕有人看到他的妻子会把她谋去了吧。他的妻子看到这种情况，心想这哪行呐？不做活，岂不是要坐吃山空。于是她宽慰丈夫，说她一心一意跟他，不会跟别人，还给丈夫出了个主意：你把我画下来吧，画成一幅画，做成牌子插在地头，这样你干活时也会常常看到我了。魏小听到这个办法觉得不错，便答应了。他在田里一边耕作，一边看着妻子的美丽画像，气力倍增。但是不承想，一阵大风刮来，把牌子刮跑了，不巧正好刮到出巡的皇帝脚下。皇帝捡起画像一看，哎呀，世上还有这么美的女人，便心有所动。他派人访察，很快就访察到她是魏小的妻子。他运用各种手段，威逼利诱，要把魏小妻子带回宫中。魏小夫妇没办法，只得答应，夫妻洒泪而别。妻子安慰魏小，说她一定想法子与他重新团聚。她让魏小回去准备一件百鸟衣——用鸟的羽毛织造而成的，自己则在宫中对皇帝百依百顺。但有一天，她拿出了百鸟衣，问皇帝喜不喜欢穿，皇帝为讨美人欢心，就脱下龙袍，穿上了百鸟衣。没想到他一穿上百鸟衣，魏小妻子就在宫中嚷起来，说有妖怪降临，叫侍卫赶快擒拿，魏小也在其中，众人抽刀斩了皇帝。魏小妻子拿出龙袍，问魏小想不想做皇帝，魏小不假思索地答道："想，当然想，哪怕做一时三刻皇帝也好啊！"魏小穿上龙袍坐上了龙椅，果然，一时三刻之后就倒地而亡。魏小妻子伤心至极。但魏小虽说只做了一时三刻皇帝，但毕竟也是皇帝，于是，就把他的遗体运回老家，起了一座陵墓，但陵并不高。魏小地下有知，总想让他的陵高一点，像一座真正的皇陵。于是，你看到的那个山包就是魏小的陵墓，它每年都长高一点，直到有人在四角钉了钉子……

我听了这个故事不胜惊讶，我没想到，在我家乡还有这么一个故事，还有这么一个“一时三刻皇帝”的乡亲和那“活着”的一块土地。总的来说，我有些同情这个故事的主人公魏小，觉得他原本是个安分守己的农民，过着男耕女织、夫妻长相厮守的生活，本是无可厚非的，没想到被邪恶的皇帝插进来一竿子，引起一系列变故，乃至断送了生命；我也看不起魏小，他在内心深处还是有“帝王思想”，所以他断送了生命也是活该。最终的结果是这个故事在我心中引起很大的震动，久久回旋着它的余音。

后来我读到了壮族的民间故事《百鸟衣》，觉得家乡的魏小传说前一半与之有些相像，后一半则迥异。我当然认为魏小的传说是脱胎于《百鸟衣》，但结局的改变说明了什么呢？尤其是那土堆的“灵异”到底说明了什么？乡间为什么会有这样的故事流传？真的有几分耐人寻味。

乡间奇人

小时候在乡村里和小伙伴们一起玩，偶尔会听到他们谈起一个乡间奇人的故事。他们说从前有这么一个人，聪明伶俐，能说会道，鬼点子特多，极喜欢捉弄人，尤其是财主。此人叫吴计成，不知生于什么年间，但人们对他的事总是津津乐道，代代相传。

他有些什么故事呢？小伙伴们给我讲过一些，可惜我只记得那个大点的孩子说的。有一天吴计成路过一个财主的门口，见财主的儿子身着鲜衣美裳，而自己衣履都很破旧，便心生一计。他告诉财主的儿子说，村外河边出了宝。问什么宝，他回答说河蚌中产出了大珍珠，邀请财主的儿子一起去摸淘。他们脱掉衣服放在河边，吴计成告诉财主的儿子他姓“都”名“来看”。于是他们都下到水里捞河蚌，不一会儿吴计成却悄悄地上岸把衣服都抱走了。那财主的儿子摸了一阵没摸着什么河蚌，想上岸，但朝岸边一看，衣服早已不翼而飞，吴计成也不见踪影。那财主的儿子便急了，大喊：“都来看！都来看！”这一喊，自然喊来了许多人围观，财主的儿子也不好爬上岸去追吴计成了。吴计成便这样捉弄了财主的儿子一回。当然，故事里也没有说吴计成就是为了把人家的衣物据为己有，大约他还是意在发泄心中的不平吧。

我听了这个故事，觉得这并没有多少新奇或高明之处，怪只怪财主的儿子头脑太不够灵光。后来，我在乡村里又听到一些吴计成或疑似吴计成的故事。记得是夏夜乘凉的时候，乡亲们在村道上一边摇着扇，一边讲述从前一个乡村奇人——是不是吴计成，我已不能确定，此人变幻莫测，他想得到的东西必能得到。例如，他走在田间，告诉主人，他可以让田沟里有许多鱼，主人一看，沟中只有流水，怎么会有鱼。不想那个奇人一转身，从柳树上捋下一把树叶，悄悄投入水中，转眼便有鱼儿在水中活蹦乱跳……又有人说起吴计成之促狭，讲他走到一人家窗外，不知说了哪些话，那主人便把手从窗棂那边伸出来，大约是吴计成告诉主人他可以作法将一碗油变为什么珠宝吧——我同样不能确切记得了，结果他把那盛满油的碗放到主人手上，自己就溜之大吉，主人既收不回手又放不下碗，只得直直地端着，因为旁边正好没有人能帮忙，其尴尬可以想见。

我在东山坡上纳凉时还听我父亲讲过一趣闻，故事给人的印象也是吴计成不过是个促狭鬼而已，许多事做得有些“下三滥”。但新修的《桐城县志》仍然没有忘记这位乡村奇人，所记载的两则他的故事，倒体现了一定的正义性，简括如下。

有一天吴计成从县衙前经过，看见衙役将一老实巴交的农民轰赶出门，那农民匍匐在地哭喊冤枉。吴计成心有不忍，上前询问，那农民告诉他：家有一块“马槽地”，地师认为是吉壤，“寅葬卯发”。竟有如此立竿见影的效果，庄上马财主得知后，自然要将这块地据为己有，以葬其父母。原主人当然不服，告到衙门，谁知县令受了马财主的贿，将原告打了一顿板子，轰了出来。吴听罢，大为不平，当然不能袖手旁观。他叫人取来纸笔，大书数字："猪（朱）得糟糠出太祖，马占马槽意如何？"让那农民再递入县衙。果然，县令看罢状纸，不由倒抽一口冷气，也知是吴计成插手，便乖乖地将那块地改判给了原告。因为他怕授人口实：让马家占了马槽地，是想让马家效法朱家（朱元璋家）占吉地而出皇帝，这在皇权时代乃是最大忌讳，所以马家不得不还地。

可见，如果真有吴计成其人，他应是一位正义之士，爱出风头，也爱打抱不平，平常徜徉或者说逍遥于四乡八里，"该出手时就出手"，许多场合都有他的身影，故而扬名。

后来，我又听到两个关于吴计成的故事。

其一，有父子俩走在路上却一直在编派吴计成的不是。不想吴正走在他们后面，听见后决计报复，便在这父子俩身边念念有词："三八二十三，三八二十八……"一边念，一边似乎若有所思，引起了父子二人注意，他们指出其错误，吴乃假装变色，跺足大嚷："坏了，坏了，我被人坑了。"那父子问其故，吴道："我先头买东西，人家就按三八二十八计算，我付了二十八两银子。不过不要紧，我下次还会和他做卖卖，到时找他要了就是。感谢你老人家教导，走，走，走，聊备一杯薄酒，略表感谢。"言毕，即将他们连拉带拽，请进一家饭馆，叫上一桌饭菜，飨之以大鱼大肉。吃得正酣，吴计成却说还要带孩子去买点东西，那父亲见有半大的儿子跟着便也没想太多。吴与那孩子走入一盐鸭店，买一只盐鸭，却声称要去另一个地方过过秤，看称得是否准，而店老板见他把“儿子”丢在店里等候，也不疑有他，哪知他黄鹤一去不返，还叼走了他的盐鸭。

这个故事可谓两头设局，确实有些匪夷所思，没有一点“智慧”决不能办到。

其二，吴计成曾到城关西门柴场买柴，当时一担柴需五个铜板，但吴计成只有两个铜板在兜里。他便走到一担柴前，对主人百般挑剔，最后要人家以两文钱卖他。卖柴人一听，蹦起多高，大骂他乃“吃屎人讲的话”，吴计成悻悻然离去。他去买了两个包子放到钱袋里，又七弯八拐回到刚才的柴担前，对卖柴人说买下他的柴了，钱袋先给他拿着当押金，不够的自己去借。结果，一去不回。天已过午，卖柴人饥肠辘辘，左等右等，焦急万分，忍不住打开钱袋来看，见到包子，又忍不住三口两口吞下。然而这时吴回来了，把借来的钱递上，拿过钱袋，一见包子没了，乃作大惊失色状，拍腿大叫：糟了！包子呢，你吃了？这可是放了老鼠药准备药老鼠的包子！卖柴人一听慌了，便问怎么办。吴计成却慢条斯理，徐徐言道：“办法倒有，不知你可愿意？”那个说只要能救命，让他做什么都成。吴要的就是这句话，便说照民间医方，灌点大粪水可以医之。卖柴人求生心切，只得照此办理，于是自己倒成了“吃屎人”。吴算报了“一言”之仇。

这样的故事似乎还有很多，让人感到吴计成乃一刁钻滑稽、乖张古怪之人，神出鬼没，到处招摇撞骗，乃至睚眦必报，偶尔也主持一下正义，总之是不好对付的人物。正因传说很多，讲得神乎其神，我越发怀疑历史上是否确有其人。虽然县志上讲他“生于清咸丰年间，饱读诗书，足智多谋”，我却认为完全是乡人编撰虚拟的人物。以他的种种笑话段子作为茶余饭后尤其是夏夜纳凉的谈资，正是乡人消遣消闲的方式。试看他的名字，吴计成也即“吾计成”之意。最多不过当初有一原型，但老百姓口口相传，滚雪球似的将他的传奇故事不断扩大，乃至成为一个颇为“神奇”的人物。他的身上实际上集中了乡民的智慧，也体现出他们的偏狭，更寄寓着他们对于世道的不平。这正是民间文学当中有关“英雄”人物形成的特点。新疆的“阿凡提”便是一个这方面集大成的典型，“吴计成”实际上就是吾乡的“阿凡提”。

草根诗人

民间素来就不乏好的歌手，我最喜欢的歌曲大多是民歌。民间也从来就不乏好的写手，中国当代作家当中有的开始写作时，连一些常用字都不会写，因为他们生长在贫苦的农村，几乎没上什么学，但他们还是写出了有名的著作。甚至可以说真正好的作品都是出自民间或多少与民间沾边，比如一些民族史诗；连中国古代的一些著名诗人，也是到了庙堂里又被贬逐出来，回到民间，才写出了千古不朽的诗篇。这原因，大约就是所谓的“接地气”吧。

我的家乡桐城，人们都知道在清代出了一个很大的散文流派，明清两代人文鼎盛，以至有“文章甲天下，冠盖满京华”之说，简直是无以复加矣。衮衮巨公，奕奕华章，喧腾人口，作为同乡后辈，自然也觉得脸上有光彩。但我认为更值得骄傲的，是在这些文人学士生发的灿烂光华之外，还有一些虽无赫赫声名，却以其清新独异的作品流传于人世的民间草根诗人存在，这也证明了桐城派作家故里“妇孺能诗”这一说法虽属夸张，但也并非绝无一点根据。其中最为突出的有两位，一是明末清初的徐翥，一是清中叶的吴鳌。

对徐翥我所知甚少，只知他生于1594年，殁于1676年，生当明清鼎革之际，应当曾身经天翻地覆的裂变与痛苦。我从手头的有关资料得知他家住练潭小横山下，此地距我从前工作的单位不远，我也曾在小横山下徘徊，可惜那时我一心想离开此地，无意做田野调查，也根本不知道这里还曾经诞生过这样一位布衣诗人。先生“讳翥字羽先，号半僧。少孤，及长，遇异人授丹药茹之，遂聪颖不凡”。(见《徐氏案谱》)这也许是有意无意地神化。明末避难池州秋浦（即大诗人李白写《秋浦歌》的地方），与故里诗友邓森广、邓森秀及池州本地的刘城、吴应箕等相往还。这吴应箕即大名鼎鼎的“明末四公子”之一，明亡后在乡间组织抗清，不幸殉难。徐翥在池州生活了十多年后又回到故乡，卖鱼为生，平时交接本邑诗人潘江等，晚年入城为后学指授书法，毕生未仕亦不娶，著有《煮字斋诗集》，收诗七百余首。临殁前两年，自营“生圹”，自书墓碑“徐诗人之墓”，可谓至死钟情于诗。据见过他的人说，先生“石骨嶙嶙，电眸炯炯，谈诗述古，滔滔若天潢之东注”。可以想见其神采。

我在新出版的《桐城明清诗选》中读到先生的几首诗，如《春村》:“老懒成何济，居贫户不扃。村鸡鸣野白，山鸟出林青。钟杵吸晴梵，田冠坐晓屏。开函怀往事，含泪洒新亭。”写出了乡居生活的恬淡，但其中似乎也含有一点挥之不去的轻愁，看来诗人还不是完全超然物外。特别是一首《子规》:“春去一声低，千声花为泥。纵有亡国恨，莫向此山啼。”可谓意味深长。传说中的子规鸟（即杜鹃）与诗人同样都经受过亡国之痛，在这里似乎也传达出“惺惺相惜”之情。而《观钓》:“抡竿倚石水烟空,多少眠鸥狎钓筒。晚得春潮三尺鲤,沙头沽酒一灯红。”却透露出隐逸生活的闲适与温馨,使人读来倍觉亲切。这些诗作都有很高的艺术性,置诸名家集中亦毫不逊色,或者更胜一筹,因为更有真情也。

另一位民间诗人吴鳌,我虽然也并不是多么了解,但其名却是从小耳熟能详。他是一位更彻底的布衣,甚至都无与名流辈交接的经历,一生隐于一“贱业”(在世俗人看来)——为人理发,即为一剃头匠——这使我想起《儒林外史》结尾写到的隐逸高人荆元,也终生只是一个裁缝,“每日替人家做了生活,余下来工夫就弹琴、写字,也极喜欢做诗”。吴鳌在谋生之余也是不废吟咏,而且同样无意于声名,随写随弃,以致临终前友人为其收集诗作准备刊刻,也只得四五十首。但就是这四五十首诗却足以使其不朽,煌煌一部新编《桐城县志》,“人物传”部分将他作为重要条目推出,与张英、张廷玉父子(皆为清大学士)和桐城派诸大家及后世的朱光潜、严凤英等名流并列,可见他在本邑人心目中的地位。

有关资料显示:吴鳌(1739—1799),字龙海,号漪澜。清代西乡(今练潭,与徐翥是同乡,看来练潭一带山水真是长养诗人啊)布衣诗人。幼颇聪慧,六岁从师,读私塾三年,家贫废学,从师学理发。余暇读唐宋及当时名流诗作,依声立格,喜作近体诗自娱。知己慕其才思劝他应试,他奉答一联云:无须应试,我行我素;何必求官,吾爱吾庐。自嘲“浮生不学林和靖,鹤子梅妻累尚多”。地方官员闻其名，招其入幕，固辞不就，构居于横山练水之间……

这位同样不仕不娶、一生桀骜不群的诗人，得钱便沽酒尽醉，醉则高卧长吟，这种不慕荣利的品性，凡人未必值得学也未必学得到，但确实显示出了一位民间人士的“布衣本色”和“诗人风采”，可钦可佩。我至今读到他的诗也不多，但就读到的而言，确实高标出尘而自然清新，甚至句句可诵。如《月夜听人弹琴》：“山头挂新月，竹里听鸣琴。独坐一挥手，相知十载心。风生寒木脱，潮起大江深。曲罢默相对，何来空际音。”读来如一阵新雨，洗净宇宙间的尘埃。又如《杨花》：“举网吴江趁夕晖，江干新卖鳜鱼肥。飘零眼底春将去，流荡天涯人未归。隔断一帘云漠漠，拂残双袖雪霏霏。不知墙角谁家树，如许花开到处飞。”写的也是乡野田园生活，于寂寞凄寒中自蓄一段意趣生机，好一个“不知墙角谁家树，如许花开到处飞”，有嗔怪，有赞许，有欣赏，情怀自见，似未经人道，确实是好诗！还有《山居》：“不嫌茅结屋，何碍席遮门。幽谷秋先得，微躯病转尊。醉长过白昼，吟每到黄昏。长物竟焉有，篱边松竹存。”许多诗句也是前人未曾写过的，其中“微躯病转尊”更见新警。怪不得潜山的名士熊宝泰于嘉庆七年在浚县见其诗，甚喜“微躯病转尊”句，“将之改为吴鳌诗集《爱吾庐诗钞》的压卷之作，再刻之并为之传。”（见《安徽通志稿·艺术志·集部提要》）

吴鳌自序其诗集的一段话也颇可诵读：“春鸟林间，秋蝉叶底，鸣其所不得不鸣而已，未求为知音听也。今年六十有一矣，茅屋一椽，柴门两版，依横山而环练水，将终老焉。既无求于生前，复何望于身后。唯二三子索观旧作，谨追录数十首，倘加以绳削，俾老而有所进，实余之厚幸焉。”这样的情怀洒落，这样的心性高洁（虽不是有意追求高洁），而有高格自有好诗，这也是“无可怪”之事，岂不令古往今来在文坛上为一点“地位”“名声”苦苦钻营之辈愧煞。

吴鳌的诗当时就获得了很高的评价。贵池知县周光邻深爱其诗歌，说“诵其诗如寒潭之贮秋月，微云之拂河汉，朝岚夕翠之掩映于高林古木而羁禽鸟之翔鸣于风雨中也”。

但草根诗人身后毕竟也是萧条的。《桐城县志》载：吴鳌终以饥寒交逼，贫苦无依而卒于茅屋中。其弟吴鲸借资营葬于今练潭乡磨基山麓，前树诗碑一方，碑中竖行楷书阴刻自挽诗：“生前一醉浑如死，死去还如大醉眠。落日苍山烟雾里，乱坟荒冢不知年。”可见诗人至死都是旷达的。现在他的墓已被列为县级重点文物保护单位，不时还有当地和外地的诗人作家来此寻访拜祭，说明人们对真正写出好作品的诗人、作家永远都是追怀的，尽管他只是曾卑微地活在人间。

方言例证

人类在发展过程中形成了各种语言；每种语言在其语言区内也因地方不同而具有自己的发音习惯和独特的词汇，此即为方言。这已是人所共知的事实。

我的家乡桐城也是一个开发和开化比较早的地区。据说在两千五百多年前的周敬王时代就以楚国的附庸国“桐国”而存在。在历史上曾叛楚，后属吴，再属越，在两千三百多年前又复为“楚地”。在两千多年来的发展过程中，本地的语言肯定是变化较大，只是在今天已无法描述其表述的语法与词汇及其演变过程，以及受到了哪些地区语言的影响，因为居民也是迁徙不定的。语音学我几乎是一窍不通，但从生活中，我也感受到家乡话的方言词汇与普通话有比较大的区别。20世纪90年代编辑出版的《桐城县志》，一些方言词汇列入进去了。其中有：

称阴天为“马虎天”，下雷阵雨为“打暴头”；称子鸡为“笋鸡”，蚯蚓为“寒阴子”，丝瓜为“蛴瓜”，荸荠为“土栗子”，高粱为“芦稷”；称借钱为“驮钱”，借债为“驮债”；称愚蠢人为“甩货”，妯娌为“叔母伙子”；称葵扇为“芭日箬”，瓶塞儿为“瓶足子”；称臂肩搭界处为“肩膀老”，脚踝为“螺丝骨”；

称跑走了为“镳（掉了）”，撒尿为“西尿”；称不怎么样、坏了、不靠谱为“搭浆”；称边为“舷”等。

以上的方言称呼往往只是近似读音，如“马虎天”也可以写作“麻虎天”；“芭日箬”也可以写作“巴入略”，“肩膀老”也可写作“肩膀脑”……这些发音，我想在我们县（现在已改为市）内几乎人人都可以听得懂的。

其实有些方言词汇并没有被《县志》注意到，而我在读书时却发现在古籍里和外地人的著作中出现的一些词汇，与家乡方言词汇比较接近，由此我想到，家乡的方言词汇里有些是自古就流传下来了，或跟相邻地区如吴、越的说法一致，这引起了我的兴趣，便在读书时信手做了一些笔录。

如：家乡人把剖鱼叫作“胣（chǐ）鱼”，我从《韩非子》里读到“苌弘分胣”，从《庄子·胠箧》里读到“比干剖，苌弘胣”等句子。这个胣字应当与“胣鱼”之“胣”是同一个字，是剖、割的意思。

如家乡人把心口或肚里不舒服叫“泛养养（洋洋）的”。这也可能是古代就有的表述。《诗经》中有“中心养养”（养养：心忧不定）的句子。《庄子·至乐》之“若果养乎？予果欢呼”，这个“养”也是同一个意思。

家乡称男女订婚为“过礼”。《诗经·蝃蝀》传有说：“夫妇过礼则虹气盛。”

我们那里把烤东西尤其是食物不叫“烤”，而习惯称“熯”。这个字《说文》里就有：“熯，干貌。”《易经》的“说卦”也有

"莫熯乎火"之说。而典型的是《笑府》中的句子:"友诘之曰:热吃乎,冷吃乎?答曰:熯的。"

小时听家乡人形容饿极了的状态叫"鳖爬沙",不知何谓,后在岳珂《桯史》中读到一则关于虞允文的故事,虞对要求他再次出战(对金完颜亮)的朋友说:"某去则不妨,然记得一小话,敢为都督诵之。昔有人得一鳖,欲烹而食之,不忍当杀生之名,乃火使釜水百沸,横筱为桥,与鳖约曰:'能渡此则活汝。'鳖知主人以计取之,勉力爬沙,仅能一渡。主人曰:'汝能渡桥甚善,更为渡一遭,我欲观之。'仆之此行,无乃类是乎!"这个"鳖渡桥"故事甚至被外国哲学家注意到,见载于我经手编辑的《101个哲学难题》。这里提到的"爬沙"二字,可能跟方言无涉,但也便于让我理解家乡方言"鳖爬沙"一词所状之态。

家乡方言有"搭浆"一词已见前录,其实外地也有此说法。我于一篇介绍电影艺人的文章——《杨耐梅人老珠黄》(影影作,载《电影》半月刊1946年5月第1期)读到一句话:"声势既不浩大,演出又很搭浆,这已是天大的失败了……"可见此词汇,非吾乡所独有。

家乡人每称"空"为"寡",如"空手"为"寡手","空吃"为"寡吃","空话"为"寡话"。这也是各地比较常见的讲法,如《清宫节令戏》中有一折《追叙锦山》,其台词曰:"到了寒食,寡吃些熟物,故此叫作寒食。"现代著名作家沈从文的小说《龙珠》中主人公也讲过这样的话:"一个天才在穷时越显得是天才,所以这个时节的你到我面前时,寡话就特别多。"

家乡人讲喜欢做什么事，也叫“作兴”。生于越地的鲁迅先生也用到这个词。如《由中国女人的脚，推定中国人之非中庸，又由此推定孔夫子有胃病》中有一句：“古之儒者不作兴谈女人……”

家乡人把打了肥皂或将浆洗一遍的衣服放在水里再清一遍叫“投”，读音近似“土”。我在杨绛的《干校六记》里看到这样一句：“罗山无地可耕……洗衣服得蹲在水塘边上‘投’。”杨绛女士生于吴地。前面说过，家乡桐城也曾附属于吴国、越国。有些说法与之相同相近，自是必然。比如家乡人把“玉米”常称作“六谷子”，我本以为这一说法仅限于吾乡，其实在周作人的文章中就出现过“六谷子”三个字，可惜我忘了出处。

同样，同是生于吴地的汪曾祺先生在其小说《羊舍一夕》中写过一句“四股皮条，这么绕来绕去的……就拧成麻花要子了”，这里的“要子”可能也写成了“约子”，即绳子。我家乡称草绳为“草要子”。我们那里把东西（甚至包括地位）“掉下来”叫作“忑下来”，汪曾祺在《故乡水》一文正有这样的句子：“不好了，把个大卵子忑下来了。”汪先生在《牙疼》一文中还写到一个词：“五心烦躁”，这也是家乡的俗语，至今流行于乡亲唇齿。

我们那里常这样评论一个比较有身份却又平易近人的人：“这个人很价值。”这“价值”二字也可以写成“家常”，我读过的一本《中国文化名人传说故事》里也这么用过：“（曹植）人聪明，也家常。”而形容女子妖里妖气则叫“苕”，读作 sháo，近乎“骚”的意思，这在湖北一带方言里仍很流行，在小说家刘醒龙的作品里不时见到。

另外把背心叫作“背褡（子）”的，好像也不独吾乡才有。秦简夫《赵礼让肥》第一折“后庭花”有句:“我则见他番穿着绵纳甲，斜披着一片破背褡。”

由此可见，吾乡方言既保留了一些古代的说法和词汇，也有与邻近地区共同的语言习惯。可惜我读书不广，同时也不是做这方面专门研究的，不能提供更多的有意思的例证或说出更深的道理，仅以此小文，抛砖引玉，望这方面的专家和博雅君子有以教我，幸甚。

天真、经验、思无邪

——读《桐城传统儿歌三百首》

桐城素以明、清文人辈出，尤其是“桐城派”几占有清一代二三百年文坛主流而著称于世。不管今人对桐城派如何聚讼，但当时的影响确实是何等了得，至今乡人犹津津然乐道之，特别是总爱称述“天下文章，其在桐城乎”一语。

我对桐城派没有太多了解，虽然也开始读乡贤的一些文集，究竟不能作一评论。但是我素来喜读桐城的乡土文学，比如民歌、儿歌，比如民间故事，我总以为桐城派的一些文章限于当时的历史语境，现在仍觉鲜活的总是比较少；即便不说它佶屈聱牙，今天读来有些“隔膜”，总是难免的。但民歌等乡土文学就不一样，它仍然是鲜活的，是仿佛还在眼前的，是有浓郁的生活气息而跟我们贴得非常近、能唤起我们的经验与共鸣的，所以我一有机会就要搜罗一些置于案头手边，闲来翻阅重温。

这次我获得一本《桐城传统儿歌三百首》，喜欢不已。这本书以“中国歌谣集成安徽卷桐城分卷”形式出版，收集意思完整、确实能形诸歌咏的儿歌就有三百首之多，令人惊讶！要知道桐城在今天也不过只是一个县级市，人口七十万左右。不仅如此，据这本儿歌的整理者叶濒在后记中告诉我们：这三百首还是在他与同仁花两年时间走村串巷、搜集儿歌资料三千余首的基础上精选出来的，可见民间文学之汪洋浩瀚，桐城民间文化之根深叶茂，这对于桐城散文之所以成“派”也提供了一个理解的侧面。

这本《儿歌三百首》，洋洋大观，内容涉及多个方面。编选者把这三百首分成求知、娱乐、生活、亲情、忆旧、动物六个篇目，是有必要的；不一定十分准确，但各有侧重，便于掌握其规律、特色。儿歌是民歌的一部分，在许多方面与民歌的功能是一样的，那就是可以表达自己的识见、宣泄情绪、传递或者说是赞美知识，在传唱的过程中达到娱乐的目的。但儿歌较诸民歌、民谣，还另具一个特色，就是充满童趣，处处以一个儿童的视角看待世界，纯然天真，一派浪漫，更加可爱。

翻开这本《儿歌三百首》，我当然首先要找小时候自己唱过或听人唱过的来读，读的时候，儿时的一幕就不自觉地翻上心头。当年是在游戏当中，听小伙伴们一唱，就被吸引，甚至有些惊讶：真有这样的人与事吗？怎么会有这样的人与事呢？最熟稔的莫过于《可怜小姑娘哭三天》：“小麻雀，上草堆，爹爹拿棍打，奶奶烧水泡麻鸡。爹爹吃肉，奶奶啃骨，儿子喝汤，媳妇闻香。小姑小姑你别哼，锅里还留着小鸡膀，吃半边、留半边，搁在奶奶床里边。老鼠拖进泥洞里，麻雀叼上草屋檐，老鸦衔到树头上，可怜小姑娘哭三天。”这是一篇值得称赞的杰作，就像一篇精短的童话，略带谐谑色彩，然而不失其童趣，唱起来把人带入对旧时代家庭生活的猜测与想象中。歌谣集中地表现了旧时代家庭人际关系的不平等，它采取的是媳妇的视角，其中寄予的情感也就不难想见。记得小时候一学会，就反复咏唱不已，仿佛很入迷，就是因为其情节的完整、清晰，与其结束几句想象的奇特。我不知道这首儿歌外地是否传唱，如果是吾乡的创造，那真是一个了不起的贡献。

还有一些儿歌，当年我只能唱个开头，这次得诵全篇，自是一种收获。如“小鸭蛋，两头青，我跟爷爷挑米下南京。人家夸我桐城好白米，我夸南京花儿红……”又如：“火亮虫，夜夜飞，飞到外婆家吃乌龟；乌龟没长毛，外婆叫我吃毛桃；毛桃没开花，外婆叫我吃黄瓜；黄瓜没落地，外婆叫我去看戏；戏还没搭台，外婆叫我抱捆柴。”我十岁以前都会唱，唱时还喜欢拍着两手，一定是一片向往的神情；还从此知道有南京，也知道外婆家可能有如此多的好东西。在我的印象里，儿时唱的歌里提到南京的不止一处，盖因南京离家乡甚近，且为民国首都，大都会也。收入这本集子里的还有几篇提到南京：“一二三，到大关，大关头上架机枪；机枪响，到荻港，荻港拼，到南京；南京解，到上海……”抗战时所兴起之歌咏，可见得在抗战中桐城有同仇敌忾之气，难为采集到这样的好歌！

纯粹出自儿童口吻，虽然没有什么确切的含义，但也感觉很妙的，本集里比比皆是；一般都是由眼前所见引起（这同《诗经》的赋、比、兴手法中的“兴”是一样的），随口唱来，而歌词往往是顶真回环，如：“小蛮槌，长腰腰，爹爹叫我捉乌蚤；乌蚤蹦，我也蹦，爹爹骂我太无用。”“小红伢，戴斗笠，摸螺丝，把鸭吃；鸭生蛋，把儿吃，儿屙屎，把狗吃，狗看家，大家都沾光。”“长腰腰”属桐城方言，即细长之谓；而“小红伢”也是桐城儿歌中常见的开头语，为什么这么叫呢？可能是乡村里的小孩夏天是不怎么穿衣的，只穿一件红肚兜，给人的印象就是一个红孩儿，不知确否。

有些儿歌完全是摇篮曲，哄孩子睡觉的，如那首《催儿眠》：“摇，摇，摇呀摇，摇到紫来桥；摆，摆，摆呀摆，摆到五里拐……”通篇唱的都是桐城地名，倒可算得乡土教育的启蒙。至于哄孩子不哭的，也有《马虎歌》：“马虎马虎你快来，我家有个好哭孩……”所谓马虎，也叫麻虎，即老虎也。尤其是讽刺孩子夜里尿床的一首，为我小时熟唱，这次读来仍觉好笑：“来尿鬼，点滴长，驮个包袱到枞阳；你到枞阳做什么事？我到枞阳开尿行。”十分的诙谐，但是我觉得末一句，整理者如果写成“我到枞阳开料（尿）行”则更好。所谓料行就是木材铺。枞阳原属桐城，20 世纪 50 年代方析为另一县，其地木材多，开木材铺者多，常有人问：你到枞阳干什么？答曰：开料行（即买卖木材）。而尿与料同音，说夜里尿床的孩子去开料（尿）行，一语双关，开个玩笑而又含讽刺。

儿歌平易、俚俗，最大的意义就是好玩。但是不仅此也，从儿歌里也可以看到乡风、民俗，如一篇《桐城乡风》就把桐城的风物人情概括得差不多了：“炖蛋底、煎蛋边，萝卜圆、辣椒尖，冬鲫夏鲤鲥鱼鲜……”过年过节是喜庆热闹的日子，当然不能没有歌谣咏之，咏唱过大年、迎新春的就有好几首：“又打鼓来又敲锣，又跳舞来又唱歌，又玩狮子又演戏，又吹笛子又衔螺……”黄梅调是吾乡特产，自是必不可少：“村前唱起黄梅调，小伢子直蹦又直跳……”还有花灯、舞狮子：“今年花灯多热闹，各样花灯都来临”，“小小狮子花又花，天天带我耍人家”，“锣鼓一歇我开音，感谢贵府接了灯……”等等，可观风俗，可觇民风。当然也有唱咏劳动的，如《夯歌》《大风车》《挖地歌》《车水谣》之类的，可以看出这本儿歌选集反映乡土生活的丰富。

当然儿歌不纯然是唱着玩的，有的是有很强的“教育人”的目的。《桐城传统儿歌三百首》将“求知篇”置于篇目之首也就有了一定的道理。这里有鼓励人上学、读书成名的，有劝人珍惜时光、有所作为的，可谓从励志开始。从这里我们就不难理解为什么明、清两代桐城所出举人、进士之多，也就不难理解“桐城派”所以影响之大。儿时正是求知欲望特别强的时期，儿童对世界的万事万物都充满了好奇，都有兴趣去了解。在这当中最显分量的是几首长歌谣，有点像是刘三姐的对山歌，将各种知识用谜语的形式问答出来，见出智慧与反应的敏捷。这几篇都以问句开头，而且都是四句一问四句一答，其中的《什么有脚不走路》《什么出世角是双》《什么点灯不做事》等篇，实际上可以连成一体，就叫《什么歌》;《对花歌》两句一问两句一答，《对谜歌》也是四句一问四句一答，最后一篇《对走歌》是混合体，这几首歌的词有的问得相当玄妙，回答的人多少需要一些机智和“急智”的。如“什么有脚不走路？什么无脚跑苏州？什么见人不眨眼？什么洗脸不梳头？”答案分别是“板凳”“船儿”“菩萨”“尼姑”；又如《什么出世角是双》的开头四句：“什么出世角是双？什么出世拜四方？什么出世跟娘走？什么出世不要娘？”回答是：“羊儿出世角是双，牛儿出世拜四方，鸡儿出世跟娘走，鸭儿出世不要娘。”如果没有一定的生活经验，不是注意观察和对知识有积累，还真是一下子回答不上来。这种儿歌无疑对儿童有比较大的益智作用，可以说是乡村儿童的启蒙读物。这种方式如果说是寓教于乐就过于强调“教”这一功利性目的，如果说“乐中含教”倒是比较准确，而且值得今人效法。

这本儿歌选里选了一首不像歌谣的《儿谜歌》，编得非常好，值得特别推荐：

甲：打个谜语你猜猜，双手扒不开？

乙：这是“水”。

丙：水，我做浮莲，你做苇。

甲：打个谜语你猜哟，两手抓不着？

乙：这是“气”。

丙：气，我做哥哥你做弟。

甲：茅草屋两头翘，只拉屎不撒尿？

乙：这是“鸡”。

丙：鸡，我做丈夫，你做妻。

甲：三块木板搭个桥，千人走来万人跑？

乙：这是“水车”。

丙：车，你做孩子，我做爹。

甲：上不占天，下不占地，还有半截在土里？

乙：这是“壁桩”。

丙：桩，猜到谜底是好样！

甲：再打谜语你猜猜，一口咬着血歪歪？

乙：那是“桃”。

丙：桃，把你剥得赤条条。

甲：天上有块板，掉下就呐喊？

乙：那是“鹰”。

丙：鹰，扒你的皮来抽你的筋。

甲：外婆院内一棵蒜，金刀银刀砍不断？

乙：那是“树影”。

丙：影，我不揍你你说我不狠。

甲：外婆院内一颗宝，金刀银刀砍不了？

乙：那是“韭菜”。

丙：菜，把你卖掉你别怪。

甲：一棵树上九个杈，它认得你你也认得它？

乙：那是“双手”。

丙：手，希望你有一双好手，发狠劳动样样有。

恕我孤陋，我不知在其他地方有没有类似的谣曲，如果没有，这一首可真算得是种创体。三人一起猜谜，一问一答不算，还有一人在旁搭腔添言以“广”之，看似对白，实际上“韵语”含在其中；看似不是在提问，实际上发问的情形可以于言外想见，而且问答得都很巧妙；第三人的延伸更是幽默风趣，令人忍俊不禁。儿童那纯真的天性与探索知识的执着神情表露无遗，简直是令人羡慕，这首儿歌也就是不可多得的精品。

经验以天真出之，天真中包含着经验，这是经典儿歌之所以吸引人、之所以千百年来传唱不已的原因所在。正是因为此，我才理解了英国18世纪以写出脍炙人口的儿童诗而有不朽声名的诗人布莱克，为什么他把他的儿童诗集取名《天真与经验之歌》，我认为这是极准确、极有蕴含的书名。这本《桐城传统儿歌三百首》也是“天真与经验之歌”，其中有些以儿童的眼光看待世界，自有一种不同于“常人”的地方，不仅令人惊讶，而且要拍案叫绝，如：

从来不唱扯谎的歌
扯起谎来收不了窠
上山看见牛生蛋
下山看见马孵窝
桑树头上泥鳅叫
瓦屋顶上鲤鱼钻
扛把耙锄去捞水
捡个螺蛳九斤多
…………
蚂蚁夹死大飞鹅
萤子车水打飞转
癞癞姑（桐城方言：即蟾蜍）推米下江河

这里所说的一切在现实中都是不可能发生的事，似乎走到了经验之外，其实是经验的延伸，引人去思索其中的原由，思索它的可能性，这是对经验的突破，给人以无限的想象空间。无独有偶，这本儿歌选里还有一首儿歌直接标明是《反唱歌》：

娘十三
爷十四
哥十五
我十六
反唱歌，倒起头
外婆园里菜吃牛
芦花公鸡撵毛狗
姐在房里头梳手
望见外面人咬狗
捡个狗头砸石头
家里老鼠咬掉猫的头
癞癞姑踩死一头大水牛

所说的现象不仅不可能，而且十分荒诞，然而这对于世界的认识又是多么有必要。孩子们在唱的时候或许是故意夸张、故作惊人之语以动视听，但也可以说是不自觉地换个视角看世界，获得“陌生化”的审美效果。我们不必追究这里所唱的是否合乎情理，倒是应该欣赏这样的思维方式。我很骄傲，吾乡的人们有这样的经验和认识，所以当我后来读到德国诗人汉德克的《颠倒的世界》时，就毫不觉得费解，更不觉得奇怪，因为已有“经验”

在先也。

明代著名文学家徐渭在《奉师季先生书》中说到歌谣之产生:“此真天机自动，触物发声……默会亦自有妙处，绝不可以意义说者。”儿童是纯洁的，他们的眼光未经障蔽，所以他们看到的世界反而是清晰的。他们编唱儿歌，是表明他们对这个世界感兴趣，是为了表达他们对这个世界的喜悦之情。即使是这种“反经验”的歌谣，也表现了他们惊人的观察力与纯然的天性。在这本儿歌选集里，我们甚至还看到几首拿人的“生理缺陷”来作歌逗趣的，如“我是个大颀头，下雨不用愁，别人要打伞，我有的是颀头”;“小瘪嘴，偷黄瓜，老爷捉到扇嘴巴”;“小扁头，翻墙头，三块瓦，打破头……”以及游戏:“一人当瞎子，一人当跛子。瞎子捉跛子，跛子躲瞎子。跛子吹哨子，瞎子摸跛子。跛子转得快，瞎子拦得快。跛子扑进怀，瞎子拽起来。”很能抓住特点，不仅未见恶俗，而且诙谐生动。孔子评《诗经》:“一言以蔽之，曰：思无邪。”我要说，我所见到的这本桐城儿歌选集也是“思无邪”的产物。

《桐城传统儿歌三百首》中收有一首歌谣:“手指扳扳，扳倒(到)南山；南山挑水，遇到小李；小李点灯，照着眼睛；眼睛不眨，盯着宝塔；宝塔七层，层层有门；门门不关，遇着鲁班；鲁班抡斧，拦住小丑；小丑下楼，吓得缩头。”四字一句，颇有古风，使人想起《诗经》与古谣谚，尤其是与钱锺书先生在《管锥编》中所引《明诗综》卷一百所载的那首儿歌“貍貍斑斑，跳过南山”有相似之处。(民俗文化学者钟敬文先生在其《中国民谣机能试论》一文中也提到一首歌谣："铁脚斑斑，扳过南山。南山荔子，荔子拗囊。新官上任，旧官请出。"）看来这种以"斑斑（扳扳）""南山"开头的谣曲是从古即已流传下来，可见桐城儿歌源远流长之一斑。难怪冯梦龙在其所编的《山歌集》中就收有桐城歌谣二十四首之多。而今，"桐城歌"还被正式列入"中国非物质文化遗产"，受到世人的重视，可谓"良有以也"，当然这也跟搜集、编写者所付出的劳绩是分不开的，我们真应该向他们脱帽致敬。

父母亲的乡谚

所谓“谚”，据《辞源》上的解释，是“长期流传下来文词固定的常言”。《词源》(1980年版)还举有《左传》上的例子：“周谚有之：匹夫无罪，怀璧其罪。”可见其来已久。“乡谚”就是乡间的“谚语”，亦即约定俗成的俗语、熟语，一般是一句或两句，像顺口溜，但讲的是人们对事物的认识，是乡人总结经验得到的一些规律性的认识，各地都有，有相同的，也有本地特有的，一般的“县志”等志书上都有记录。我们县(市)也不例外，1995年版的《桐城县志》第22章“风俗、方言、宗教”，就列有“熟语”一栏，分“谚语”“歇后语”两个部分，我粗略地数了一下，仅“谚语”就列了108条。这些谚语有讲物候的，有讲农事的，有讲人事的，几乎都颇有道理——即使到了今日，也还有道理。这些谚语有我耳熟能详的，如“春天打个宕，秋天有指望”“早插黄秧早生根”“笑脸求人，不如黑脸求土”“惯儿不孝，肥田出瘪稻”“大路不平，旁人铲修”等等，都带有一定的励志或警示性质，是无形的乡土教材。

但是，也有些我所知道的乡谚却连县志也未及收入。这些乡谚大多是我从父母那里听到，许多情况下都是用来教训我的。我小时候比较顽劣，不时地要遭到父母的数落，这些乡谚就夹杂在数落的话里。许多数落的话我都不记得了，那些乡谚却一听难忘，可见乡谚天然的具有一种生命力。这里胪列一些在下面，以示不忘当年所受“庭训”之一二也。

先讲几个以“一”字开头的。“一分钱难倒英雄汉”，是讲钱的重要性。这一点今天世人皆知，所谓“金钱不是万能的，没有钱是万万不能的”，也还是比较正确的看法，再有本事，赤手空拳也难打天下。这个谚语是父亲讲给我的，我出门读书，父母省吃俭用尽量供应我，为避免我在外头受制于人，所以每每临行出门前尽可能让我带足钱钞。父母之恩想来真是感激不尽。

“一代熬油作醋，二代宽身大袖，三代还原照旧。”这里说出了一个家庭从穷到富，又从富到穷的循环，其时间不过短短三代，正应了那句“富不过三代，穷也穷不过三代”的老话。想想不无道理。比如人出身贫困，怎么办？“穷则思变”，就尽可能苦干实干，尽量节俭，这就是“一代熬油作醋”，其意思是恨不得将自己身上的油都熬作醋来卖，极言其肯吃苦也。经过一番努力，境况往往有了变化，家境富裕起来了。富了之后怎么样呢？“二代宽身大袖”，儿女一辈就懂得享受了，穿也穿得好，吃也吃得好，开始贪图安逸享乐；好逸则恶劳，那就必然坐吃山空。其结果怎么样呢？“三代还原照旧”——又回到原来的状况：贫困不堪。这个谚语是由多少人用血泪凝成的教训我不清楚，我只知道我的父母虽然竭尽全力支持我读书，但是也极力反对我铺张浪费，每当我露出一点好逸恶劳迹象，这句谚语就挂出牌来，也可谓“起顽立懦”。

“一家饱暖千家怨。”这里也涉及贫、富问题。父亲虽知道金钱的重要性，也注意节俭，但从不存发家致富之念，在家里也从不说要过多么富裕的日子，那时候也不敢这样想，何况在这方面我们家自身就有教训。所以，父亲就几次说到这个谚语。这个谚语击中了人性的弱点：“嫉妒”。但是，古先贤早已有云：“民不患寡而患不均。”平等确实是正义的基础，只是最好不要建立在“贫”（“寡”）的基础上。

“一碗凉水能买到。”大凡为人父母，多少还是在意儿女对自己是否孝敬的。一切唯“孝”固然不对；儿女长大了，不懂得反哺，不爱护尊敬老人，当然更不对。我的父母对于生性有些粗豪的我多少有点不放心，所以也常提到那句人所共知的乡谚：“惯儿不孝，肥田出瘪稻。”但是经过多年的观察，特别是我上了大学以后的表现，父母们似乎是放心了，有一次父亲甚至说我：“一碗凉水能买到。”我，不知这是什么意思，遂问父亲，父亲说，这是说你人好，心地善良，人家给你一碗水就能买走你的心。现在想来，这个谚语恐怕也含有人太无城府，很容易输诚心于人而不免上当，因此显得“浅薄”之意吧？

既然说到“孝”，我又想起母亲对这个问题的看法，她认为儿女对父母再好，也比不过父母对儿女的好。她倒是挺“豁达”，认为父母疼儿女是天经地义，正如“水往下淌”嘛。她还引用一条谚语自证其说：“母待儿，路那么长；儿待母，扁担长。”这条谚语在世界各地都有类似的说法，如英国人就说：“父母对孩子是江河长，孩子对父母只有桥那么长。”可见四海之内人心攸同。

乡谚多涉及人情世故，是对于人世，尤其是旧时代社会风气的反映。父母闲谈，提到“一家饱暖千家怨”时，往往还有一句针砭性的话跟着来了，也可视为乡谚：“叉袋装菱角（方言读gē），从里往外戳。”讲的是害人、损人的往往是本家族的人，也就是“兄弟阋于墙”的意思，正如相对于外寇而言，汉奸往往是更可恶的。这样的话，虽然“世故”了些，但也往往为世事所证明。仍以我家为例，当初并未被划分为“地主”成分，因为不够格也，可是本家族却有人到“工作组”那里告状，不依不饶必要将我家划为地主方甘心，所以父亲对此颇为疼心。

“一句话说得人哭，一句话说得人跳。”母亲告诫我，要与人为善，待人接物说话要会说，不要得罪人。这句乡谚与“良言一句三冬暖，恶语伤人六月寒”有点近似。可惜我未能谨遵在心，尤其是少年气盛时，出口伤人以致自贻其咎的情况还是时有发生。

大约为人要谨慎，总是一般父母对儿女共同的愿望。因为父母经事多了，知道这里头的厉害，所以警告儿女不能不知天高地厚——有时候甚至要提防小心：“草窠里跳出瞎眼睛蛇。”这也是父亲提醒我的话。这话本身大约近似于“半路上杀出个程咬金”，意在不能不预作准备，不要把所有事情都预计得那么顺利、美好，要特别谨慎，不要冒失莽撞。类似的乡谚父母提到的还有：“出头椽子先烂。”言下之意就是不做“出头的椽子”，这多少有点近乎“乡愿”，与“敢为天下先”，恰好相悖，中国人之不敢闯，不怎么具有开拓、创新精神，估计跟从小浸染过“出头椽子先烂”（还有“枪打出头鸟”）之类的乡俗文化不无关系吧？“老虎不吃人，架子难看。”母亲提醒我待人要和气，不要盛气凌人，就是与人有争执，也要以理服人，不要以“势”（其实我哪有什么“势”？）压人。这到底是对的，人际关系搞得剑拔弩张总不太好。父亲还说过“软刀子杀死人”，也是告诫我说话办事要委婉些，遇到阻碍要学会以柔克刚，不能“霸王硬上弓”。这可以说也是对的，在社会上碰壁一多，自然心领神会。

但是，父母也非一味“乡愿”，他们也有愤慨与不平的时候，可能是在什么地方受到了屈辱，他们也会骂一句:“冬瓜不知脚底下黑。”乍一听，我不明白什么意思，母亲跟我解释了一番。我仍然不明白“冬瓜”为什么脚底下是黑的，如果换成“灯光不知脚底下黑”或许更好理解。但我大约明白这句谚语的含义：人啊，不要自以为了不起，不要得意忘形，不要忘记自己也是有缺陷的。这在父母已经是很厉害的一句骂人的话了。

“要知道盐有多咸，醋有多酸。”母亲以此告诫我应重视阅历和实践，只有经历事多了，才知事物轻重，才会拿捏好分寸。至于“丈夫有，隔双手”，则是母亲强调人要自立、自强，不要指望别人，因为别人是指靠不住的。而“人情大似债，头顶锅儿卖”，则是说人要知恩图报，不能忘恩负义。“人无百日好，花无百日红”倒是对朋友之间的矛盾、疏离取恕道。这些出自母亲口中的谚语对于我怎么做人都有一定的指导意义。

父母都经历过一些人世沧桑，看到过许多人的人生、家族的起伏兴衰，对世事取一种近乎“循环论”的看法，正如前面说到的“一代熬油作醋，二代宽身大袖，三代还原照旧”，他们多少也就有些顺命听天、说来虽豁达却不免消极的人生观。比如父亲闲来总喜欢唠叨这么一句：“人是斗，天是趟，趟来趟去都一样。”所谓“趟”，就是把“斗”所装的东西上面冒尖的部分刮平的刮子。这句乡谚是说：人无论如何争强好胜，最终与别人还是差不多，因为大家的归宿都是一样的。这也说明人不能同“命”相争，人也斗不过天命，所谓“生死由命，富贵在天”，还是听天由命得过且过吧。这多少有些让人沮丧，照此说来，所谓的“奋斗”又有什么用呢？但如果把这句乡谚视为一种豁达地看待人生得失的态度，不去争名夺利，或许反而有一种积极的意义哩！

乡间对对子

对对子恐怕是中国独有的一种语言艺术。因为汉字基本上都是单字单音，而且几乎每个字都具有一定的含义，组合成词也比较灵活，行文或说话当中上下句可以字数相同，字面音节两两相对，于是就形成对称或对仗。中国人很早就发现这一诀窍，所以才有汉大赋和骈体文产生。及至后来，对对子简直已成为读书人学诗习文的一个基本功，三家村私塾的冬烘先生也会从做对子开始训练童生的文笔，所以坊间也就有了相关的书籍，一般都以“天对地，雨对风，大陆对长空”这样的例句开头。

中国的对联艺术源远流长，而且深入民间十分广泛，不仅读过几年孔孟的田父野老会口诵几副对子，就是贩夫走卒、引车卖浆者流也不乏会讲起几则对联故事的。我的家乡素以在清代出过一个影响甚大的散文流派自豪，似乎风气所及，连乡壤也多少沾染了一点文化气息，扶犁打坝的村民在劳作之余所谈琐事当中，不时露出一点文化的光彩也就并不鲜见，有的甚而有与“文化人”过过招儿的气概哩。

据说清康熙年间，一个夏夜，一群百姓正在县城东门外的良弼桥（又称紫来桥）上纳凉，忽听县令巡夜正鸣锣开道而来，众百姓纷纷避让，唯独一个刚从乡下来的小子，不仅不避，而且将竹椅搬至桥中心安然端坐。或许他想：如此扰民，我今偏要为难你一番。衙役一见上来呵斥，那小子却诡秘一笑，说："速去禀告你家老爷，不才这儿有一上联，他若对得出，我即退避三舍；若对不出，对不起，请他就此止步，打道回衙。"随即吟出上联："良弼桥上纳凉，凉到三更凉毕。"县令在轿中苦思下联却怎么也想不出一个"佳对"来，只得悻悻而回。直到数日后他去吕亭乡下察访，路途遇雨，才心中忽有所动，对出："吕亭驿中遇雨，雨至五鼓雨停。"传说故事中讲的小子，就是少年才子而后来名动一时，又做了清代一大"文字狱"牺牲品的戴名世。平心而论，他所出上联的确是巧妙，同音字多，而且头两字与末尾两字在读音上是一样的，要按此体式对出下联，确属不易。县令后来也只能算是"勉强"对出下联。因为按照现代汉语拼音，"吕""雨"到底不同；但按我们那儿的方言倒是读音一样。

由此可见，对对子既易也难，特别是那出得刁钻古怪的上联，要对得好更是难上加难。几年前，我还从某报读到一则旧闻，说是过去桐城有一大户人家，其小女年过二十仍待字闺中，因为她看不上一般平庸男子，非得嫁一才士，于是悬出一联以求对，只有对上了的，她才肯将绣球抛给他。上联曰："倪家少女是妙人儿。"这的确是"绝对"，你想："倪"字拆开成"人兒（儿）"，"少女"合起成一"妙"；下联也必须照此办理才算对得工整。所以无人以对，至今也没有人能对得出。看来这个"倪家少女"终老闺中了。这样的择偶方式不是为难别人，倒是为难自己了。

或许这位“倪家少女”是素来痴迷于此道也未可知。对对子，字数可多可少，里面可以包罗万象；好的对联，确实可算得一首好诗，更不用说像滇池边的大观楼上孙髯翁的那首气吞山河的“天下第一长联”了。想当年，那些学子、文士间乃至闺中女子与其“闺蜜”从事这样一种文字游戏的当不在少数。

我生也晚，没有在三家村私塾里受过教，我的启蒙自然也不是从“对对子”开始。但是，我爱听田父野老在田头地角闲谈，在瓜棚豆架下神侃，他们口角不时也蹦出一段对联及其轶闻故事，大约我小时候心地单纯，所以一听就记住了，而且至今不忘。

我那时大约正处于酷爱读书、渴求知识的阶段，在觅书十分困难的乡间，一书之得，总让人喜不自禁，而找不到书的日子总是居多。而这时，我便放出眼光四下搜索。一个雨天，我在村子里乱窜，忽然在一位同龄伙伴的家门口看见他的父亲正戴着一副老花镜，将一本竖版的老书捧在眼前入迷地读着，我一下子就被吸引住了，一边观察，一边思忖怎么开口向老人借书。老人看出我的意图，眼光从眼镜上端射向我，诡异般地一笑：“《三国演义》。你想看吗？”我点点头，眼里差点儿冒出火；他却不慌不忙地放下书本，又深深地看了我一眼（这回是透过眼镜的镜片），说：“我出一上联，你若能对出，我自然会借你。”我知道我对不出，但好奇心鼓励我侥幸一逞，遂又点点头。只见老人嘴角微微掀动，迸出一句：“宝塔七八层，直举钢鞭捶白日。”我听明白了，这是个比喻句，夸张句式，形象生动。我开始苦思冥想，但搜遍枯肠，也找不到一个“妙对”，只得承认失败。看到这里，那老人再次咧嘴一笑，说:“对不上吧。我告诉你现成的下联:‘长城千万垛，倒生牙齿啃青天。’怎么样，认输吧？”说完，就自顾自接着去读他手中的那本旧书，把我直愣愣地晾在一边。

我感到十分羞愧，然而无奈，从此知道要真的成为一名在对对子方面能脱口而出的“捷才”，端的非一日之功。

在乡间，给我讲对对子的故事讲得最多的，还是那个喜欢来我家谈天的二姑父。他就住在我家对门。我不知道，他这个只上过两三年私塾、一辈子未走出乡间的地道农民何以腹笥里装有那么多典故。即便都是从街谈巷议中听来的，也难为他记得这么清楚。

他告诉我，从前一个少年才子（又是少年才子），路遇一位和尚，二人斗起机锋，各不相让。和尚没有法，解决的办法最后仍然只剩下在对对子上看本事。和尚以顽童作取笑的对象，出了上联:“童子打桐子，桐子落，童子乐。”又是一个“谐音”联，而且同音词出现了三次，怕是不容易对上，但“才子”果然是才子，他以眼前的“和尚”设譬取喻:“和尚立河上，河上崩，和尚奔。”也可谓与上联对应缜密，严丝合缝。

这样的对对子其实很简单，没有什么深意，纯粹是文字游戏而已。但据二姑父讲，不能小看对对子，有的对子不仅可以看出一个人的才学，还可以预知一个人的运气、前程哩！他讲，从前还有一位才子，实在口才便给，应对敏捷，惜乎言语间显得气局狭小，终于没成大器。比如有次先生出了一个“绝对”:“金銮殿上呼万岁，万岁万岁万万岁。”这的确是难以为继的大口气，一般人只得束手交白卷，但这个才子确实有才，他能对出下联。他的下联是什么呢？是“十字街头叫老爹，老爹老爹老老爹”，可惜这完全是一副乞儿的口吻，先生心中喜忧参半，喜的是这个才子果是有才，忧的是其言不吉，预示着他前景黯淡。二姑父补充道：最终还是应验，这个聪明的学生最后屯蹇一生。

这多少让我有点为自己担忧，转而又觉现在我们可以不学“对”真是幸运；不然，说不定在哪个对子上露出下贱口吻，诒讥于人，岂不难堪。后来我在杂览之中，获知几位大人物小时候在对对子上显示出不凡的气象，什么老师出上联“濯足”，他对以“修身”，大获赞赏，虽然佩服，但觉得不难理解：言为心声，未必有什么命运早已设定在那里。

但是二姑父不这么想，他认为一切都是命中注定，譬如——他又开始讲起了故事——从前有一位先生，也就是教私塾的，学问确实是好，教出的学生很多都能乡试中举、进士及第，唯独他自己时乖命蹇（拿二姑父的话说就是命薄），屡考屡不中。皇帝问新科进士，左一个说是这位先生教出来的，右一个也说是这位先生教出来的，但他自己为什么就不能成进士呢？皇帝奇怪，就着这位先生进京觐见。这位先生来了，皇帝与他谈了学问，最后又出一联考他，大约是“半朝有徒何为隐”，意思是小半个朝廷的臣子都出自他的门下，何独他就像一个隐士（不仕）呢？或许是问中了他的心病，惶愧之下，竟不知如何作答。刚出了殿门，他的学生们围上来问他对圣上的话回答得如何，他只得如实相告，惭愧自己无才，最后又叹息一声：哎，万事由天不由人！他的弟子闻言一拍大腿，说：何不就以此为对？“天”一语双关，十分巧妙啊！可惜为时已晚，皇帝已赐金叫他还山。二姑父结末说：你说这不是命是什么？本来他能够当场就对得上的呀！

对对子是过去童生的日课，就像现在的学生每天要做家庭作业，那时在私塾里读书，放学时，先生也会出几个上联叫学生回去练习。二姑父告诉我的一个对联故事就出在这上面。从前有一位老学究，是个迂夫子，教几个村童聊以为生。这一日就要散学，他要布置一副对联让学生回去对了再来。他给每个学生出的上联都不一样，临到这名学生，先生见他腰系一条红丝带，遂“近取诸邻”即景吟道：“一条红丝带，半截系腰半截垂。”也许是这个对子真的不太好对，也许是这个学生确实有些愚钝，他回到家抓耳挠腮，怎么也对不出，十分焦躁。他的姊姊看见了，心疼他，便替他想出了一条下联：“满床锦丝被，半边遮体半边空。”先生第二天听学生吟出这下联，疑非徒儿所作，一审问，果然是他姊姊代做，再仔细吟味此联，愈觉别有含义，说不定这位锦心绣口的姊姊难耐青春寂寞且属意于己亦未可知。他心有所动，但因不敢造次，便决定进一步投石问路，又让学生带一上联回家去对，联曰：“树大根深，叫樵夫如何下手？”这一次又被学生的姊姊看见了，且知道先生有了误会，她灵机一动，对出下联：“水深浪急，劝渔子不必抛钩。”这下先生傻眼了，但他心有不甘，又让学生带回一上联：“竹本无心，何必多生枝节？”这已经带有责问的意思了。你猜这位姊姊怎么回答？“藕中有孔，然而不入污泥！”斩钉截铁，让这个老学究断了妄想，讨了个没趣。

小小的对联里竟然有这么曲折的故事，竟有如此大的乾坤，还真是让我没有想到。

大学毕业回乡教书，我才知道，不仅田间父老喜谈对联，就是一般知识分子也好搬弄对联掌故。我任教的中学正有一位心宽体胖，像一尊弥勒佛似的退休老教师，闲来最喜与人谈上下古今、文人雅事。尤其是夏天，他常常摇着一把芭蕉扇，借一树清荫，聚三五听众，娓娓倾谈以消永昼。这回他说起了清代的大师渔洋山人——王士禛，又引出一件对联故事。他说王渔洋年轻时也好热闹，有一次赴朋友的婚礼喜筵，到了洞房花烛的当顷，一帮年轻人要闹洞房。新娘子知道他们的用心，便有意要吓阻他们。她就对渔洋山人等提出，闹是可以的，但必须先对出对子方许闹。她出了一上联："席上鱼羊，鲜而鲜矣。"这里面有拆字，有一字多音，有针对性，且含讽刺意味，确实很妙，难度很高。没想到王渔洋的确是高才，他不假思索，便朗声应对："闺中女子，好则好之。"其手法与上联如出一辙，可谓对得天衣无缝。而新嫁娘还不依，还想出联语难倒他，她见眼前燃烧的红烛上雕刻着金龙，她灵机一动，又吟出上联："红烛高烧，水中龙从火中出。"王渔洋也不甘示弱，他低头看见新嫁娘脚着丝履，履上绣着一对金凤，乃答曰："金莲低舞，天上凤作地上飞。"说的都是眼前景象，对的确实工巧，不得不让人佩服。说到这里，这位老先生住口不言，这次闹洞房最后闹了没有，是否还牵出了别的对联，也就只能是悬念了。

家乡的抗战

我很羡慕那些能写小说的朋友，任何一个事件、一点故事都可能敷演出一段精彩绝艳的传奇，展现人物的命运，再现时代的氛围，有血有肉有呼吸，引人入胜。比如抗日战争时期，在我家乡也曾多次发生战事，为什么我就不能抓住一些史实，再发挥“创造性”的想象，敷设几个人物，演绎出可歌可泣乃至惊天动地的一幕活剧，说不定还可以写出像莫言的《红高粱》那样的一部经典呢？

之所以想起《红高粱》，是因为我从家乡县志读到的一段抗战史述多少与《红高粱》所描绘的那场战斗有些相似：1938 年 9 月 1 日，为切断日军补给线，新四军某部三营在安（庆）合（肥）公路段上的范家岗（距我所在的村子才三四里地）设伏，炸毁敌军车 3 辆，毙敌 14 人；两天后，新四军特务营在距范家岗不远的棋盘岭再次设伏，战果更大，炸毁军车 32 辆，毙敌 70 余人，俘敌 7 人，还缴获很多枪弹，可以称得上家乡抗战中的一次大捷。如果我是小说家，这是多么好的素材呀。

可惜我不是，起码现在我还没有小说家的那支彩笔为抗日勇士们传神赋彩，但我从小也颇为关心家乡在抗日战争时期的历史，也渴望从父老口中听到乡亲们在那强寇入侵、国破家亡的日子所遭受的一切，更在心底期望有英雄人物诞生。可是，也许因为毕竟时隔已久，或者那样一段岁月到底不堪回首，我的乡亲们要么语焉不详，要么不愿多谈，我的所获并不多。我只听说，鬼子一来，家乡人就“跑反”，纷纷躲进深山，我的父亲——那时他还很小，就在山里亲戚家很住了一段时间，甚至在那里上过学。没有来得及跑的乡亲大多遭了毒手，妇女则被奸淫。有的妇女被污后从此不能生育——乡亲们传言是被鬼子用特殊的药物“打了一针”。母亲告诉我，有一次，鬼子来了，乡亲们来不及跑，就躲进村外的田地里，邻村一妇人因怀里的孩子哭闹而暴露，日本鬼子枪杀了孩子，将这位妇人奸污后还用刺刀挑破其肚皮；可怜这女人肠子都流出来了，只得一手托住肠子，一手撑地往家爬，爬到中途就咽了气。每次听到这故事，我都止不住热泪盈眶。

其实，还有比这更悲惨的呢！那是我上小学时每天路过铁匠铺，偶尔停下来听铁匠们闲谈听来的。他们说，日本鬼子曾在范家岗一带设有集中营，把附近村子里的男人们都集中关押于此。他们下乡捉人，捉来后，就用铁丝穿通人的锁骨，然后像穿一串蚂蚱一样往集中营里赶，稍有不从，就杀全家。这真是惨绝人寰哪，地狱也莫过如此！我还听铁匠说，他的父亲逃奔在外，夜里持着菜刀潜回村子里……潜回村子里做什么？那一次铁匠或许是因为实在太过激动，哽咽了一声没有再往下说，我也不好多问，我不知他父亲杀了鬼子没有，我心里总希望这样，但或许他正是因这一回村而罹难也未可知。

哪里有侵略，哪里就一定有反抗，这也是真理。我常常感到欣慰的是，在侵略者的血腥残暴与淫威面前，家乡人并没有束手就擒，成为任人宰割的羔羊。有组织的抗战除上述发生于范家岗的战事外，还有：1940 年 8 月，新四军在我县陈瑶湖地区建立抗日根据地，翌年反“扫荡”，顽强抗击三千日伪军在飞机、汽艇配合下的进犯，根据地有重要领导人牺牲。1943 年 1 月，日军袭击县城，县政府及部分地方武装撤往陈智铺，又在陈智铺遭遇日军，国民党军某部奉命救援受阻，阵亡 40 余人。1944 年 3 月，驻扎安庆的日军进犯我县练潭、大横山一线，国民党军予以阻击，毙敌 200 余人；同年夏，抗日根据地先后三次反“扫荡”，毙伤敌人 100 余……这都是有一定规模、记载于史志的战事，零星的战斗应当更是时有发生。作为一名写作爱好者，我常常为家乡土地上处处燃起抗日烽火感到骄傲。我甚至想，如果能得一两年空闲，我要返回家乡，深入这些抗日的战场，广泛搜集资料，写出一部小说或可取名《龙眠河的儿女们》（龙眠河是流贯家乡全境的一条大河），庶几可告慰死难的乡亲和英勇牺牲的烈士。

但我更不能忘怀、更觉得值得骄傲的是，面对强敌入侵，家乡的普通民众也奋起反抗。他们可以说是手无寸铁，但也懂得以牙还牙、以血还血，这种不愿做亡国奴、同仇敌忾的精神与勇气正是不可泯灭的民族精神的内核，是值得大书特书的。这里谨记述其中的几件。

其一发生于抗战之初。日寇犯境，在县城以北数十里外的小关四散淫掠，往往一两个鬼子就掳获役使几十个人，一时谁也无奈其何。有一天，一日本军官来到乡间，面带杀气，欲为不轨。他见一农民在田间割草，就把他招来叫他扛枪。这位叫杨咸福的农民不得已而应之，当走到狭窄的路途，杨就故意用肘撞击那鬼子军官，鬼子正要发怒，杨咸福索性就把枪抛掉，上前把鬼子抱住，扭打着滚入水田，并用手指直取敌寇双目，不巧将手指误入其口，被死死咬住，他也顾不得疼痛，又抓起一把田泥抹在鬼子眼里，仍然抱滚在一块，互相撕扯撞击。但毕竟未受过训练，杨咸福很快就感到力竭身疲，稍一松手，敌人就挣脱了，匍匐于土坡，拔刀乱斫，幸好有新四军从旁经过，才将之击毙，并取其刀枪、防毒面具、笔记本而去。

其二，退伍军人朱克武，有一天正和他舅父走在路上，突然遭遇一个日本兵。其时这个日本兵正在路口为他的两个到处搜索妇女的同伙持枪瞭望，一见有人走来，二话不说就开枪打死了朱的舅舅。朱克武愤然上前抱住这个日本鬼子，与之搏斗起来，双方手足并用，拼命击打。朱克武咬掉敌人三根手指，自己也折断两颗牙齿，还用腿踹击敌人胯部；最后也一起滚进水田，直到打得鬼子负痛而逃。朱克武还拾起长枪，因枪栓为泥所涂，一击不响；洗净后再击，不中；三击，中其左肘，日寇嗷嗷呼号而去。

其三，某年夏五月，国民党军退却。县城附近有个叫朱其祥的村民见沿西大路有遗落的子弹四十箱，恐落入敌手，便急忙取来杂草掩盖，并秘密报告县行署，派兵取去。有一日，一个鬼子又来乡间骚扰，路过朱家，入门要水解渴；其祥佯与周旋，殷勤招待，待敌放松警惕，他就装作对其枪支很感兴趣，鬼子不以为意，任其把玩乃至退出子弹，仍高踞品茗，不意其祥忽持菜刀而来，直斫其背，鬼子踉跄出户倒地，其祥割其首以献县署。

其四，一熊姓妇女某日回娘家，猝遇两日本兵，来不及躲避，便出面应对而让两兄躲进柴房草垛。时已日暮，熊氏也是巧与周旋，割肉治酒，待其酒足饭饱，恹恹欲睡，她便叫起两兄，各持锄头、菜刀来到日寇偃卧的床铺前，锄与刀并下，两寇顿时命丧黄泉……

这样的故事还不止这些，但已经可以看出家乡民众对于侵略者那势不两立的态度与勇于抗争的精神。其间也曾遭到敌人的报复。有次敌驻三十里铺某部失一军官（确系乡人所杀），便四处搜索，焚烧民宅数十家，枪杀多人，活埋三人，但家乡民众敌忾之气不稍减，争自由的意志不稍屈，该出手时就出手，可谓以勇气与胆略书写了吾乡的荣光。他们虽没有现在的一些抗日电视剧描写得那么神乎那么壮观，也足以让我们这些后世子孙听到后为之神旺！

必须说明的是，我家乡素来都有“文化之乡”的称誉，明、清两代，文人学士层出不穷，上至庙堂，下至草野，都有手不释卷、醉心文化之人。即使是一般的田父村氓，亦讲礼仪，更是热爱和平。他们张空拳、施巧技以斗敌，实乃出于不得已，是为了捍卫家园，捍卫尊严，他们以自己的无惧无畏，续写和扶持了不畏强暴、反抗侵略的人间正气，正是值得赞佩，乃至崇仰的。“楚虽三户，亡秦必楚”，这种对待侵略者素来就有的毫不妥协精神，正是中华民族历经几千年风雨而永续存在的根本原因！我家乡的抗战史实再一次证明了这一点。

抗击日寇侵略者的过程，正是中国的民族意识觉醒的过程。从这个意义上说，抗战是中华民族发展史上伟大的转折点。当然，这一民族觉醒得来非易，其中也有知识分子、先进人物深入民众启蒙所起的重大作用。我从家乡的县志里读到：1938年4月，中国左翼戏剧联盟领导的“救亡演剧八队”来县城、老梅、青草等地演出《流亡三部曲》《出路》《抓汉奸》等剧目；县内也组织一支数十人的“话剧演出队”，在各地演出以抗日救亡为主要内容的独幕话剧。1940年以后抗日文化宣传活动进一步发展……这当中肯定有许多文化名人来到我的家乡，这都是很好的史料，值得我们深入发掘，并用文艺作品、历史著作等形式将那恢宏的一幕再现出来。家乡曾经历的这一段虽说是“血雨腥风”然而却也是慷慨悲歌的历史，值得我们永远铭记。

杨尔铭、“颜氏”、铁打的桐城

明末，大半个中国都陷入农民战争的烽火之中。地处长江北岸的一座小县城桐城，自然也不可避免遭受战火的袭卷。自崇祯八年至十六年（1635—1643）的八年中，张献忠领导的农民军纵横驰骋于楚豫江淮之间，中国的腹心地带为之糜烂。农民军一直想攻克桐城县城，从而为直捣安庆打开通道，所以屡兴大兵来攻，来回拉锯，严重时四野皆“贼”，但是桐城始终如汹涌波涛中的一座岛屿，未被狂澜淹没，因而获“铁打的桐城”之誉。这当然是得力于桐城居民的顽强抗击，同时也与先后两任县令——杨尔铭、张利民调度、处置有方分不开。

据戴名世所著《孑遗录》称，杨尔铭是四川筠连人，以进士分发桐城为县令，时在崇祯七年。他“年少有奇才，为桐七年，民爱之如父母，御寇治兵皆有法度”。表现在哪里呢？那就是紧密与军民合作，积极战守。敌寇来攻，他“与县士夫谋设守，每陴十悬高灯一，二十火毬一，五十置一小炮，百一大炮，谯楼下各贮火器，召募勇士百余人助潘可大守城”，效果还是很明显的。敌军稍却后，他又与驻军统领史可法谋久远之计，“于是公议三策行之：一立桐标营，立官主之，贼去则侦，贼来则守；一筑栏马墙，绕城外筑土墙，使避难之民居之，内以护城，外以防贼；一立堡寨……乃相视险隘筑堡立寨，立长主之，贼去则耕，贼来则守，而于城四隅各筑炮台。”两军对峙、鏖战，“(官军)深入贼围，大战不决，军中食尽，杨尔铭使人呼于市曰：‘官兵围贼，贼且败矣。军中不暇作食，县人当速济之！’于是人家各炊熟米麦数百车，募壮士强弓劲弩护入军中。”形势稍缓之后，桐城又有“征粮之扰”。杨尔铭没有为考虑政绩或讨好上司而搜刮民众，而是以“民死亡过半”为由请户部主事方煜“少缓之”。可是“方煜不从。一日，尔铭方坐公堂，方煜之从者直上扑尔铭于地而手格之。百姓皆忿，噪于方煜署门外。方煜疑变，逾墙走，至诸生王雯耀家，百姓患方煜出城引兵入也，环王生宅。王生出教尔铭谕众使退。”可见杨尔铭于战况紧急、血雨腥风中还有一颗体恤百姓之心。所以，当他后来“以卓异征入京师，授御史。桐人攀挽涕泣，祀尔铭于浮屠老子之宫”。就是做了御史，他还应县人之请，为桐城守军将领黄得功上疏，洗白其“擅杀桐将张宝山”之冤，使得黄得功被崇祯帝授为“都督兼宫保，予禁兵三千，用兵江淮、豫楚之间”，为取得“桐城保卫战”的胜利立下了很大的功劳。

或许正是因为杨尔铭年少英俊，被人们视为奇才，所以在民间逐渐有了传奇色彩，并且愈传愈奇，因此有了一种说法，就是杨尔铭可能是一位女扮男装的“花木兰”。清末大学者俞樾的《春在堂随笔》中有一条云：

定远方浚颐《梦园丛说》云：“叔平言吾邑（按谓桐城）地当

孔道，明季张献忠八次来犯，不能破。良由官民戮力，众志成城故也。时邑侯为直隶进士杨公尔铭，年甫弱冠，丰姿玉英，貌如处子。而折狱明决，善治军事，赏罚无私，兵民皆严惮之。每出巡城，著小靴。长不及六寸，扶仆从肩，缓缓而行。人多疑为女子，即《聊斋》所志易钗而弁之颜氏也。大约颜、杨音近而讹传之耳。又得凤阳巡抚史可法、庐州守将靖南伯黄得功为外援，献贼相戒不再犯桐城。邑侯杨公以行取入都。代者为张公，忘其名，办善后，亦极有法。今杨公、张公、史公、黄公，皆各有专祠。”按《聊斋》所记颜氏事，初以为小说家装点语耳，今乃知其力守危城，身当大敌，至今犹庙食一方，洵奇女子哉。

当我读到这条笔记，便于案头取《聊斋》一阅。《颜氏》一开头便说：

顺天某生，家贫，值岁饥，从父之洛。性钝，年十七，裁能成幅。而丰仪秀美，能雅谑，善尺牍。见者不知其中之无有也。无何，父母继殁，孑然一身，授童蒙于洛汭。时村中颜氏有孤女，名士裔也。少慧，父在时尝教之读，一过辄记不忘。十数岁，学父吟咏。父曰：“吾家有女学士，惜不弁耳。”钟爱之，期择贵婿。父卒，母执此志，三年不遂，而母又卒。

颜氏成了孤女，后经邻妇的穿针引线，与这个“顺天某生”结为夫妇。“朝夕劝生研读”，并亲为表率，无奈丈夫终不开窍，“再试再黜”，日子也过得艰难。颜氏出言责备，丈夫反唇相讥：要是你，恐怕也不过如此。颜氏于是有意“易装相代”。怕为人识破，便与丈夫一起返回顺天，以兄弟相称，连丈夫的亲哥哥亦不能看出其中有什么蹊跷。结果颜氏“中顺天第四，明年成进士；授桐城令，有吏治；寻迁河南道掌印御史，富埒王侯。因托疾乞骸骨，赐归田里”，云云。大致情节如此。这里只有颜氏为官的履历确与杨尔铭相同：“授桐城令”，“掌河南道御史”。而绝不提在战乱中如何守桐城一语。据我判断，杨公即为“颜氏”的可能性几乎没有，想在一个动荡危急，需亲冒矢石、指挥战守的极其艰难困苦的境况下，杨公果真是一个女儿身的话，要想不露出破绽是绝无可能的。话再说回来，蒲松龄如知有守桐城之如此壮烈残酷的一幕也不会不写入文中的。另外，他们的结局也迥异，杨公明亡后，流落江湖以死，哪像“颜氏”宦囊甚丰，又能“安全着陆”、携金回里，还我初服、“妻唱夫和”呢？

这倒说明，人们对卓异之士出于崇拜心理，总喜欢赋予其以种种传奇色彩，以增其神奇、卓异。

以张献忠之凶悍狡黠，八年间屡屡侵犯桐城，而桐城以一蕞尔小城竟能固若金汤，岿然不动，这倒确实是奇迹一桩。这奇迹的创造，乃得之于各方“合力”即所谓“众志成城”。这一结果，使得张献忠之“誓必破桐”豪言成空，甚至只得在野外而不是在城里搭台庆祝他的三十岁生辰。据说这是崇祯十三年（1640）九月十日的事，其时张献忠所部各营将领云集，“碗酒大肉席地”称上寿，并有梨园子弟演出《过五关斩六将》《韩世忠擒王》《尉迟公三鞭换二锏》三出戏。堂上还挂着大幅寿联：“上天命明君，曾见黄河清此日；人间寿新主，争似嵩岳祝千秋。”“辟江左以奠基，欢同万国；跨海内而定鼎，寿祝千秋。”口气是很豪壮的，这样的对联可谓堂皇至极，然而连一个小小的桐城也进不去，却堂而皇之地称“明君”“新主”，道“奠基”“定鼎”，岂不令人齿冷！或许这时他还想不到两年后，他仍然要在桐城碰一个大大的钉子，不仅全军溃退，自己也差一点成为瓮中之鳖，从此彻底绝了觊觎桐城之心。《孑遗录》中有一节文字记录此事甚详：

黄（得功）将军至城下，献忠已走数里矣。将军追及之，献忠呼曰：“黄将军，何相扼也！吾为将军取公侯，留献忠勿杀，不亦可乎？”得功曰：“吾第欲得汝头耳，何公侯为也！”急击之，贼大败，献忠走，黄将军纵马追之，而贼以辎重、马、牛、遗民男女塞道，追少缓，逸走。

而这在张献忠已是故伎重施，上一次他也差一点就被这位黄得功将军俘获，也是“多弃牛马于隘以塞道”，方得逃脱。看来，他在桐城的运气真是不佳。而桐城这样一座素来以“文风很盛”闻名遐迩的小城，却经受住了战火的考验，简直出人意料，也确实殊为难得，无怪至今为乡里所艳称。

风俗小撷

人　日

正月初七为人日，此说相沿已久。汉朝的东方朔就曾在《占书》中讲道，岁后（即除夕后）八日，一为鸡，二为狗，三为豕（猪），四为羊，五为牛，六为马，七为人，八为谷。这在梁朝人宗懔的《荆楚岁时记》里也有载录："正月七日为人日，以七种菜为羹，剪彩为人，或镂金箔为人，以贴屏风，亦戴头鬓；又造花胜（一种头饰）以相遗，登高赋诗。"

这一习俗在中国的乡村几乎到处都有很好的传承。虽然随各地风土不同，活动内容有一定的变异，但都确认初七为人日无疑，似乎比七月七夕的乞巧和九月九的重阳登高更受重视。

现代文学史上的著名作家鲁彦于20世纪30年代（1934年）有一次陕西之行，后作有《关中琐记》一文，其中第五节的"招魂——郃阳风土之二"主要讲当地过"人日"的活动情景：

阴历正月初七，旧称人日，郃阳俗呼人七日，是招魂的日子。凡出门在近处的人，这一天都须回家过夜。大家吃一顿馄饨，叫作吃寿星馄饨。天将黑的时候，在土地神像前点上一对长烛（每家都有一尊泥塑的土地像，置在大门内墙龛间），房内也燃蜡烛，好让魂魄回来时，容易辨别门径。就寝前，家长在门口喊着家里的人的名字，叫他回来，房内有一个人代替着大家回答着“来啦”。

正如鲁彦文章所示，几乎所有与人日有关的活动，都切合“人”这一主题，即都为了祈愿人的健康长寿。

在我的家乡安徽农村也是如此。我小时候，每逢人日这天，村里家家都必有一番造作，主题是打胡椒汤吃；另外还有一些戒律，主要是不动刀剪。

所谓“胡椒汤”者，也就是《荆楚岁时记》里所说的以七种菜做成的羹。哪七种菜呢？其实有十三种食物可供选择：莲子、桂圆、红枣（或丝枣）、薏仁米、荸荠、白果、花生米、豆腐、青菜、葱、蒜、麦面、山芋粉等。其做法大概是先将一锅水烧开，配料先后下锅，不断搅拌，再佐以胡椒，故名之曰“胡椒汤”。据说，这胡椒汤味道鲜美，似甜不甜，似咸不咸，似辣不辣，开胃爽口，滋味特别好，而且还有健脾强肾、补虚益气功能，所以为乡人所喜嗜。但是，我却极不喜欢吃这“四不像”食品。每到人日晚上，家人除了做一大锅胡椒汤别无他物，我必对之蹙眉愁目，说吃这玩意干什么。母亲便告诉我：今天是人日，也就是人的生日，人是在这一天来到天地间的；因怕人生出不久，容易遭百物侵害，故祖先造作这胡椒汤，是要将人的灵魂紧紧地巴糊在身上，不致丧失。说后，还要强迫我无论如何也要喝上半碗。至于为什么要把刀剪紧密地收藏起来，也有说法：不动刀剪，那么就可保在这一年里不被刀剪伤害；另外，可以减少老鼠侵害，因为老鼠是喜欢磨牙的，在人日这天不动刀剪，就是为了不让老鼠模仿。

哦，原来如此。我觉得古人的想法真是朴素而又奇妙。

除了上述活动外，古人还有在这天凭阴晴以占一年灾祥的习惯，当然是晴则祥，阴则灾。《荆楚岁时记》里说，人们在人日喜欢剪纸戴花、登高赋诗之类的，在我们家乡已很少看到了。不过，如果人日这天天气晴好，人们还是喜欢到田野上走走的。一是，天气从此变暖，二又处于农闲，到田野里散散步，观观风景和农作物，不仅是难得的消遣，还可以为即将到来的春耕生产做筹划打算呢。

唐代著名诗人杜甫作有《人日》诗二首。其一五律，其一七律，大概都是在流寓成都时所写。五律那首的调子有点悲凄，故有“元日到人日，未有不阴时。冰雪莺难至，春寒花较迟”之句；七律那首调子似乎乐观一些：“此日此时人共得，一谈一笑俗相看。樽前柏叶休随酒，胜里金花巧耐寒……”清人浦起龙在《读杜心解》中说这四句诗是“就人日风俗写景”。由此可见，人日的风俗是一直都受重视的。

七　夕

农历七月七日，一般谓之七夕，现在已成为中国的情人节，因为相传是天上的二星牛郎、织女相会的日子。此说起源很早，汉代的《淮南万毕术》就有载：“乌鹊填河而渡织女。”后汉应劭

《风俗通》亦提到“织女七夕当渡河，使鹊为桥”。有人甚至认为楚怀王时即已置七夕，但也有人否定。

但不管怎样，到我在乡村里长大时，牛郎、织女七夕相会的故事仍然盛传，且许多乡人皆信以为真，甚至心里为牛郎、织女拥有一份持久而永恒的爱情而感动。一年仅相会一次，少是少了点，然而年年如斯，也足以动天地、泣鬼神。

这的确是值得期待的日子。宋词里有名句：“纤云弄巧，飞星传恨，银汉迢迢暗度。金风玉露一相逢，便胜却人间无数。”诚哉斯言！何况自汉代以来，这一天已成为天下人共同期待的日子，天下人都关注双星相会，都为他们鼓劲，为他们高兴，所以他们“不应有恨”，而只有幸福。

想当年，每当七夕到了，我们小孩子家都口耳相传，悄语窃议：“今夜牛郎、织女要渡鹊桥了。”便相约一起观看天星如何渡过天河。而是夜天公亦作美，往往天高气爽，夜空依旧蔚蓝，银河耿耿，颗颗明星璀璨。我们卧于竹榻、木凳，把一双双眼睛牢牢地盯住银河群星，看那里有何动静。我们多么希望有两颗星相向移动而彼此接近，有时看花眼了，也仿佛感觉它们真是在移动了，其实没有，这结果让我们多少有些失望。于是，我们又躲到瓜棚、豆架之下，屏声静息，以期听到鹊鸟的鸣声、拍翅声抑或牛郎、织女的喁喁私语，当然也没有，只有露水珠从那瓜藤、豆叶上滴落下来，直落到我们的鼻尖。

至于为什么要跑到瓜豆地里，那是因为我们在七夕还有另一项活动，这项活动在吾乡也已成为风俗，那就是“摸秋”。

七夕已近夏末，有时已经立秋。这时正是广大的中国农村遍地瓜果成熟的季节，所以七夕也正是我们乡间丰收节的预演（真正的丰收节应是八月中秋节）。

中国写到七夕的文字几乎都要提到“瓜果”。后汉崔寔《四民月令》:“七月七日，曝经书，设酒脯时果，散香粉于筵上，祈请于河鼓织女，言此二星神当会。”晋周处《风土记》:“七月七日，其夜洒扫于庭，露施几筵，设酒脯时果……”陈瓜果于庭，亲友相聚，也要有游戏才好，所以又有“乞巧”之说，“乞”与“七”正是谐音。

《荆楚岁时记》:“七夕，妇人结彩缕，穿七孔针；或以金银鍮（tōu）石为针，陈瓜果于庭中以乞巧。有喜子网于瓜上，则以为符应。”

这颇具浪漫色彩。丰收来自于劳动，我想，之所以“乞巧”，也寓有赞美勤劳智慧之意吧。

我小时候的乡村似乎已没有乞巧之说了。我们只有“摸秋”，那就是在这一夜，我们可以跑到田野间、人家的菜园里偷摘一些瓜果来，而且尽可以挑大个的果瓜来摘，摘来共同品尝。这也就是一种迎秋尝鲜的意思。

这一风俗其实也由来已久，而且最初还有村妇参加。据说村妇摸秋，可以占问预卜怀孕。清人姚兴泉著《龙眠杂忆》专讲我家乡风俗，其中有云:“桐城好，村妇惯摸秋。扁豆缀檐伸手够，方瓜就地背人偷，养个小猕猴。”

摸秋的活动也有放在中秋之夜的，也有七夕和中秋都有的。

总之，中国是个农业大国，一切的节令都跟农业与丰收有紧密的联系，七夕只是其中之一。

腊 八

腊八过了，我才想起这天未吃腊八粥。哪怕到商店里买一两个听装的腊八粥，尝一尝，也是纪念的意思。现在许多农历节日在城里早已毫无踪迹，就是在乡村怕也已日渐式微。

我小时候村里还是过腊八节的。因为从这一天开始，才算真正进入腊月——家家准备过年了。居家的人开始置办年货，在外的人也准备回家了。

所以，腊八又名腊日，也就是说，从腊八日起，年味儿一天比一天浓。在过去，腊为岁终的祭名，汉代蔡邕《独断》说："腊者，岁终大祭，纵吏民宴饮，非迎气，故但送不迎也。"应劭认为："腊者猎也，田猎取禽兽以祭先祖也。或曰，腊者，接也，新故交接，故大祭以报功也。"（《风俗通义校注》）此外，腊还有腌制肉类食品的意思。总而言之，我想在这一天，古人一方面猎取兽物献祭祖先，一方面将猎物腌制起来，以迎元旦，故可以纵饮，以示庆祝。

我们那时过腊八，当然没有这么热闹，但一顿腊八粥还是有得吃的。据一本记述桐城风俗的书介绍，家乡人做腊八粥是颇有讲究的，多以糯米、莲子、红枣、红豆、绿豆、桂圆肉、红丝、绿丝等混为一体，加糖熬。熬出的粥，色鲜澄莹，味美可口，营养丰富，令人回味无穷。这当然是夸张，或许只有像“张宰相”那样的大户人家才能做到，到我们这里，不过是一早就煮一锅白米粥，加点绿豆、红豆、红枣、汤圆、冰糖而已。

吃腊八粥的风俗其来已久，据说是从寺院传出来的。吴自牧《梦粱录》云：“此月八日，寺院谓之腊八，大刹等寺俱设五味粥，名曰腊八粥。亦设红糟，以麸乳诸果笋芋为之，供僧或馈送檀施贵宅等家。”

吃了腊八粥，接下来就是宰杀年猪。这可能正是古时腊日“猎兽”的遗风。但见这天许多人家的门口都用板凳支架着门板，一头大猪被摁倒在上面，而专业屠夫正与猪的主人在那里忙碌。不一会儿，被宰杀的猪就被褪了毛，一身白净的肉横陈案板，或出售或留用，很快分割完毕。

除了这些，腊八这一天还有一项重要的活动，就是家家都搞清洁卫生。这不知从什么年代传承下来的，史书上没有记载，却是一项值得推广的习俗。我们那里甚至有乡谚：“腊月八，洗邋遢。”而且，这一活动是大规模的，就是家里家外，身上衣裳，都要清扫、清洗一遍，全家以一种崭新的面貌，清清爽爽地过一个新年，这是多么好的一件事。

记得每年腊八前一天，母亲就做好了打扫卫生的工具，主要是在一根长竹竿上扎一束细竹枝，用来清扫屋梁、屋脊等高处的蛛网、灰尘；又把几口锅都取出来，倒扣在屋场上，用铁铲铲去上面的烟垢；接着清扫烟囱，擦洗桌、凳、床、柜，再扫地，清除垃圾。在做这一切的时候，母亲穿着旧衣裳，头上也牢牢地包着一块旧布，甚至只露出两只眼睛。我小时候见她这模样就觉很有趣，所以至今记得。做完这一切，母亲就给我们洗澡，难得地用香皂给我们洗头颈，用很大的力挠我们的头发，似乎只有这样才能把我们一年积下来的污垢彻底清除，我们虽觉得有些疼，也只好忍着。

经过一番奋战，简陋的土院瓦舍也似乎焕然一新，我们的面目也生动多了，村子里也同样生机焕发，我们便以愉快的心情迎接新年的到来。

打春

在我家乡，“立春”一般是不说“立春”，而说“打春”的。

“今年哪天打春？”“马上要打春了。”“打春以后再说吧”……平常我总能听到这样的对话，当然基本上是在立春前后，尤其是话题涉及农事的时候。我的母亲在冬末春初也常把这个词挂在嘴边上。一开始，我根本不知道“打春”这个词是什么意思，但潜意识觉得这个词好。为什么好呢？因为它响亮。它仿佛是铜锣一响，一场大戏拉开了帷幕；它仿佛是春雷阵阵，宣布一个碧绿的、生机勃勃的春天即将降临整个大地。

事实上也是这么回事。“打春”这个词意味着春天来得不同凡响，来得有声有色。它透着威武，又透着喜庆；它宣示春天的来临是如此不容置疑，如此彻底。所以当母亲告诉我，“打春”就是“立春”，我反而觉得，“立春”两字根本没有“打春”那么出色，那样有力，甚至让人感到震撼。

也许正是“打春”二字给了我很深的印象，我感觉自己从小像那泥土里的小花小草，也像那出巢的小鸟一样，满心欢喜着春天的来临。长大后，我也喜欢读把春天写得有声有色的诗。如于坚的《春天咏叹调》，一开始就带来一声“巨响”：

春天　你踢开我的窗子　一个跟头翻进我的房间
你满身的阳光　鸟的羽毛和水　还有叶子
你撞翻了我那只穿着黑旗袍的花瓶……

春天就是这么声威十足，“冲”劲十足，这么有生气，甚至这么“莽撞”，然而却是这么喜人。

另外，还有墨西哥诗人帕斯的《眼前的春天》，描述的景象也是那么令人“神旺”：

我触到的一切都在飞翔。
白昼睁开眼，进入
提前到来的春天。
鸟儿充满人间。[①]

这多好啊，“一切都在飞翔”，“鸟儿充满人间”，不由让人觉得自己也是一只鸟儿，拍翅飞向春天的云空，飞往春野，飞在春天的河流上……

冬天，山寒水瘦，草木枯槁凋零，大地死气沉沉，当然需要一声春雷似的把一切“打”醒！为了这一天，或许人们已经憋闷许久、期盼许久。

再后来，我读了一些有关中国民俗的文字，知道“打春”的来历其实是有具体的所指，那就是“鞭打春牛”。而“春牛”是什么呢？就是泥塑的牛，鞭打它，是迎春的意思。鞭打春牛，意味着要开始春耕生产了。而春耕生产对于以农立国的（古代）中

① 赵振江译。

国有多么重要，自不待言。

这一风俗据说来自宫廷。立春这天，皇宫里张灯结彩，以示庆贺，也预示着人间将焕然一新。而节庆的高潮是皇帝执鞭将立在宫门口的泥塑春牛打碎。这在史书上早有记载："周公始制立春土牛。"《京都风俗志》也有记录：宫前"东设芒神，西设春牛"。行礼如仪，散场之后，"众役打焚，故谓之打春"。哦，"打春"原来是这么来的。但我倒觉得这个词的含义是比我以前所感受的"缩小"了一些，可我也很喜欢。我把这个词的来历认作是我所理解的含义的"根"。有了"根"就不愁"开花散叶"啦。

一打春，"土膏欲动雨频催，万草千花一晌开。"人间又是一番新气象，多好。人，特别是农人们就忙碌起来了，他们把过年期间那些杂耍的、吃的（当然是零食）收起来了，把节庆穿的新衣裳、好衣裳脱下，换上劳动时穿的旧衣、布衣，把斗笠、雨衣（蓑衣）找出来，把犁耙、锄头、羊叉、铁锹、箩筐也捡出来，整理整理，擦洗擦洗，为一场浩大的春耕生产做好了准备。牛栏里的牛当然也格外受到重视，给它们加的饲料也精细多了。这一切都预示着一场春耕春播大戏真的就要开锣上演了。

每当打春，我的母亲也要做些准备。她是一个女人家，虽不必像老农把劳动工具准备得比较齐全，但总要捡出几样，修一修，试一试，放在一边。另外，她还要把各种蔬菜的种子——不知她平日收藏在哪里，变戏法似的找出来，分门别类放到纸里、瓶里包好装好，甚至一边包装，一边念念有词，哪个在前，哪个在后，都做好了标记。我知道，我们家的那一小块菜地，不久也就将冒出青葱的嫩芽和枝叶一片，很快就花红叶绿，五彩缤纷。

不知为什么，早些年，在打春那天，母亲还要为我们烙几张荞麦饼吃。那饼是绿色的，有时还缠绕上几丝韭菜，点缀着几粒白葱，吃起来，略有点苦，却又香，稍一回味，却更是甜！这真好吃，我想，这或许还真的跟春天的滋味颇相符合哩。也是长大以后，我才知道，这也是一种古老风俗的延续。唐宋以后，立春之日有食春饼与生菜的习惯。东汉崔寔《四民月令》："立春日食生菜……取迎新之意。"春饼、生菜以盘承之，即名"春盘"。杜甫《立春》："春日春盘细生菜，忽忆两京梅发时。"《宋史·礼志》："立春赐春盘。"春盘里的"内容"当然因时而异，因人而异，但韭菜、葱、萝卜之类的总少不了的，这些吃上去脆生生的，新鲜可口，所以又有"咬春"一说。原来，中国民间是这么有生气，我吃荞麦饼，也算是赶上了民间"打春"风俗的一个小尾巴吧！

"打春"，"打春"，就这么一打，春天的门打开了，一年时光，一年日子的大门就这么打开了，它将我们放入一个广阔的"新"天地。

年夜饭

我家乡有一句俗谚：“小孩子望过年，大老人望插田。”一到过年，人们才真正停下忙碌的脚步，要忙也是为过年那几天的吃、穿而忙，一家人也才得真正团圆。小孩子们放假在家，玩得也名正言顺。

真正的过年是从吃年夜饭那一刻开始，不管前面有腊八、小年，那都只是预演、铺垫。吃年夜饭时，一家人围坐在了一起，这才是团团圆圆。做上人的（父母）见下人（儿孙）一个不缺，也不用记挂，那才是心安，才是过年那一段日子欢愉的根本。做晚辈的呢，只有在吃了年夜饭之后才敢放纵一下自己，因为即使有一点出格的地方，也会受到原谅。

对于一个家庭的主妇来说呢，年夜饭是她一年里最重要、最见本领和风采的一顿饭了。这是两个重要时间节点相交接处的一顿饭，一家人到得最齐的一顿饭，从一进入腊月，甚至更早些时候就在筹谋、准备的一顿饭。吃些什么，怎么吃，估计在主妇的心里早就盘算了好几遍。就是寒素之家，这时也要竭力准备几样小菜，把平时积攒的都拿出来。因此，自我小时候起，虽然青黄不接之际也有肚子填不太饱的记忆，但是，家家户户年夜饭的饭桌上还是能见到鱼肉荤腥，甚至还是能摆个满桌的。

我家乡虽在长江北岸，地理、风俗上还是属于南方。近乎鱼米之乡，面食少，过年不像北方，是从来不吃饺子的。如果说，过年只吃饺子，我们在心里都会说那太“寒俭”了，真不理解北方人为什么那么津津乐道。我们那里是鸡鸭鱼肉、粉卷子、肉圆子、糯米粉丝、豆腐、菠菜、水芹、萝卜丝等新鲜的、腌制的一起上，只要摆得下，尽量摆上。不要说这太“俗”，过年要的不就是这丰盛劲儿？饭菜做好了，一家人在桌子边坐下，要先吃酒。就是平时不吃酒的妇人、小孩（当然太小就算了）也要喝一杯或一小杯。一般先要由晚辈敬长辈，长辈高兴了，也会主动找晚辈碰一杯，口里说的是吉祥话，预先留好一双公用筷子，可以互相搛菜，这样吃下去才热闹，才有滋味。至于主食米饭，那是放在非常次要的地位，甚至可吃可不吃哩。如果光吃饺子或加几样小菜肴，在我们看来是颠倒了主次。

当然，吃年夜饭之前，还有许多事儿要办。主妇和她的帮手一会儿杀鸡一会儿洗菜什么的且不说，光说大事，一是要祭祖，二是要贴对联。祭祖，除夕一天都可进行。一般是拿几刀纸、一挂鞭炮，到祖、父辈的墓地去，烧点纸，磕个头，放过鞭炮就行了，意在告诉先人，今天是除夕，过了今夜，又是一年，希望他们也回去和儿孙们一起过个年，来年好保佑儿孙“旺相”。所以除夕这一天，野地里到处都是鞭炮声。而到了吃年夜饭的时候，为表示敬宗念祖，做主妇的要先盛一盘鱼、一碗肉或圆子，放在先人的像前，还不忘拿一双筷子放在上面。有时，一家人围坐的桌子上也会放一副两副餐具，意在给仙逝的亲人留着，他们并没有离去。而贴对联也是一定要在吃年夜饭之前，吃年夜饭的一刻是过年的开始，如果吃年夜饭了还没贴春联那还贴个什么劲儿。无论富家、贫宅，家家都贴。即便是破破烂烂的村落，当所有的门楣上都贴上红彤彤的对联，嗬！整个村庄焕然一新，再零落的村子也透着一股喜气劲儿，旺气劲儿！或许，这正是当初人们“发明”春联这一活动的初衷吧。

我在乡间的时候，每年到除夕这天我们家都是最忙的。母亲和妹妹忙的就是为我们准备年夜饭，而父亲和我则忙着给乡亲们、也给自家写对联。一张张红纸送来了，一页页裁开，用粗大毛笔饱蘸浓墨，在上面写上热腾腾的词句，有时甚至要连写几天几夜，可见大家对春联的重视，没有一家不办的。母亲呢？当然是在灶前灶后奔走，一天要到池塘边上、水井口去多少次，可是，我们几乎没有帮她什么忙。等到夜幕降临，除夕的大幕才真正拉开，我们才把手洗净，先放一挂小鞭炮，宣告除夕开始，然后直直酸疼的腰肢，坐到了已开始摆上菜肴、煮起了火锅、开了酒瓶的桌边。母亲满面是笑，毫无怨言，我们也开开心心，大家都举起了酒杯。那一刻，感觉到人间真是温暖、温馨，世俗生活是如此安好和有滋味，只愿年年如此，天天如此。

天天如此，当然是不可能，就是年年如此，也只是愿望。岁月骎骎而去，老人总会离去。在我记忆中，我家最热闹最隆重的一次年夜饭还是 20 世纪 80 年代中期。那一年，我的女友应邀来我家过年，村里孑然一身的远房堂祖母也应邀来我家吃年夜饭，家里一片和熙、温暖。我也才二十岁，对世事还抱着稚嫩的看法，心里也柔得像一片绿草地。谁料到，不过数年堂祖母和家父接连去世，女友早已嫁为他人妇。当然，我们的家庭也不断有新的成员加入。前年年夜饭，弟弟把母亲和兄弟姐妹几家人都聚齐在城里某酒店，席间觥筹交错，欢声喧腾，也是喜庆得很。

但要补充一句的是，在城里过年终不及在乡下热闹，为什么呢？城里只重在一起吃个年夜饭，乡下吃了年夜饭才是过年的开始哩。不说别的，就是除夕那晚孩子们的提灯游行，就是一年中最狂热的高潮。小孩子人手一只灯笼，亮堂堂地提着到处跑，由一聚两，由两聚三，不自觉地汇入一条灯的河流，在村巷里来回地串荡，嘴里还喊着话或口号，脚步踏得山响，这样的热闹可谓无以复加矣。而往往是年夜饭还没吃完，家里就已经来了邀请的伙伴，心急的孩子哪里还坐得住，早就随意扒拉几口饭，点亮灯笼，跑得不见人影了，只剩下两三个大人还在那里劝酒。有时甚至只剩下主妇在那里把没有吃干净的菜尽量归拢，并把它有滋有味地品尝。

述“异”记

彩　鸟

那是哪一年哪一月，我不记得了。在我那贫瘠、质朴的村庄，我在一棵苦楝树上发现一只很大的彩色的鸟。

当时我正要出门去，走到了家门口的路边，一树苍翠，枝叶团团，却非常安静；我发现那只五彩鸟一身斑斓，正落在叶簇之中，像是点缀其中的一朵花，那么显眼。它几乎一动不动，微侧着脑袋，朝着路边看，不过，我没有看清它的眼珠是否在滴溜溜地转。

它周身以绿色为主，尾巴稍长，尾尖是黑色的，而两翼和背部却又是红色的。它的颈项边还有白色条纹，头部又是近似黄玉。它真是一只五彩鸟，有点像我后来在都市的禽鸟馆见到的鹦鹉。

我看到了这只五彩鸟便很惊讶！这是我从来也没有见过的呀！在我这北温带的家乡，从来也没有彩色鸟。如果有，也应该在离我们村庄十来里远的深山老林里。我们这里有的不过是灰色的麻雀、乳白的鸽子、黑色的乌鸦、黑中带白的喜鹊。颜色这样鲜艳的鸟，我一直认为只是在热带、亚热带才会有的。

而它现在出现在我们村庄。我最初想：它是雉鸡吧？我家有一门亲戚在山区，他们那里不是曾经有一座雉鸡塔吗？但我又怀疑它不是，因为雉鸡大约不会飞到这么高的树上吧？

那么它是鹦鹉？我同样不敢肯定；我有限的生物学知识告诉我：鹦鹉应当产在热带丛林，这儿跟热带相隔千百里。

当然，我也知道它不会是传说中的凤鸟——凤凰，那是何等曼妙、精彩的鸟。它的尾巴是长长的，简直像纷飘的触须；它的头部虽然像雄鸡，但它有着精巧的凤冠……

那么这是一种什么鸟呢，却也这么五彩斑斓？更重要的是，它来自哪里，它是从热带千里迢迢地飞来，那么它经历了多少风险，要跋山涉水经过多少日子？在这途中，它如何躲得过天敌和自然界的风霜雨雪？……如果它就来自十里外的山区，那么它是属于哪一种类，它们为何没有因这么漂亮的颜色而被人类捕光杀尽？……

这一切都不得而知，这一切都是谜。我无从追问。我甚至没有在周围探索，看是否还有它的同类。

我当时一如往常地沿着村路走了，大约是去会朋友，去借书，到了别的村庄。回来时，已近黄昏，我到了家门口的路边，朝刚才停栖着彩色鸟的绿树上看，它已经飞走了。那里什么也没有了，那树也似乎显得黯淡无光。

我后来也一直弄不清这是只什么鸟。我是一个平凡的人，我当然不敢做什么“凤鸟适至”的梦，何况那凤也是子虚乌有的吧？我只是好奇：它是什么，来自哪里，为何而来，为何而去……

我认为这是大自然呈现给我的一个小小的秘密。

飞　木

我生长的村庄是贫穷而破旧的，几乎找不出一间漂亮的房子，只有普通的农舍，土坯垒的，连砖房都少见。

在这样的村庄长大，我当然没有见过辉煌壮丽的事物，也很少见到大自然的奇景异象。稍稍有一点不一般的情景就足以令我惊讶。比如雨后田野上的绚丽彩虹，比如夜晚的流星、路边曾经见过一次的五彩鸟……

但有一次，我却见到一件令我迷惑不解的事，我看见一截木棍样的东西在天上徐徐、徐徐地飞翔。

那是一个秋天的下午，大约是接近黄昏的时候，我在门前的路边玩耍，和我在一起的，还有我的父亲、妹妹。不记得我们说了些什么没有，但肯定是说说笑笑，十分愉快。

正所谓是秋高气爽时节，天上万里无云，一片空阔。我有点像是百无聊赖地引领四望，想看到什么能够吸引我的事物。可是，一片空阔，一无所见，甚至连一片异样的云彩也没有。

也许是心念的作用，也许是巧合，突然，我看到南边村庄的上空，有一道黑影似的东西在轻轻地、悄悄地飞近。它飞得那么轻松、自然，不像是在飞，而是在静静地平移，是的，在移动。

我惊讶万分，我不知那是什么。从地面向上望去，不过是一两尺多长的黑影，而且这黑影正“飞”过来，飞过我们这个村庄的上空。

是飞机吗？飞在天上的飞机我是见过的，它们飞过天空时，机翼的闪光我都看得见，还听到机器的轰鸣；但眼前的飞行物却是无声的，只是像一根平行移动的木棍。它向北而去，徐徐地、徐徐地，有条不紊，从容飞过。

我目光追着那“木棍”飞过我的村庄上空，飞到北边的另一个村庄，擦着丘陵的森林，渐渐消逝在远空。

一开始，我忘了叫家人也看一看，稍远，我喊起来，他们只看见一道黑影。

它是飞机吗？我认为不是；它是飞鸟吗？我也觉得不像，飞鸟的两翼展开来飞翔，怎么也要拍动一下……

我后来想这是飞碟吗？如果说“飞碟”在国外的叫法，意思就是不明飞行物，那倒也是；但真的是飞碟吗，我却也不敢这样肯定。我的记忆告诉我，它就像一截长长的圆木……

也许大自然总有一些人类看不透的“异象”的吧？为什么没有呢，人的认识是那么狭窄、有限。

我后来在《公羊传·僖公十六年》里读到一句话：“六鹢退飞过宋都。”最初也很奇怪，鸟儿怎么会倒着飞行呢？而且飞得那么远（要飞过一个都城）！但我联想起小时候在村庄上空见到的飞行的“木棍”，我便觉得可以理解了：大自然里什么样的事情不会发生呢？也许不过是一种平常的现象，只是人类少见或难以见到罢了……

陨　石

作家贾平凹写过一篇有名的散文《丑石》。大约讲的是野地里有一块石头，奇形怪状，并不好看，也不中用，人人都唾弃它。但最后来了一群科学家，用车子把它载到了城里，放进研究室要研究它，原来它是一块陨石——“天外来客”。

我听母亲说，我们村子周围也落过陨石；只是她不会用“陨石”这个名词。

那时候，我大约十三四岁，正是对世界上的万事万物发生兴趣的年纪，有一次我问母亲：我们村庄周围是否有过奇异的现象，你是否见过神秘的事物？……她摇摇头，但过了一会儿，却放下手中的针线——她正在缝一件衣裳，说：只有一件有点奇怪，就是那一年，你还很小，大约是黄昏，天上落下一个大火团，落在村庄的背后那一片丘岗上。远望处，半个天边都火光熊熊，田野里劳作的乡亲们都很惊讶，都以为村庄里起了大火——发生火灾，便纷纷放下手中的锄头、镰刀，肩上的担子、水桶，拔腿就往村庄跑，准备救火。但跑过来一看，什么也没有；火光也消失了，一切安然无恙。你说怪不怪？

我笑了，我说：这没有什么奇怪，这是陨石……

其实，我心里也觉得有些奇怪，毕竟陨石是天外来客，它怎么会落到这里。有那么大的火光？应该体积很大吧，为何又没有砸坏庄稼、屋舍、人畜？它正好在接近地面的时候，燃烧净尽，化为乌有？果真如此，那是多么幸运！

我后来常常在村庄后面的丘岗上走动。我想找到陨石抑或它留下的残迹、印痕。可是，我什么也没有找到，因为我没有一点天文学知识，我也无从找起。

我只有去想象那是什么样的情景，在陨石落下来的一刹那。

它迅疾地坠向地面：它与空气剧烈地摩擦，它燃烧起来了，周身都腾起熊熊的烈焰；

一团巨大的火焰坠向大地，它的光芒把天空与地面都映红了，它照得黄昏比正午还明亮。

它照亮了树林里的每一棵树，树上的每一片叶子；

它照亮了丘岗上爬动的、飞行的小动物们，让它们闪烁惊慌的眼神；

它照亮了池塘、溪流，照亮了水中的鱼虾……

它照亮了山谷，照亮了洞穴，照亮了幽秘的一切……

或许，它也照亮了我的梦境——我想象我还很幼小，还在竹榻上睡眠。

只是我忘了问母亲：它发出了声音吗？我只能想象它是无声地燃烧，把自己化为一束光，抑或——

把自己神秘的内核藏在人们找不到的地方……

跋

经过多年的写作积累和近期的认真梳理，我心目中一部重要的散文作品《岁月深处故园情》便呈现在我的面前，它像一个初生儿，虽然看上去并不多可爱，然而我还是轻轻地嘘了一口气：我到底还是使它诞生出来了，它也基本上是我所要的那个模样。

古人说得好：“身之所历，目之所见，是铁门限。”也就是说，作为一个写作者，是很受他的经历局限的。何况是散文这种文体，不像小说甚至诗歌，可以大大地借助想象，即便这种想象也是以现实为基础，但它毕竟可以“无中生有”。我的散文观却是忠实于现实，力求写出现实真切的一面，写出真实背后的意蕴而已。经过多年的摸索和一些锤炼，我认为我基本上是在这个道路上勉力前行的。

我的人生道路虽然也有过曲折，但总的来说还是平顺的。这一方面给我带来了相对宁静的生活，使我习于安逸；但另一方面，却又使我缺少经风雨、见世面的机会，缺少写作的素材。所以，每当我拿起笔来“写作”，便在题材上感到捉襟见肘。于是，我童年和少年时代在乡村的见闻与经历，遂成为最值得开采的矿藏。

幸好我生在一个时代巨变的年代，我所生活的农村正处在从近乎原始的风貌向现代生活嬗变和跃进的途中，我觉得我有责任用笔把这一变迁记录下来。又幸好我的记忆力还算出色，我记得曾经的许多琐事，而这些琐事，在过去我总以为它们都很寻常，没想到当我握管为文时，它们似乎也具有了丰富的意义。拿一句俗话来说，它们如一滴滴寻常的水珠，却也能见出这个时代的光与色。

在此之前，我已经给读者奉献了一部专以故乡为题材的《故乡味》，那里的文章更多是切身经历的记述。但我觉得意犹未尽，这样的乡村叙事到底还是太普遍了，而每个人所生长的故乡应该有更本质的内涵。那么，我的故乡的内涵是什么呢？我到哪里去找呢？我认为只有到属于它的乡土文化去找。我的故乡到底有一些特殊的地方，那就是它曾孕育一大批有影响的知识分子，在历史上起到一定的进步的作用，在某些年代甚至显得很辉煌。譬如在明、清两朝，在政界和文坛都出现了一些著名人物，如抨击阉党的左光斗，如清初的大学士张英、张廷玉，他们的嘉言懿行一直流誉乡里，赢得后人足够的尊敬。当然，在清初的一大文字狱中牺牲的戴名世，其文其行都可咏可思可佩！尤其是曾经占住有清一代二百余年文坛主流地位的散文流派——桐城派，至今，令本邑读书人和乡间父老津津乐道，这说明，故乡确实是曾经不同凡响，甚至可以说是人文鼎盛，作为后来者，确实有足以自豪的地方。当然，在这些辉煌的背后，也有许多悲剧与苦难。我也想把这样的状貌和特质揭橥出来，可惜我才力有限，时间也不充裕，至今没有把这样的工作全面展开。但我有意从基本的做起，那就是仍从自己切身的感受出发，把一个乡土桐城做一个比较系统的描述，并无明确的计划，做到什么程度就到什么程度，于是便有了收入本书的这些篇章。

确实，我所写的仍然是切身感受到的乡土历史，是沉淀于我的心灵、我记忆当中的最基本的故乡，也是我最是魂牵梦萦、缠绕着自己情感的乡情乡韵，是启发我、养育我这样一个写作者的最纯洁的底色。我正是汲取这样的养分成长起来的。和许多人一样，故乡是我观察人世的出发点，是我理解世界的一个范本或者说一个参照。我还是为故乡的文化底蕴之深之厚感到庆幸，计划中的许多文字尚未成篇，我今后要做的东西还有很多。也就是说，我可以用笔更多、更好地表现我的父母之邦，这个生我养我的地方，尤其是我可以做更多的田野调查。我相信，我一定可以取得更丰富的宝藏。

谨以此书作为一束野花，献给我挚爱的故乡和生活在这片土地上的人们，希望能唤起同乡对家乡深情的忆念；也献给所有深爱自己故乡的人们，希望大家都能从中触摸到我的家乡一些依稀的面影、往昔的面影，则我于愿已足。

我亦将继续努力！

李　成

于京西鲁谷